Joachim Seidel
ErdbeerSchorsch

PIPER

Zu diesem Buch

Anton Hornig muss jetzt ganz stark sein. Denn die Antwort seiner geliebten Ada auf die klassischste aller Fragen fällt sehr verblüffend aus: »Toni, es tut mir so leid, ich *kann* dich nicht heiraten.« Dabei hat Anton schon genug auf dem Zettel: den Kindergeburtstag ihrer Zwillinge muss er allein ausrichten, der anstehende Verkauf ihrer Mietwohnung an eine ominöse Immobiliengesellschaft will mit allen Mitteln verhindert werden, Wohnungsnachbar Holgi wandelt gerade ihre alte Punkband in eine *Doors*-Nachspielkapelle um, und Radu, dem alten Kosovaren, droht die Abschiebung … Zum Glück sind erst mal Sommerferien: Mit Ada und Kind und Kegel geht es ausgerechnet nach Sylt. Auf der Insel der Schönen und Reichen holt Anton die Vergangenheit mit aller Macht ein. Und kurz darauf sieht er sein vermeintliches Glück mitsamt Gegenwart und gemeinsamer Zukunft implodieren. Aber Anton Hornig wäre nicht Anton Hornig, wenn er sich nicht wieder mal überraschend flexibel zeigen würde.

Joachim Seidel, selbst Altpunk der ersten Stunde, arbeitete unter anderem bei *Gala* und der *Frankfurter Rundschau*, schrieb Drehbücher und war Chefredakteur des Magazins *Maler*. Heute lebt Joachim Seidel in Hamburg, hat eine Tochter, einen Sohn und einen kleinen Garten direkt an der Alster. 2010 erschien sein erster Roman »HimbeerToni«.

Joachim Seidel

Erdbeer Schorsch

Roman

Piper München Zürich

Mehr über unsere Autoren und Bücher:
www.piper.de

Von Joachim Seidel liegt bei Piper vor:
HimbeerToni

MIX
Papier aus verantwortungsvollen Quellen
FSC
www.fsc.org
FSC® C083411

Originalausgabe
April 2012

Umschlagkonzept: semper smile, München
Umschlaggestaltung: Eisele Grafik-Design, München
Umschlagmotiv: Martina Eisele
Satz: Kösel, Krugzell
Gesetzt aus der Scala
Papier: Munken Print von Arctic Paper Munkedals AB, Schweden
Druck und Bindung: CPI – Clausen & Bosse, Leck
Printed in Germany ISBN 978-3-492-27246-9

Für Sari

1. *Let's get married – The Cleaners from Venus*

»Ada, willst du meine Frau werden?« Auf Knien rutsche ich ein Stück vor und schaue empor: Ada Teßloff, geliebte Geliebte und Mutter meiner Zwillinge. Ich strecke ihr die geöffnete kleine, rote Schachtel mit zwei auf dunkelblauem Samt gebetteten Weißgoldringen entgegen.

Ada schluckt und stellt ihre Kaffeetasse ins Spülbecken, ich recke weiter meinen Kopf nach oben und blicke sie unverwandt an. Ihre Hand streicht zärtlich durch mein wasserstoffperoxid-gebleichtes Resthaar.

»Komm hoch, mein Lieber«, sagt Ada mit sanfter Stimme.

»Ich möchte, dass du meine Frau bist, äh, wirst.«

»Toni, du weißt, ich liebe dich, das weißt du doch, Toni … ich liebe dich und die Kinder, Toni … aber ich, es tut mir so leid, Toni, ich *kann* dich nicht heiraten, ich kann es nicht … und steh bitte auf.«

Ich klappe die rote Box mit der goldenen Cartier-Prägung zu, erhebe mich wie in Trance und sehe, dass Adas Augen feucht geworden sind. Sie zieht mich sachte an sich heran, ich nehme sie in die Arme.

»Ich liebe dich, Ada, wir sind seit bald vier Jahren zusammen, und ich dachte, dass …, ich versteh nicht, warum …?«

»Toni, bitte frag nicht – und sei mir nicht böse.«

Ich stecke die Ringe in die Hosentasche, schüttele den Kopf und ihre Worte ab wie eine sabbernde Dogge lästige Speichelfäden und denke, Ada, nein, ich bin dir nicht böse, ich verstehe bloß nicht, warum du mich nicht heiraten kannst … und dabei dachte ich, du hättest dir genau das gewünscht. Dass wir eine ›verheiratete‹ Familie sind und alles gut wird.

Wo ist Ada überhaupt, ich schaue mich um. Eben stand sie noch mit Tränen in den Augen vor mir, nun ist sie wohl im Bad oder im Schlafzimmer verschwunden. Ich öffne den Kühlschrank und verkneife es mir, ein Bier rauszuholen, stattdessen versuche ich nüchtern, auf positivere Gedanken zu kommen.

Zum Glück sind jetzt Sommerferien, und die beginnen mit einer Woche Familienurlaub auf Sylt. Und eine Familie sind wir auch ohne Trauschein. Morgen früh fährt Ada mit den Kindern im Auto vor, ich muss noch zum Zahnarzt, habe einen Termin zur Darmkrebsvorsorge und komme am Samstag per Bahn hinterher.

Luftveränderung, mal was anderes sehen, erholen, mich von 'ner steifen Nordseebrise durchblasen lassen. Wie lange war ich schon nicht mehr weg aus Hamburg? Andalusien muss Jahre her sein.

Ada macht es richtig: Sie hat sich vor zwei Wochen kurzerhand eine Auszeit genommen, ist allein nach Holland gefahren und hat ein paar sonnige Tage in Amsterdam verbracht.

Die Kids und ich haben es uns derweil gut gehen lassen: Anstatt »Rasselbande« standen Eis und Pommes essen und Planschen im Stadtparkbad auf dem Programm. Und wie haben wir uns gefreut, als unsere Liebste zurückkam, aber seitdem scheint Ada noch einen Tick angespannter als zuvor.

So what! Warum *kann* sie mich eigentlich nicht heiraten? Vielleicht *will* Ada mich ja nicht heiraten, weil ich es ihr sowieso nie recht machen kann.

Wenn Ada erfährt, dass die für heute Nachmittag geplante nachträgliche Kindergeburtstagsfeier für Anniki und Max nicht in diesem Indoor-Tobeparadies stattfinden wird, dann habe ich noch ein Problem mehr am Hals.

Und ehrlich gesagt, ich hab es gar nicht verpennt, das »Radau« zu reservieren.

Ich gehe in unser Wohnzimmer, blicke über die sonnenbeschienenen Dächer des Bürokomplexes und die dahinter liegende Kampnagel-Kulturfabrik ... Wie gerne würde ich mal wieder auf Tour gehen ... gerne auch mit Holgi und Kurtchen. Nur das Nötigste einpacken, Penntüte, Rucksack und ab dafür – mit Holgis VW-Bulli nach Griechenland, vielleicht übersetzen nach Kreta, über die Berge an die Südküste, nach Lentas. Ich schalte das Radio an ...

What a day for a daydream,
What a day for a daydreamin' boy

... und stecke sieben dunkelrote Stumpenkerzen auf die bronzene Menora, den beinahe mannshohen Blickfang des Raumes.

And I'm lost in a daydream,
Dreamin' about my bundle of joy.

Träum nicht, Toni: Heute Nachmittag ist Kinderparty, Annikis und Max' Geburtstag wird nachgefeiert.

Damals, vor fast drei Monaten, an Max' und Annikis Drittem, sind wir in die nordhessische Provinz gefahren, um meinen verstorbenen Opa väterlicherseits, der jahrelang an zu spät entdecktem Dickdarmkrebs litt, unter die Erde zu bringen.

Piia Sinisalo, meine Mutter, gebürtige Finnin und im Grunde eine herzensgute, sinnenfrohe Frau, steht am offenen Grab, meine Hand fest in ihrer, und ringt mir mit erstickter Stimme das Versprechen ab, alsbald zur Darmkrebsvorsorge zu gehen, das gelte später auch für meinen Sohn Max, der ja Opa und mir so ähnlich sehe, »nur Anniki fehlt ein finnisches K im Namen und hat kaum was von Opa und von dir auch nicht, Anton«.

Ich schaue mich um. Ada steht mit den Kindern bei meinem Vater, also zische ich: »Mama, versprochen, ich geh in

Hamburg zur Krebsvorsorge, aber zum allerletzten Mal: Das mit dem K haben wir vergessen! Außerdem, Anniki und Max sind *zwei*eiige Zwillinge ... und zweieiige Zwillis sehen ...«

»... sehen eben nicht so aus, wie ein Ei dem anderen gleicht«, schneidet mir meine Äiti das Wort ab. Ja, danke, Mama. Ich schaue meiner Mutter dabei zu, wie sie ein Schippchen Erde auf der Urne ihres toten Schwiegervaters verteilt, dann lasse ich sie stehen und nehme meinen trauernden Vater in die Arme.

Ich schalte das Radio aus und streiche mit den Fingerspitzen über die golden glänzende Menora, auf der unser alter Kumpel Radulescu Ursu vor über drei Jahren so tragisch aufgespießt wurde. Dass ausgerechnet dieser siebenarmige Leuchter, eines der heiligsten Symbole der jüdischen Religion, dem gebürtigen Moslem Radu beinahe das Lebenslicht ausgehaucht hat, geht mir bis heute nahe, zumal Holgi und ich unseren Teil dazu beigetragen haben.

Ada steht neben mir, legt ihre Hand auf meine. Beinahe andächtig verharren wir einen Moment – und betrachten unsere Hände auf dem überdimensionierten Kerzenhalter.

»Zu schade, dass ich heute Nachmittag in den Verlag muss.«

Ich nehme meine Liebste in die Arme, drücke sie an mich, und ganz ruhig und aus tiefster Überzeugung sage ich: »Weißt du eigentlich, wie sehr ich dich liebe?«

Ada löst sich wieder von mir, und ich folge ihr in die Küche.

»Anton, vergiss nicht, die beiden Kuchen mitzunehmen.«

»Geht klar, Ada, 'ne Party schmeißen für sieben Kiddies – is doch kinderleicht«, prophezeie ich. »Was hältst du davon, ich spendier den Kleinen nachher 'ne Runde Eis, anschließend gehen wir schön Fußi spielen auf dem VfL-Platz.«

»Schluss, aus, Toni, ihr fahrt ins ›Radau‹.«

»Ada, du weißt, wie ich diese formatierten Kinder-Tobe-Tempel hasse.«

»Anton. Du hast doch reserviert?«

Ich nicke, bekomme prompt ein schlechtes Gewissen und denke, Ada, das war deine Idee, ich wollte nie ins »Radau«. Und du bist nachher im Büro. Also kann es dir doch egal sein, wo wir feiern.

Ada setzt nach: »Anniki und Max waren bei Kiras Geburtstag in die Alsterschwimmhalle eingeladen. Wiebke und Gregor hatten sich extra freigenommen und das ganz toll organisiert ... mit zwölf Kleinkindern in Schwimmflügeln.«

»Aber die waren auch zu zweit ...«

»Toni, stell dich nicht so an. Du gehst ja nicht schwimmen mit den Kindern.«

»Aber ich ...«

Ada zeigt auf den Küchentisch.

»Ich hab euch einen Marmor- und einen Schokomöhrenkuchen gebacken, die sieben Tüten mit Süßigkeiten gibst du ihnen erst zum Abschied. Die Tüte mit den roten und gelben Gummibärchen für Anniki und Max hab ich extra markiert. Was war noch? Zwei Flaschen Mineralwasser, Teller, Löffel und Becher, das wär's.«

»Aber ...«

»Kein aber. Was bitte ist daran so schwer zu verstehen, du packst die Sachen in eine Plastiktüte, holst die Kleinen nachher in der ›Rasselbande‹ ab, für drei Uhr bestellst du ein Großraumtaxi ins ›Radau‹, wo ihr ...«

»Ada, ich wollte Holgi fragen ...«

»Lass mich bitte ausreden, Anton, und von mir aus fragst du Holgi, ob er euch fährt ... macht euch 'nen schönen Nachmittag, gegen acht Uhr müsste ich auch zurück sein, Anton. Das ist ja wohl nicht zu viel verlangt.«

»Soll ich den Eltern noch ...?«

»Wissen alle Bescheid: Enno, Anjo, Johanna und Zoe werden um achtzehn Uhr im ›Radau‹ abgeholt, ach ja, bis auf Kira. Wiebke muss heute Nachmittag auch arbeiten, es wäre schön, wenn du Kira bis spätestens halb sieben nach Hause bringst. Hast du verstanden, Toni?«

Ich nicke, aber fest steht: Ich fahre nicht mit sieben Kleinkindern zu diesem durchgeknallten Indoor-Rummelplatz. Bis gestern noch habe ich nicht geglaubt, dass Ada es tatsächlich ernst gemeint haben könnte mit ihrer Ankündigung, Schachting, ihr Chef, habe angesagt, dass sie und die anderen Teilzeit-Redakteusen wegen des vorgezogenen Schlusstermins heute Nachmittag ins Büro müssten … doch nicht an dem Tag, wenn *ihre* Kinder Geburtstag nachfeiern.

»By the way, Toni, warst du inzwischen bei Ikea?«

Ich schüttele den Kopf, während Ada eine Braue hochzieht und mir die Telefonliste mit den Namen und Kontaktdaten aller »Rasselbanden«-Kinder in die Hand drückt.

»Max und Anniki freuen sich seit Wochen auf ihre neuen Hochbetten, sag mir, wie lange hattest du jetzt Zeit, die zu besorgen?« Ada klingt genervt, also maule ich: »Kann ich ja noch machen« zurück.

»Ach, Toni«, seufzt Ada, »was ist eigentlich daran so schwer, kurz mal bei Ikea vorbeizufahren und zwei *Kura*-Betten mit Baldachin zu besorgen, und …«

»Einmal Miniküche *Duktig*«, antworte ich.

»*Duktig*, mit Oberteil …«, ergänzt Ada.

»*Duktig*, mit Oberteil«, wiederhole ich.

»Nimm's nicht so schwer, Anton«, sagt Ada und lässt offen, ob sie damit den ausgeschlagenen Heiratsantrag oder die bevorstehende Kindergeburtstagsparty meint.

Ada haucht mir einen Kuss auf die Wange, zieht sachte an meinen Ohrläppchen und erinnert mich zum x-ten Mal daran, dass Max wegen seiner Tomatenallergie kein Ketchup darf, was ich natürlich längst verinnerlicht habe, dann wünscht sie mir viel Spaß, sagt: »Ich lieb dich, Toni« und wirft die Tür hinter sich ins Schloss.

2. *Family entertainment – The Undertones*

Ich habe ganz klar ein neues Problem Nummer eins, schießt es mir durch den Kopf: Ada sagt, dass sie mich liebt, aber sie *kann* nicht meine Frau werden!

Doch wenn ich's mir recht überlege: Was machen wir – außer Kinder großziehen – eigentlich noch miteinander?

Nach Büroschluss bei ELLA geht Ada gerne mit Kolleginnen zu After-Work-Partys oder kommt abgespannt aus dem Verlag nach Hause, bemäkelt ihren anstrengenden Job, ihre ungerechte Chefredakteurin oder das, was ich gekocht habe. Meist bringe ich gegen halb acht die Kinder ins Bett, während sie bei Facebook unterwegs ist oder sich mit Freundin Wiebke beim Chor trifft oder mit anderen Redakteurinnen ins Kino geht.

»Toni, merkst du noch was? Dein Leben kickt nicht mehr«, mischt sich mein Schlechtes Gewissen ein.

»Aber …«, denke ich.

»Nicht aber, Toni, schon in der Bibel wird deine Situation treffend beschrieben, und wenn ich deine Gesamtlage betrachte, wird mir ganz anders zumute. Bist du dir sicher, dass *du* Ada wirklich heiraten willst? Oder hast du bloß Schiss, ohne die Kinder dazustehen, du Bionade-Biedermeier.«

»Bionade-Biedermeier …? Nun werd mal nicht komisch, Schlechtes Gewissen. Und mit der Bibel brauchst du mir schon mal gar nicht kommen.«

»Hey, Altpunkspießer, in der Bibel steht: Besser ist es, auf dem Dach zu wohnen, als ein zänkisches Weib und ein gemeinsames Haus zu haben.«

»Deshalb will ich ja auch nicht wegziehen aus der Stadt.«

»Toni, merkst du noch was? Du bist zu einem lupenreinen Bionade-Bourgeois mutiert.«

»Und? Soll ich vielleicht aufs Dach ziehen? Danke für dein Mitgefühl, Schlechtes Gewissen«, grummel ich kraftlos.

Mir schwindelt, denn wie ich's auch drehe und wende, irgendwie passt alles nicht richtig zusammen.

»Toni, reiß dich am Riemen. Ada hat dich zwar abblitzen lassen, aber die Küche ist ja nun auch nicht der ideale Ort für einen Antrag. Außerdem musste Ada zur Arbeit. Du Himbeer-Toni hättest mal besser warten sollen damit, bis ihr auf Sylt seid.«

Ich schüttele den Kopf, atme tief durch und wähle die Nummer von Wiebke. Kiras Mutter ist eine jener attraktiven Mittdreißiger-Neureichen-Muttertiere, die in der »Rasselbande« und bei Facebook gerne den Ton angeben und auf den Spielplätzen im Stadtteil die Sandkastenhoheit innehaben.

Togo-Latte-Macchiato trinkend, bevölkern sie Sitzbänke oder Umrandungen der Sandkisten auf angesagten Spielplätzen im Viertel, wenn sie einen nicht gerade mit ihrem Bugaboo-Joggingkinderwagen auf dem Gehweg über den Haufen fahren. Beliebteste Sandkastenthemen sind das letzte Buch von Jonathan Safran Foer, einwöchige Ayurveda-Fernreisen nach Sri Lanka, vollzogene Stromanbieterwechsel, ihre luxussanierte Altbauwohnung, geplante Sabbaticals oder was das für Menschen sind, die Ed-Hardy-Klamotten tragen. Und während die Jungmütter Palaver treiben, wird aus den Augenwinkeln heraus das Treiben des talentierten Nachwuchses beobachtet und kommentiert mit Halbsätzen wie: »Bitte nicht ganz so hoch klettern, Joshua-Alexander« oder »Das Schäufelchen ist nicht deins, frag Nele-Sophie und Linus, ob sie es dir borgen mögen, Moritz-Jakob.«

Dass alle Macchiato-Miezen glücklich verheiratet sind und ihre Männer ausnahmslos erfolgreich im Berufsleben stehen, bedarf eigentlich keiner gesonderten Erwähnung.

Ich erreiche Wiebke sofort und sage ihr, dass ich Kira gegen sechs, halb sieben wieder zu Hause abliefern werde: »Ada hat's mir erzählt, Wiebke, du musst heute auch arbeiten.«

»Ich hab so was von Lust aufs Büro heute, Anton, aber was will ich machen ... Ja, hab ich alles schon mit Ada besprochen: Gregor ist ab sechs zu Hause, danke, dass du Kira fährst, und viel Spaß im ›Radau‹, lass dich nicht stressen, und tschö.«

»Äh. Das wollte ich dir eigentlich sagen, dass wir nicht ins ›Radau‹ ...«, sage ich, aber da hat Wiebke schon aufgelegt.

Flugs unterrichte ich noch die Erziehungsberechtigten von Anjo, Zoe, Johanna und Enno von meiner geplanten Programmänderung: »Nee, lass man«, sag ich jedes Mal, »mach dir 'nen schönen Nachmittag, ich bring Enno gegen sechs Uhr vorbei, ja, nee, wir fahren doch nicht ins ›Radau‹, ich veranstalte mit den Kleinen 'ne lustige Überraschungsparty, wird ihnen gefallen, meine Handynummer hast du ja, und tschüs.« Puh, das wär geschafft, denke ich, als ich die Liste durchtelefoniert habe.

In den letzten Jahren habe ich so einiges gelernt übers Mann- und Vatersein, über die Liebe, das Leben, das Erwachsenwerden ... über mich selbst und darüber, was man mit sieben dreijährigen Kindern keinesfalls besuchen sollte. Und dazu gehört eben auch das monströs laute Indoor-Abenteuer-Tobezentrum, direkt neben einer Industriebrache gelegen. Das ist Reizüberflutung hoch drei für ... äh, mich, pures Gift für die Nerven und sowieso rausgeschmissenes Geld, das ich eh nicht habe.

3. *When the music's over – The Doors*

Gemächlich trotte ich runter zu Holgi, der nach wie vor unter mir in Stockwerk fünf haust – zusammen mit seiner gigantischen Autoprospektesammlung, die er als Powerseller bei eBay feilbietet und die ihm seit Jahren einen knapp bemessenen Lebensstandard auf tiefergelegtem Niveau sichert.

Seine alte Wohnung hat er, nachdem Ada ihre zwei Zimmer im Glindweg liebenswürdigerweise Radulescu Ursu überlassen hat und mit mir in den sechsten Stock gezogen ist, durch einen illegalen Wanddurchbruch mit meiner ehemaligen Kemenate zu einer Vierzimmerwohnung verbunden. Beim Betreten von Holgis Behausung gewinne ich immer den Eindruck, die Höhle einer seltenen oder im Aussterben begriffenen Spezies entdeckt zu haben, weshalb ich ihn kürzlich auch Messie-Messias getauft habe.

Holgi wäre aber nicht Holgi, hätte er nicht stets irgendwas Neues am Start. Vor einem halben Jahr zum Beispiel hatte er Wind davon bekommen, dass derzeit nur zwei Doors-Revival-Bands bundesweit unterwegs sind. Und weil er selbst in kaum nachvollziehbarer Geschwindigkeit zum glühenden Anhänger dieser nordamerikanischen Kapelle konvertiert ist, hat er unserer Remo-Smash-Altpunk-Truppe kürzlich ein neues Repertoire verordnet. Er selbst nennt sich seither nicht mehr Holgi Helvis, jenes Pseudonym, unter dem er jahrelang seine Presley-Manie als Elvis-1977-Epigone, Imitator (Presleyholics) und Radio-Deejay (Offenes Radio, jeden zweiten Freitag zusammen mit DJ Löllie) gefrönt hat. Seit geraumer Zeit schon geriert sich Holgi als eine Art Ersatz-Jim-Morrison für Arme, mit schweren Bikerstiefeln, hautenger, seitlich geschnürter schwarzer

Lederjeans und ebenso düsterem T-Shirt mit dem Aufdruck *The Lizard King*. Sein langes, nach wie vor fettiges Haupthaar trägt der selbst gekürte Eidechsenkönig seitdem offen, das heißt, der speckige Pony ist nicht mehr zurückgegelt, sondern verdeckt weite Teile seiner teigigen Gesichtsmaske.

Holgis Wohnungstür ist wie immer nur angelehnt. Er sitzt am Computer und betrachtet ein Doors-Video auf YouTube.

This ist the end, my only friend, the end.

»Holgi, was geht?«

Mein Lieblingsnachbar nuckelt genüsslich an seiner mittäglichen Elephant-Literdose und singsangt:

»And all the children are insane,
all the children are insane,
waiting for the summer rain, yeah.«

»Holgi, ich brauch heut Nachmittag dich und deinen VW-Bus.«

»Ich muss kacken.«

»Mann, Holgi, um sechs sitzte wieder am Compi.«

»Ich muss jetzt kacken, lass mich in Ruh«, mosert er weiter. Holgi entschwindet zum Klo, von dort tönt er: »*The End* müssen wir unbedingt live spielen, ich wälz mich dann auch schön auf der Bühne rum.«

»Klasse Vorstellung, Holgi, aber ich brauch dich gleich wirklich: Sommerparty-Kindergeburtstag für sieben Zwerge.«

Aus dem Badezimmer kommt gepresstes Stöhnen, ich setze mich auf den angeranzten Schreibtischstuhl und schaue am Monitor dem sich auf dem Bühnenboden windenden Jim Morrison zu.

»Wo soll's denn hingehen?«, Holgis Stimme klingt angestrengt.

»Ada findet es nicht gut, dass ich mit den Kurzen Eis essen gehen wollte, dann Fußi spielen und Reise nach Jerusalem,

Stopp-Spiel, Topfschlagen oder Feuer, Wasser, Sturm, nein, es soll das ›Radau‹ sein.«

»Wie geht denn das Stopp-Spiel?«, ruft Holgi aus dem Klo. Ich nehme einen tiefen Zug aus seiner Dose.

»Also, erst mal spielt man Musik von 'ner CD, sagen wir mal *The End* von den Doors, alle Kinder rennen im Kreis, und dann ...«

Ich gleite mit der Maus über den YouTube-Clip und beende mit einem Klick Jim Morrisons Gesangsdarbietung.

»... dann, wenn die Musik stoppt, bleiben alle Kinder regungslos stehen und dürfen sich nicht mehr bewegen.«

»*When the music's over*, wär der bessere Song, ich glaub, *The End* is nix für Dreijährige.«

»Du verstehst nicht, Holgi, klar wollen die lieber *Schni-Schna-Schnappi* hören, aber darum geht es nicht.«

»Mann, Toni, ich würd euch ja gerne ins ›Radau‹ fahren, nur isses so, dass ich in Flensburg exakt siebzehn Punkte auffer Uhr habe.«

»Das isses doch. Wir fahren ja gar nicht ins ›Radau‹.«

»Wozu brauchst du mich dann?«, dröhnt es von nebenan.

»Du hilfst mir dabei, *mein* Programm zu wuppen und 'n paar Sachen zu tragen.«

Ein heftiger Schlag gegen die Zimmerwand lässt mich zusammenzucken.

»Heilige Scheiße, Kackband!«, brüllt Holgi.

»Kackband? Du meinst, die Doors sind 'ne Kackbänd?«

»Nicht *Bänd*, du Eimer – Kackband is alle.«

»Deal, Holgi: Ich hol dir 'ne Rolle Kackband von oben, und du fährst mich und die Kinder.«

»Das ist Erpressung, gib mir 'nen Stapel Simca-Prospekte.«

»Du nimmst Autoprospekte als Klopapier?«

»Arschgeleckt.«

Ich erhebe mich und betrachte die Unmengen von bedruckten Autohauspapieren, die sich stapelweise in Holgis Wohnung reihen.

»Toni, geh ma rüber zu den Champs-Élysées: Talbot, Peugeot, Citroën. Simca liegt obenauf, sind quasi wertlos, dafür saugstark wie Always Ultra.«

Ich reiche Holgi eine Handvoll uralter französischer Autoprospekte durch die Tür.

Zwei Minuten später steht mein Kumpel erleichtert vor mir: »Toni, Kindergeburtstag ist eine meiner leichtesten Übungen«, sagt er jedenfalls und verschließt die überdimensionale Gürtelschnalle seiner schwarzen Lederhose.

Ich muss grinsen: Anniki und Max lieben Holgi, bietet seine Messie-Höhle doch ein recht unorthodoxes und nur durch das Treppenhaus separiertes Kinderparadies, wo sie zudem Cola trinken, auf Holgis Computer rumhacken und E-Gitarre spielen dürfen.

»Danke, Holgi, bist 'n echter Freund«, sage ich, »ich werde heute zwei Fliegen mit einer Klappe schlagen.«

»Hast du das denn mit Ada besprochen?«

»Mach dich nicht lustig. In 'ner halben Stunde unten, ach, Holgi, kannste 'nen Stapel Druckerpapier mitnehmen?«

Eine knappe Stunde später jauchzen Anniki und Max, nachdem sie von Holgi je einen Playmobil-Ritter überreicht bekommen haben. Mein Sohn strahlt mich über beide Backen mit allergieroten Mundwinkeln an, weil es zu Mittag sicherlich Tomatensauce zu den Spaghetti gegeben hat.

Max lümmelt mit seinen Kollegen Anjo und Enno auf der letzten Bank, davor haben es sich Anniki, Kira, Zoe und Johanna im Bulli bequem gemacht.

Ich schmiere Max Linolafett auf die Wangen, hieve eine Wasser- und zwei Literflaschen Cola an Bord, ebenso die beiden Kuchen sowie mit Winnie-Puuh-Motiven bedrucktes Melaningeschirr. Die Flaschen stelle ich hinten neben Holgis Grill, einem Sack Holzkohle und einem Benzinkanister ab. Dann schiebe ich den *Hamster*-Song von Ich + Ich in den CD-Spieler. Anniki und Max beklatschen gleich die ersten Töne ihres Lieblingslieds, und auch ich singe lauthals mit:

»Ich hatte schon längst keine Hoffnung mehr,
Doch jemand hat dich geschickt, von irgendwoher.
Du hast mich gefunden,
in der letzten Sekunde.«

Karin, die »Rasselbanden«-Erzieherin im Spätdienst, schaut in den Bulli, entschuldigt sich, dass sie Max' Allergie vergessen hatte, drückt mir dafür aber eine Windel »für alle Fälle« in die Hand, »falls Max einschläft«, und wünscht uns 'ne lustige Kinderparty, während Anniki und Max den Refrain über ihre Haustiere Mucki und Buddy absingen:

»Es tobt der Hamster in meiner Seele,
Wenn ich mich nachts im Dunkeln quäle.
Es tobt der Hamster, vor meinem Fenster.«

»Wo geht's denn hin?«, will Karin wissen.
»Nach Småland«, sage ich.

Du bist der Kompass, wenn ich mich verlier…

»Småland: die Heimat von Michel aus Lönneberga«, freut sich Karin ein wenig abwesend, wie es ihre Art ist, dann flötet sie: »Bis morgen, Kinder.«

»Tsüs, Tarin«, jauchzen die Zwerge, während ich eine Tüte Haribo-Colafläschchen aufreiße, Grill, Kanister und Holzkohlesack mit dem Fuß beiseiteschiebe und Süßigkeiten auf den billigen Plätzen verteile.

»Wozu haste denn 'nen Grill an Bord?«, will ich von Holgi wissen.

»Mobil grillen im Sommer ist ideal, ich erschließe gerade ein neues Geschäftsfeld: Direct Grilling im Auto, und zwar während der Fahrt.«

»Während der Fahrt?«, staune ich.

»Jepp«, sagt Holgi, der nun doch lieber selbst fahren will. Er startet seinen VW-Bulli und dreht die Seitenscheibe seines

Uralt-Kleinbusses runter. Ich lege eine Benjamin-Blümchen-Scheibe ins CD-Fach und drücke auf Play.

Töröööööö, Benjamin, du lieber Elefant,
kannst sprechen und bist überall bekannt, töröööööö

Na bitte, geht doch gut los, freue ich mich. Und nach Holgis Kickstart rockt der ganze Bulli:

Benjamin, wir woll'n dich gerne sehn,
wir fragen uns, was wird wohl heut geschehn …

… bevor die komplette Besatzung den Refrain schmettert:

»Benjamin Blümchen, ja deine Welt ist schön!
Benjamin Blümchen, wir wollen mit dir gehen.«

Uuups, schießt es mir durch den Kopf. Was wohl der echte Herr Blümchen jetzt treibt? Knut, sein jüngerer Bruder, hat mich angemailt und nachgefragt, aber naturlich habe ich nichts verraten. Herr Blümchen, mein ältester Freund seit Kindheitstagen und Ur-Remo-Smash-Drummer, ist vor vier Jahren mit Kurtchens Exfreundin gen Borneo abgetaucht.

Herr Blümchen packte sich damals die Taschen voller Geld, das ihm nicht wirklich gehörte, und er bekam Kurtchens Reisepass. Der ermöglichte es ihm, offiziell als Kurt Reich auszureisen, ohne dabei Banken und Fiskus einen Anhaltspunkt zu hinterlassen, wo er seitdem eigentlich abgeblieben ist.

Stand heute ist, dass ich letztlich auch nicht weiß, ob Herr Blümchen überhaupt noch unter den Lebenden weilt. Und ich merke, wie sehr mir mein ältester Freund fehlt.

»Töröööööö!«, trötet es in mein Ohr.

»Spinnst du, Holgi, mich so zu erschrecken!«

»Wo genau liegt denn Småland?«, erkundigt sich Holgi.

»Die Kollaustraße rauf und dann auf die Autobahn Richtung Norden.«

»Sach ma, Småland ... bis Dänemark isses 'n bisschen weit, wenn wir gegen sechs die Lütten wieder abgeben sollen.«

Ich sage nichts und reiche Getränkebecher nach hinten, dort wird viel gelacht, Kuchen verzehrt und Cola verschüttet, nur Kira wird blass.

»Muss spucken«, jaunert sie und speit zielsicher in die von mir reflexartig emporgereckte halb leer gegessene Möhrenkuchenbackform.

Wir nehmen die Autobahnauffahrt Schnelsen auf die A7 und fahren eine Minute später Schnelsen-Nord wieder ab. »Hier geht's doch zu Ikea«, sagt Holgi, »ich hasse ...«, er bricht aber wohl der Kids wegen ab, und wir biegen in die Straße Wunderbrunnen ein.

»Ikea, Hotdog essen«, jubelt Zoe, und Max stimmt ein: »Hotdog, Hotdog.«

Ich schiebe die Beastie-Boys ins CD-Fach, das Riff von *Fight for your right to party* ertönt. »Seid ihr bereit, Kinder?«

»Ay, Ay, Käpt'n«, schallt es von hinten. Mit unserem Kinderparty-Bulli-Mobil halten wir direkt vor dem Ikea-Eingang.

»Sag mal, Toni, findst du das ist 'ne gute Idee, mit sieben Zwergen bei Ikea einzufallen?«

»Vertrau mir, Holgi ... Alle aussteigen, bitte!«

»Hier kann ich aber nicht stehen bleiben.«

»Holgi, du entsorgst die Brechkuchenform, fährst ins Parkhaus, gleich am Ikea-Ausgang, und ich mach hier die Party klar. Frag einfach nach Småland.«

»Geht los«, sagt Holgi und braust ab. Ich gehe mit dem Druckerpapier, dem verbliebenen Marmorkuchen, einem Liter Cola und sieben Zwergen zum Ikea-Eingang.

Im Erdgeschoss steuern wir Småland an, das Ikea-Kinderparadies, wo unter dem Motto »Hier soll sich die ganze Familie wohlfühlen« der Nachwuchs zwischen drei und zehn Jahren entweder im Kinderkino oder von erfahrenen Ikea-Erzieherinnen bespaßt wird, bis die Erziehungsberechtigten genügend *Beddinge*-Bettsofas, *Kvartal*-Gardinensysteme oder *Expedit*-Regale gefunden, gekauft und an der Warenausgabe abgeholt haben.

»Na, wen haben wir denn da?«, fragt uns Frau Schubert, wie an ihrem Revers zu lesen steht, hinter der Småland-Rezeption und lächelt mich und die Zwergenschar freundlich an.

»Liebe Kinder«, sage ich, »Papa und Holgi müssen jetzt was einkaufen, und ihr werdet hier bei der netten Frau Schubert bleiben und Spaß haben, bis ich fix und ... äh, fertig bin.«

»Papa!«, sagt Anniki flehend.

»Wie viele Kinder haben Sie denn?«, will Frau Schubert wissen.

»Äh, sieben«, sage ich und stelle den Marmorkuchen, das Druckerpapier und die Flasche Cola auf dem Empfangstresen ab.

»Sieben?«, wiederholt Frau Schubert mitleidig. »Dann füllen Sie bitte sieben Anmeldezettel aus – und mit Ihrem Personalausweis geht das dann zurück an mich.«

Ich reiße Småland-Zettel von der Wand, greife mir eine Handvoll Ikea-Stummelbleistifte und notiere alle sieben Vornamen, schreibe als Nachnamen überall Hornig und meine Adresse hin und erfinde Geburtsdaten für Enno, Anjo, Johanna, Kira und Zoe. Dann reiche ich Frau Schubert die ausgefüllten Zettel.

»Das sind alles Ihre Kinder?«, Frau Schubert schaut mich ungläubig an.

»Äh, ja, ich meine ... «, sage ich.

»Und alle im selben Alter ... Wie haben Sie das gemacht?«, staunt die Ikea-Erzieherin.

»Wir sin Swillinge«, sagt Anniki brav. Max nickt: »Und sehn uns gar nich ähnlich.«

»So, die sind für euch«, sage ich und drücke jedem Zwerg zwei Bleistifte in die Hand und zeige auf das Druckerpapierpaket: »Da könnt ihr gleich schön drauf malen.«

Frau Schubert mustert Druckerpapierpaket und Bleistifte und gibt eine neue Parole aus: »Bitte Schuhe ausziehen und in die Kisten damit«, befiehlt sie streng und zeigt auf den Stapel nummerierter Plastikboxen neben dem Tresen.

Als Erster stelle ich meine roten Adidas-Laufschuhe in die Aufbewahrungsbox mit der Nummer dreiundzwanzig neben dem Kuchen und der Colaflasche auf dem Ikea-Tresen ab.

Frau Schubert schüttelt den Kopf und zieht die Brauen hoch.

»Herr Hornig, Kuchen und Cola sind hier nicht gestattet. Wir haben Mineralwasser, wenn die Kinder durstig sind. Und Papier und Stifte zum Malen sind in Hülle und Fülle ...«

»Vielleicht können Sie mal eine Ausnahme machen, meine Kinder feiern heute ihren Geburtstag nach, und zu 'ner richtigen Party gehören doch Cola und Kuchen ...«

»Sie ... Sie feiern Geburtstag nach ... bei Ikea?«, sagt Frau Schubert.

»Bitte, Frau Schubert. Ich kann schlecht mit Marmorkuchen, Cola und kiloweise Druckerpapier unterm Arm Kinderbetten einkaufen gehen.«

»Wie viele Betten kaufen Sie denn?«, fragt Frau Schubert.

»Äh, zw...ieben«, nicke ich bekräftigend.

»Zwieben? Da haben Sie auf jeden Fall gut zu tragen«, sagt Frau Schubert.

Max, Enno und Anniki kicken die mit Schuhen gefüllten Aufbewahrungsboxen in Richtung von Frau Schubert. Die drückt auf jede rechte Zwergenhand einen Stempel.

»Mein Papa heißt Gregor«, erklärt Kira.

»Ja, Anton Gregor Hornig, haha«, sage ich und schaue dabei wohl etwas zu kafkaesk drein, denn Frau Schubert beugt sich zu mir und flüstert: »Herr Hornig, Sie tun mir wirklich leid, lassen Sie den Kuchen, die Cola und das Papier hier stehen ... aber ziehen Sie bitte wieder Ihre Schuhe an.«

»Äh, ich ...?«, sage ich.

»Oder gehen Sie immer in Socken einkaufen?« Frau Schubert betrachtet abschätzig meine roten Turnschuhe, die aus der Box auf dem Tresen ragen. Just in dem Moment entdecke ich den Aushang für das heutige Småland-Kinderkinoprogramm.

»Hurra, Kinder, *Shaun das Schaf* läuft!«, rufe ich.

Die Kinder jubeln und verschwinden hinter einer kopfschüttelnden Frau Schubert im Ikea-Kinderparadies.

»Abholung in spätestens zwei Stunden, Herr Hornig«, ruft Frau Schubert mir nach, »und ziehen Sie endlich Ihre Schuhe an!«

Hinter dem Empfangstresen sehe ich, wie Frau Schubert den Mädels Buntstifte aushändigt, während Enno, Anjo und Max das Kinderkino in Beschlag nehmen und die *Shaun-das-Schaf*-Titelmelodie mitträllern.

»Warum hast du keine Schuhe an?«, will eine männliche Stimme wissen, ich zucke zusammen, drehe mich um, na klar, Holgi.

»Das ist hier so üblich«, sage ich und zeige auf die Plastikkiste mit meinen Schuhen.

Holgi schaut zweifelnd, streift dann seine Stiefel ab und bedient sich von dem Marmorkuchen: »In Socken einkaufen, kannte ich noch gar nicht. Ich bin immer bei Roller, ist nich so voll wie Ikea, und die Schuhe kann man auch anbehalten.«

Ich schlüpfe in meine Adidastreter und ziehe eine aus Adas Ikea-Katalog herausgerissene Seite aus der Gesäßtasche meiner Jeans: »Holgi, zieh deine Schuhe an, wir haben ab jetzt zwei Stunden Zeit. Wir besorgen hier rasch zwei *Kura*-Betten, zwei Baldachine und ... da war noch was ... Kinderküche *Duktig*, und dann ab dafür.«

»Wie ab dafür?«

»Ich zur Kasse, du zur Warenausgabe, ich löse derweil die sieben Zwerge wieder aus, dann gibt's Hotdog, während du das *Kura-Duktig*-Gerödel im Bulli verstaust und ...«

»Mooooment«, sagt Holgi und bleibt auf der Treppe zum Möbel-Rundkurs wie angeflanscht stehen: »Du meinst, ihr esst Hotdog, und ich schlepp deine Betten zum Bus ... nee, Toni, ich will auch Hotdog.« Holgi zieht 'nen Flunsch.

»Holgi, ich hab das genau durchgerechnet, wenn wir ...«

»Krieg ich 'nen Hotdog oder nicht?«

»Mann, Holgi.«

»Mit extra viel Zwiebeln, aber keine Gürkchen.«

Links geht's zum Restaurant, rechts startet der Ikea-Rundgang. Und weil Holgi »noch Wasser abschlagen« muss, lausche ich weiter der Filmtrailer-Melodie.

Oh Shaun das Schaf, oh Shaun das Schaf,
Macht gerne Mist, kennt jede List,
Ist niemals brav …

Ich freue mich schon auf Adas Gesicht, wenn sie nachher die neuen Betten für Max und Anniki und die Kinderküche sieht. Kann auf keinen Fall schaden, ein paar Pluspunkte zu sammeln, vielleicht wird sie mich dann doch irgendwann heiraten.

Holgi und ich nehmen Fahrt auf und gleiten durch den überdimensionierten Möbelladen. An einer vollgestopften Miniatur-Probewohnbehausung bremse ich ab und lese auf einem Plakat an der Rigips-Außenwand in großen Lettern: UNSER ZUHAUSE. Darunter strahlt ein glückliches Paar, und ich lese den Textpart, den der weibliche Teil des abgebildeten Fotopärchens in einer großen Sprechblase ausblubbert: *Das ist unsere erste gemeinsame Wohnung. Mit vielen kleinen Funktionen auf 35 Quadratmetern.*

Interessiert begebe ich mich ins Innere und durchquere gemessenen Schrittes binnen Sekunden die Musterwohnhöhle.

»Wohnst du noch, oder stirbst du schon?«, kommentiert Holgi meinen grüblerischen Gesichtsausdruck und zieht mich weg von dem Wohnkäfig. Nach der nächsten Ecke stellen wir uns hinter einem schwangeren Musterwohnpärchen am Infotresen an.

Holgi blättert im Ikea-Katalog und will von mir wissen, ob er statt eines Hotdogs vielleicht zehn Köttbullar haben könnte, er sei nämlich richtig hungrig.

»Darum geht es nicht, Holgi. Jeden Moment kann die Lautsprecherdurchsage kommen, ›Herr Wittchen, kommen Sie bitte umgehend ins Småland, Ihre sieben Zwerge verlangen nach Ihnen, Herr Wittchen, bitte zum Småland.‹«

»Wie jetzt, Herr Wittchen?«, Holgi schaut mich interessiert an.

»Herr Wittchen, was kann ich für Sie tun?«, sagt der Schwedenmöbelverkäufer.

»Wittchen? Äh, ja. Ich bräuchte zweimal das Kinderbett *Kura*, eine Miniküche *Duktig* und … zweimal Baldachin *Kura*.«

Der Verkäufer gibt die Bestellnummern auf seiner Tastatur ein und räuspert sich: »Sie haben Glück, Herr Wittchen, alles vorrätig, ich markier Ihnen kurz …« Der Ikea-Mann zieht mit seinem Ikea-Stummelbleistift Kreise auf dem ausgedruckten Blatt: »*Kura* holen Sie an der Warenausgabe ab, *Duktig* finden Sie im Lager, Regal 31, Fach 2, den *Kura*-Baldachin erhalten Sie in der Markthalle.«

Mit dem Zettel in der Hand begeben sich Holgi und Herr Wittchen wieder auf Rundkurs.

»Warum hat der ›Herr Wittchen‹ zu dir gesagt?«, will Holgi wissen.

»Schnee-Wittchen, verstehste, wegen der sieben Zwerge, klar?«

»Ach so«, merkt Holgi an.

Wir erreichen das Lager im Erdgeschoss und bleiben mit einem Transporttrolly, den Holgi manövriert, vor Regalreihe einunddreißig stehen. Ich eile durch den Gang, zerre die *Duktig*-Miniküche auf den Einkaufswagen, weiter geht's zur Markthalle, wo zwei Baldachine-*Kura* auf der Karre neben *Duktig* zum Liegen kommen.

Keine zehn Minuten später ist alles bezahlt, und ich warte mit Lieferschein und Kassenbon an der Warenausgabe auf die Kinderbetten, während Holgi sich mit einem von mir verausgabten Euro den versprochenen Hotdog abholt.

Minuten später wird meine Warennummer aufgerufen, kurz darauf wuchte ich zwei gewaltige Pakete mit den Hochbetten auf den Trolly.

»Zu klein«, sagt Holgi schmatzend. Er weist mit dem angebissenen Hotdog in der Hand auf die Pakete. »Zu klein«, beharrt er und schüttelt den Kopf.

»Meinst du die Betten? Da passen Max und Anniki zweimal rein.«

»Hier, die Maße«, sagt Holgi und tippt auf eines der Hochbettpakete. Ich lese: »Hier steht eindeutig 209 mal 99 mal 116 Zentimer hoch …«

»Passt nicht«, sagt Holgi.

»Anniki und Max sind zwei laufende Meter.«

»Mann! Der Bulli ist zu klein. Mal zwei sind das 418 mal 198 mal 232 Zentimeter.«

»Holgi, dein Bulli ist 'n VW-Bus mit Betonung auf Bus, zwei Kinderbetten passen da locker rein«, behaupte ich.

»Aber nicht mit sieben Zwergen an Bord«, sagt Holgi und streift sich getrocknete Zwiebel- und Senfreste mit dem Ärmel seiner Puma-Jacke aus den Mundwinkeln, dann meint er: »Einen könnte ich noch vertragen.«

»Definitiv nicht …«, sage ich. »Jetzt ist nicht Hotdog essen, sondern Problemlösen angesagt.«

»Passt nicht, Herr Wittchen«, ranzt Holgi.

Ich denke nach. Zweimal *Kura*, einmal *Duktig*, zwei Baldachine plus sieben Zwerge, Herr Wittchen plus Old-Holgi in einem Uralt-Bulli, das passt tatsächlich offenbar so gut zusammen wie Nordkorea und die nordamerikanische Tea-Party-Bewegung. Aber was nicht passt, das wird eben passend gemacht.

»Plan ist«, sage ich, »du packst die Möbel schon mal ins Auto, ich hol die Zwerge ab, und wir quetschen uns in die Lücken.«

»Und wenn die Bullen uns anhalten, bin ich meine Pappe los«, wendet Holgi ein. »Wir fahren erst die Kinder nach Hause und holen anschließend den Bettenkram hier ab.«

Ich schaue auf die Uhr.

»Das ist zu früh, Holgi, ich hab die Eltern extra angerufen, die gehen davon aus, dass ich die Kids gegen sechs Uhr abliefere.«

»Dann andersrum. Wir beladen den Wagen und sehen dann weiter.«

Gemeinsam schieben wir den Möbeltrolly zum Parkhausaufzug. Auf Parkdeck eins angekommen, geht das Einladen zügig von der Hand. Die Bettpakete ragen über die Vordersitze, die Baldachine quetsche ich zum Schluss durch die Seitentür ... und siehe da, Holgis Bulli ist jetzt schon überladen.

Ich kenne Holgi lang genug und beschließe, gleich die harte Tour zu fahren.

»Neuer Plan, ich fahre jetzt mit dem Bulli zu mir, bringe die Betten hoch, komme zurück, während du mit den sieben Zwergen solange hier weiter Kinderparty machst und mit ihnen in der Zwischenzeit Hotdog essen gehst.«

Holgi ist entsetzt: »Ich und sieben Kinder? Alleine? Niemals, die kennen mich ja gar nicht ... außer Anniki und Max.«

»Holgi, wenn sie dich kennen würden, dann hätte ich gesagt, nee, lass man lieber. Ich seh das ganz gelassen, sieben Dreijährige, das ist eine deiner leichtesten Übungen. Du hast doch 'ne Haftpflichtversicherung?«

»Hab ich nicht, Toni. Wie stellst du dir das vor, wenn einer von den Zwergen losheult, find ich bestimmt nicht den Ausschalter, und wie steh ich da mit sieben Kindern bei Ikea, das glaubt mir doch keiner, dass ich der Erziehungsberechtigte bin. Schau mich doch an!«

»Deine speckigen Haare, die abgewetzte schwarze Jim-Morrison-Lederhose und dein Eidechsenhemd schrecken heutzutage niemanden mehr, okay, deine selbst gestochenen Tattoos sind nicht ganz so schön anzusehen ...«

»Da wird kein Schuh draus, Toni. Andersrum, ich fahre die Möbel, und du machst Party mit den Kids.«

»Na gut«, sage ich.

»Aber glaub ja nicht, dass ich dir die Betten in den sechsten Stock hochschleppe. Ich schmeiß das Gelump in den Hausflur und komm auf dem schnellsten Weg zurück.«

Herr Hornig, bitte kommen Sie ...

»... bist 'n echter Kump...«, sage ich und lausche der Lautsprecherstimme.

... umgehend ins Småland, Ihre Kinder ...

»Ist kein schlechter Plan«, sagt Holgi, der die Durchsage gar nicht wahrnimmt.

... Herr Hornig, bitte kommen Sie umgehend ins Småland.

Fünfzehn Minuten später stehen sieben kauende, mit Cola, Ketchup und Mayo bekleckerte Zwerge neben Holgi und mir in der Hotdog-Station des Ikea-Bistros. Einzig Max hat keine roten Flecken auf dem T-Shirt. Dafür blüht sein Gesicht jetzt karminrot. Holgi und ich reichen halb gefüllte Pappbecher mit Cola nach unten ins Zwergenreich und versuchen, Münder und Jacken mit Papierservietten von Essensresten zu befreien.

Frau Schubert hatte zunächst meinen Personalausweis sowie den Stempelabdruck auf der Hand geprüft und erklärt, zwei meiner sieben Kinder seien wohl in Streit darüber geraten, ob im Anschluss an *Shaun das Schaf* noch *Pippi Langstrumpf* geguckt oder doch besser ein Ringkampf veranstaltet werden sollte. Max habe gewonnen, und Anniki sei in Tränen aufgelöst zu ihr gerannt und habe nach Papa verlangt.

Ich betrachte meine sieben schmatzenden und rülpsenden Racker. Alle sind wohlauf, und ein kostensparender Kindergeburtstag neigt sich seinem Ende entgegen.

»Wo kannste sonst Hotdog-Party mit Filmgucken und Kinderbespaßung für sieben Euro feiern?«, freue ich mich an Holgi gewandt, der skeptisch guckt und bekennt, spätestens ab jetzt niemals selbst Kinder haben zu wollen.

»Und was machen wir jetzt?«, fragt Holgi.

»Papa, Pippi«, sagt Anniki.

»*Pippi Langstrumpf* ist nicht mehr, *Shaun das Schaf* reicht, wir fahren jetzt nach Hause«, bestimme ich harsch.

»Anniki muss Pipi«, erklärt mir mein Sohn, der zu seiner großen Schmach nachts noch Windel trägt. Ein weiteres Minenfeld von Ada und mir, die schlecht mit dem Umstand zurechtkommt, dass ihr Filius mittlerweile zur Pampers-XL-Fraktion gehört.

»Max kommt ganz nach dir«, ätzte meine Liebste vor Kurzem, »du hast auch permanent die Hosen voll und willst nicht groß werden, geschweige denn trocken hintern Ohren.«

»Grün hinter den Ohren heißt das«, pampte ich zurück, woraufhin Ada mich sauer aus der gemeinsamen Wohnung schickte.

Untergekommen war ich die Nacht wieder mal bei dem Mann, der jetzt losgegangen ist und gleich den mit Möbeln bepackten VW-Bus am Ikea-Ausgang vorfahren wird.

Irgendwie passen wir da schon rein, denke ich, als ich mit den sieben Zwergen das Ikea-Männer-Urinal aufsuche. Nach zehn Minuten schauen alle zufrieden, ich schnappe mir die abgestellte leere Kuchenplatte vom Hotdog-Counter und rufe: »Alles klar, Kinder?«

»Ay, ay, Käpt'n«, schallt es zurück.

»Geht das nicht lauter?«, rufe ich.

»Ay, ay, Käpt'n!«, brüllen die Kurzen, bevor Familie Wittchen sich den Weg bahnt, am Schweden-Shop vorbei, Richtung Möbelhausausgang.

Holgi ist vorgefahren, ich öffne die Seitentür: »Kinder, rein mit euch, und nicht drängeln.« Die sieben Zwerge würden sicher meiner Vorgabe entsprechend im Bulli Platz nehmen – wenn's denn welchen gäbe. Und weil ich erlaubt habe, dass Max und Anniki vorne neben Holgi sitzen dürfen, quetsche ich mich und meinen Kopf als Letzter neben Kira ans Fenster der Seitentür, während Enno, Johanna, Anjo und Zoe auf den hinteren Sitzen, im Fußraum, zwischen Grill, Kohle, *Kura* und *Duktig* ein Plätzchen gefunden haben.

Holgi startet den Motor und schaltet das Radio ein, ich rufe in die Runde: »Seid ihr bereit für Benjamin?«

Törööööööö…

… dröhnt es aus den Autolautsprechern. Alle Kinder – mit Ausnahme von Kira, die sich neben mir das Gesichtchen an der Bullischeibe platt drückt – jubeln: »Töröööööö.«

Kira ruft: »Mama!«

Leider können Kira und ich unsere Köpfe zwischen den Hochbettpaketen kaum bewegen, aber zumindest lassen sich meine Augen trotz der an die Scheibe gedrückten Nase noch hin- und herrollen, sodass ich bei Kiras nächstem leise vorgebrachten »Mama« die Adressatin mit einer Pupille erspähe.

Ich kann die Worte von Kiras Mutter draußen neben dem Bus wegen des *Benjamin-Blümchen*-Songs nicht verstehen, sehe aber, wie Wiebkes Lippen besorgt den Namen ihrer Tochter formen, während Holgi anfährt. Wiebke läuft neben dem Bus her, und Kira sagt flehentlich noch mal: »Mama.«

Leider kann ich Wiebke und dem neben ihr stehenden Mann mit Baskenmütze, der gerade seine Hand von Wiebkes Schulter herunternimmt und in der anderen eine riesige blaue Ikea-Tasche hält, nicht zuwinken. Dafür schreie ich gegen Benjamin Blümchens Gesang an: »Holgi, halt aaan!«

Wiebke rennt jetzt, sie schlägt mit der flachen Hand gegen mein Gesicht hinter der Bulli-Fensterscheibe.

Holgi fühlt sich offenbar nicht nur von der laufenden Frau bedrängt, als Benjamin Blümchens Chor gerade vielstimmig intoniert …

… Wir fragen uns, was wird wohl heut geschehn …

Abgesehen von mir fragt sich Wiebke das sicher auch, denn nun trommelt sie mit der Hand gegen Holgis Fahrerfenster, und ich brülle noch lauter von hinten: »Holgiii, halt aaaan!«

Der Wagen stoppt, Holgi springt raus, stiefelt an der entgeistert blickenden Wiebke und ihrem Begleiter vorbei und öffnet mir hinten die Tür.

»Hi, Wiebke …«, sage ich, während ich aus dem Bulli herauspurzele. »Ich denke, du bist bei der Arbeit?«, entfährt es mir, als Kira auf mich fällt und ich versuche, mein zerknautschtes Gesicht wieder in Form zu rücken.

»Was macht ihr hier? Ada hat gesagt, ihr feiert Kinderparty im ›Radau‹.« Wiebke nimmt Kira auf den Arm und drückt ihr einen Kuss auf die Wange. Kira fixiert derweil den Mann mit der blauen Ikea-Tasche neben ihrer Mutter. »Anton, darf ich vorstellen ... Christophe.«

Wiebke spricht den Namen maniriert französisch aus. Ich denke, warum guckt Christöffe so blasiert in die Luft, doch dann lupft er seine Baskenmütze und sagt: »Bonjour, comme ci comme ca, je suis Christophe Gaspard.«

»Tag, Christöff«, sag ich.

»Christophe hilft mir beim Tragen«, erklärt Wiebke.

Christophe mustert Holgis Bulli, Wiebke beugt sich nah an mich heran und zischelt: »Kein Wort zu Gregor, Christophe existiert gar nicht, hast du verstanden, Toni?«

Ich nicke und sage leise: »Geht klar, Wiebke, und du sagst kein Wort zu Ada von wegen dem ›Radau‹.«

Wiebke blickt mich verschwörerisch an: »Weißt du, Gregor versteht da keinen Spaß«, flüstert sie und zeigt dann mit gestrecktem Zeigefinger auf den vollgepackten Bulli: »Aber *so* ...«, sagt Wiebke, »... *so* könnt ihr unmöglich mit den Kindern auf die Straße, Anton, das ist ja lebensgefährlich.«

»Willst du Kira besser gleich mitnehmen?«

»Anton, nein, das geht nicht ...«, zischelt Wiebke, und Kira guckt enttäuscht.

»Dann hätten wir mehr Platz im Bus.«

»Das geht aber nicht«, flüstert Wiebke mit Blick auf Kira und Christophe, der sich an der blauen Ikea-Tragetasche festhält. »Fahr du bitte wie besprochen Kira nach Hause, Gregor müsste auch gleich da sein. Christophe und ich haben noch was vor.«

Ich nicke verständnisvoll.

»Lager doch die Möbel solange drin bei Ikea, dann holst du die Pakete morgen ab, und ihr habt genug Platz im Wagen«, schlägt Wiebke vor.

»Ich will aber Ada mit den Kinderbetten überraschen, weißt du, sie fährt ja morgen früh mit Max und Anniki vor nach Sylt und …«

»Ikea hat doch bis neun Uhr abends geöffnet, hol sie eben heute Abend ab.«

»Ada kommt erst gegen acht nach Hause«, sage ich und schaue dabei nachdenklich Christophe an. »Ich bringe Max und Anniki ins Bett, und bis die beiden schlafen, sind hier garantiert die Schranken runter.«

»Oh la la, caprice des dieux. Isch ab einen Idee für eusch«, schaltet sich Christophe ein. »Hinter die Park'aus est une Nisch, hinter där Schallschützwand, da hab isch einemal mei meubles abgelegt, die in voiture nich mehr gepasst hab'n, ihre könntet die meubles da legen und spät ce soir ab'olen.«

»Du meinst, in der Nisch sind die sicher?«, frage ich.

»Naturellement, sischer wie Abrams Schoß, weil invisible.«

»Christophe hat dort sein französisches Bett für ein paar Stunden abgestellt, weil es mit den anderen Sachen nicht in seinen Citroën DS Kombi gepasst hat. Da war's schon nach neun abends, und Ikea wollte die Schranke zumachen. Deswegen hat er das Bett in die Nische gelegt. Nachts ist er noch mal hingefahren und hat es abgeholt«, erklärt Wiebke.

»Du hast nen Citroën DS Kombi?«, fragt Holgi.

»C'est vrai«, bestätigt Christophe.

»Passen zwei Betten und 'ne Miniküche in die Nische?«, gebe ich zu bedenken.

»Entendu, d'accord, äh, die Nisch est groß genug, isch wärd eusch zeigen die Cachette.«

Während Wiebke die aus dem Bulli steigenden Kids um sich schart, steigen ich und Christophe hinten ein. Holgi startet, wir kurven einmal um den Pudding, Holgi bestaunt Christophes französischen Oldtimer, anschließend verstauen wir zweimal *Kura* sowie die Miniküche *Duktig* in der von der Straße tatsächlich nicht einsehbaren Nische neben der Schallschutzmauer.

Die Baldachine lasse ich im Bulli, weil die ja nun wirklich

kaum Platz wegnehmen. Auch Holgis Holzkohlegrill und der Benzinkanister dürfen weiter mitfahren.

»Mersi boku, Christöff«, sage ich zu Wiebkes Lastenträger.

»Christophe avec o ... n'est pas Christöff. De rien, Antoine. Je pense, je te connais, Ada...«, parliert es aus Christophe heraus.

»Dir auch, Christoffe«, antworte ich, ohne ihn wirklich zu verstehen, denn ungenügendes Verständnis der französischen Sprache und entsprechende Benotung haben einst Antoine Hornischs Versetzung in die zehnte Klasse verhagelt.

Christophe schaut mich fragend an, dann klettern er und ich aus dem Bulli, und die sieben Zwerge drängeln sich hinein.

»Christophe und ich sind am Wochenende auch auf Sylt, ich hoffe, wir sehen uns«, stellt Wiebke in Aussicht und küsst mich zum Abschied auf die Wangen. »Schöne Ferien, Anton, und Salü«, flötet sie, als ich die Tür zuschlage. Sie winkt uns nach, und Christophe legt seinen Arm wieder um Wiebkes Schulter.

Ermattet lasse ich meinen Kopf nach hinten über die Sitzbankkante baumeln, während Herr Blümchen, Otto und Frau Kolumna noch mal das Abenteuer von der Hinfahrt auf CD durchleben.

»Bist du Mamas neuer Freund?«, will Kira von mir wissen.

»Nein!«, sage ich.

»War der Mann Mamas neuer Freund?«

»Ach woher«, sag ich, »der Onkel hilft deiner Mama nur beim Tragen.«

»Mama hat dich aber vorhin geküsst!«

»So 'n Quatsch, Kira«, erkläre ich und reiche die sieben von Ada verpackten Süßigkeitentüten, gefüllt mit Colafläschchen und Goldbären, durch den Bus.

Nachdem wir extra im Schneckentempo gefahren und vier Zwerge bei ihren Eltern und dann Kira bei Gregor abgeliefert haben, verspricht mir Holgi am Ende unserer Dienstfahrt, dass wir spät am Abend noch *des meubles* aus der Nisch abholen.

4. Sleep comes down – The Psychedelic Furs

Ich schrecke hoch. Wer und wo bin ich? Warum ist es hier so dunkel, und was bedeutet dieses Kratzen und Schaben? Ich liege auf dem Rücken, reiße die Augen auf – und starre auf Gitterstäbe.

Bin ich im Knast, oder wurde ich im Småland vergessen? Ein Schlüssel dreht sich in der Wohnungstür, und dann höre ich wieder Kratzgeräusche. In meinem Kopf meldet sich die moralinsaure Stimme meines Schlechten Gewissens: »Hoch mit dir, Anton Hornig, du hast vergessen, Mucki und Buddy ins Bad zu bringen. Bei dem Geknusper schläft doch kein Kind ein.«

Ich schaue mich um. Ich liege auf einem Verkehrsteppich und blicke in zwei quietschvergnügte Kindergesichter. Mühsam erhebe ich meinen Oberkörper und nehme nicht sogleich das Rinnsal wahr, das sich in einer Pfütze unter einem der vergitterten Betten gesammelt hat.

Sowohl Mucki und Buddy, die beiden Zwerghamster, die in ihren juckelnden Laufrädern die Umdrehungszahl gerade beschleunigen, als auch Anniki und Max sind im Gegensatz zu mir hellwach. Die beiden Zwerge über mir rütteln an ihren Gitterstäben und beobachten mich. Ich lasse mich wieder fallen und starre an die Decke.

»Papa geschlafen, muss Pipi.«

»Ja, Papa ist wohl kurz eingenickert.« Ich schrecke wieder hoch. »Nein, Max, nicht schon wieder!«

Kratz, kratz, quietsch, quietsch, raschel, raschel.

Anniki grient mich an und zeigt mit dem Zeigefinger auf ihren betröpfelt dreinschauenden Bruder, der ein tropfnasses

Papiertaschentuch vor sein Genital presst und die Folgen seines unkontrollierten Harndrangs abschätzt.

»Pipi, nasses Taschentuch«, erklärt Max und lässt den vollgesogenen Tempo-Klumpen in die Pfütze vor seinem Bett fallen. Klatsch. Toll gemacht, Sohnemann.

»Wo ist deine Windel?«, will ich von Max wissen.

»Windeli ist voll.« Mein Sohn tippt auf seine Pampers, die als voller Klumpen neben ihm liegt, und ruft: »Maaama!«

»Toni! Hast du Max nicht noch mal aufs Klo gesetzt, bevor du ihm 'ne frische Windel angezogen hast?«, höre ich Ada rufen.

Woher weiß sie das bloß immer, wundere ich mich.

»Sind Mucki und Buddy im Bad? Bei dem Lärm, den die beiden abends veranstalten, kann doch kein Kind einschlafen.«

»Jepp«, sage ich leise und schaue auf meine Armbanduhr. Es ist kurz nach acht, und ich bin mal wieder vor den Kindern eingepennt.

»Wie war's im ›Radau‹? Hattet ihr Spaß?«

»Äh, jepp«, sage ich noch mal.

»Kannst du mal bitte zu mir kommen, Anton?«

Das war keine Frage, sondern eine Aufforderung. Ich reibe mir den Schlaf aus den Augen.

»Toni, jetzt haben wir's schwarz auf weiß«, vernehme ich Adas Stimme, »man will uns tatsächlich verkaufen!«

Da hat Ada wohl recht, denke ich, dieses Gefühl beschleicht mich schon seit Längerem, aber mir glaubt ja keiner. Und hat nicht Andreas Dorau schon in den Achtzigern so treffend formuliert: »Die Welt ist schlecht, das Leben ist schön« … oder waren das die Fehlfarben?

In der Küche höre ich Ada hantieren, ich atme tief durch und bilanziere: endlich Feierabend. Ach nee, ich muss ja noch mal mit Holgi zu Ikea.

»Ada, ich glaube, ich habe wieder ein Problem«, rufe ich.

»Das glaub ich dir gern«, tönt es zurück, »… aber du *hast* kein Problem, Toni, du *bist* das Problem.«

Na danke, Ada, und natürlich wieder vor den Kindern. Aber im Grunde hat sie ja recht, mir geht's doch eigentlich gold, und ich backe mir meine Probleme regelmäßig selbst. Ich liebe meine Kinder, die Wohnung ist jetzt immer schön aufgeräumt, und statt literweise Bier trinke ich öfter mal eine leckere Rhabarber-, Quitten- und Holunderbrause.

»Anton, was haben wir denn diesmal für ein Problem?«

»Ada, du verstehst mich nicht«, sage ich leise.

»Glasklar hast du ein Problem, aber nicht nur eines«, mischt sich mein Schlechtes Gewissen ein. »Ich sag doch: Hornig, du bist zu einem lupenreinen Vertreter der Bionade-Bourgeoisie mutiert.«

»Bionade-Bourgeoisie? So geht das doch Tausenden Männern in meiner Situation, das ist doch gar kein Problem, sondern 'ne Tatsache.«

»Genau das ist aber dein Problem, Anton Hornig.«

»Schnauze, Schlechtes Gewissen.«

Aber wahrscheinlich hat mein degeneriertes Über-Ich wieder mal absolut recht. Früher war ich mal beinharter Punk. Na gut, auf jeden Fall Punk. Und heute? Heute stehe, okay, penne ich um acht Uhr auf 'nem Verkehrsteppich ein – in der Mitte des Lebens – mit Ada und den Kindern zusammen in einer Dreizimmerwohnung.

Fehlt bloß noch das von mir vor Jahren vom Teufel an die Wand gemalte Endreihenhaus im Speckgürtel der Stadt, wo es morgens im Umkreis von zwei Kilometern weder Zeitung noch Brötchen zu kaufen gibt. Genau damit liebäugelt Ada seit Längerem.

»Was machen denn die zwei Baldachine in der Küche?«, höre ich Adas Stimme.

Dabei habe ich die letzten zwei Jahre meiner Liebsten den Schreibtischstuhl als Teilzeit-Schlussredakteur bei dieser hochglänzenden Frauenzeitschrift warmgehalten. Anton HimbeerToni Hornig, freischaffender Schwangerschaftsvertreter für kleines Geld, ohne Anspruch auf Urlaubsgeld.

»Anton! Ich hab dich was gefragt!«
»Ach, die Baldachine«, rufe ich.
»Warst du bei Ikea?«, tönt es zurück.
»Äh, ja, mit Holgi.«
»*Wann* warst du bei Ikea?«, beharrt Ada.
»Äh, kürzlich«, antworte ich.
»Und? Wo sind die Kinderbetten?«, setzt Ada nach.
»Äh, die hol ich noch ...«

5. *I don't wanna grow up – The Ramones*

Ada arbeitet jetzt wieder im Verlag, aber mit uns ist es nicht wirklich besser geworden. Vorher war es ihr nicht recht, dass sie den ganzen Tag mit den Gören zu Hause oder auf dem Spielplatz saß, und jetzt, wo sie wieder ins Büro geht, passt ihr das auch nicht.

Zu allem Überfluss krieg ich kein Geld vom Amt, bloß weil wir zusammen wohnen und Ada zu viel verdient.

Holgi beschrieb kürzlich sein Dasein als ›White Trash mit Stil‹, und er meinte: »Alter, wird Zeit, dass du mal wieder anfängst zu leben, Toni.«

»Okay, geht los«, habe ich gesagt, »aber erst mal sind Sommerferien. Das ham wir uns verdient.«

»Wohin fahrt ihr denn?«, wollte Holgi wissen.

»Nach Sylt! Oder sagt man besser auf Sylt?«

»*Nach* oder *auf* Sylt – ist beides scheiße.«

Holgi liegt natürlich richtig. Bei klarem Verstand betrachtet, ist das Wahnsinn, zusammen mit Ada, zwei Dreijährigen und Zigtausenden anderen Vätern, Müttern samt quengelndem Nachwuchs mitten im Jahr irgendwo an die See zu fahren. Ach ja, fast hätte ich's vergessen: Mucki und Buddy kommen natürlich auch mit. Solche Aktionen kosten Geld, Nerven und sind jeder Paarbeziehung zutiefst abträglich.

»Sylt. So heißt doch ein Kettcar-Album«, feixte Holgi, der höchstens für lau mal nach Sylt fahren würde. Das Geld dafür hätte er sicher nicht. Er, der sein müßiggängerisches Chaotentum auf niedrigem Niveau über all die Jahre hinweg nicht nur einfach konserviert hat, sondern hingebungsvoll hegt und pflegt.

»Toni, kommsch jedzd endlich?«

Dass Ada in ihre Muttersprache verfällt, macht mich ein wenig unruhig. Gleichzeitig vernehme ich ein Krähen hinter den Gitterstäben: »Papa, Pipi, Kacka.«

»Vielleicht ist das ein Wink des Schicksals, Toni«, ruft Ada.

»Schicksal?«, sage ich, »was denn für ein Schicksal?«

»Dass mir ons endlich was oigas kaufad.«

Prompt trete ich in jenes Nummer-eins-Fettnäpfchen, in das man als männlicher Counterpart einer leicht derangierten Paarbeziehung treten kann, wenn die Sprache auf Immobilienkauf kommt, denn ich rufe: »Für alles im Leben musst du bezahlen, Ada. Und je später du es tust, desto mehr drücken die Schulden!«

Schweigen in der Küche. Ich rapple mich hoch und bugsiere Buddy und Mucki, die beiden nachtaktiven Kleintiere, samt ihren vergitterten Behausungen ins Badezimmer. Und statt auf Adas ›Wir kaufen was Eigenes‹ einzugehen, widme ich mich meinem inkontinenten männlichen Nachkommen.

Was Eigenes kaufen und Schulden wie Königs haben, gruselt mir, als ich Max aus seinem Gitterbett hieve und das wahre Ausmaß seiner Undichtigkeit wahrnehme. Automatisch verziehe ich das Gesicht und stelle die Atmung ein.

Max grinst schief. Was soll er auch tun in seiner beschissenen Situation. Im Gegensatz zu Anniki, bei der die Windelfee schon vor einem Jahr vorbeigeschneit kam, schwört Sohnemann, aus welchem vermaledeiten Grund auch immer, weiterhin jede Nacht auf »Windeli« … und zwar ausschließlich für Pipi.

Anniki dagegen besteigt pro Tag gefühlte zig Mal ihren Kindertoilettenthron, der auf dem an der gekachelten Badezimmerwand montierten frei schwebenden Erwachsenenklosett ruht, nur um ihren Bruder zu demütigen. Dort erledigt sie bedächtig ihre Geschäfte, zumeist unter strenger Beobachtung von Max, der mit scheinbar teilnahmslos-stoischem Ausdruck im Gesicht, innerlich aber glühend vor Neid, Anniki überwacht.

»Stinki, Papa«, attestiert Sohnemann.

»Max, ich dachte, damit wären wir durch«, sage ich beim Anblick seiner überquellenden Kackwindel und dem ursprünglich mal hellblauen Schlafanzug.

Ich schnappe nach Luft, schiebe drei, vier Lagen Haushaltspapier unter sein Hinterteil, wische die streng riechende Bescherung notdürftig ab, verschließe den Windelballen und schleppe meinen Jüngsten Richtung Waschbecken.

»Andon, wia oft soll i dir eigendlich no ...«

»Ich komm gleich, Ada!«, rufe ich in Richtung Küche. Tolle Wurst, Hornig: Sohn vollgekackt, Geliebte angepisst!

Ich spüle Max' Hintern unter dem lauwarmen Wasserstrahl ab, wobei mir wieder auffällt, dass es im Abflussrohr seit geraumer Zeit ungesund gurgelt und gluckert. Dann wickele ich meinen Sohn in ein frisches Badehandtuch und stopfe den versifften Schlafanzug in die Waschmaschine.

»Ferjen fahn, Sylt«, freut sich Anniki, als ich mit Max im Arm wieder das Zimmer betrete.

»Jawoll, Anniki. Wir fahren nach Sylt, und du, Max, gehst zum Kacken aufs Klo, verstanden? Und jetzt ab ins Bett, ihr müsst morgen früh raus«, sage ich und streife Max seinen Sponge-Bob-Schlafanzug über.

»Ferjenfahnsült«, jauchzen die beiden unisono.

Ich nehme meine Kinder in die Arme und drücke sie ganz nah an mich.

»Max, ich liebe dich, und ich liebe dich, Anniki. Merkt euch das, ich bin euer Papa, und ich werde euch immer lieben, immer, immerimmer – von ganzem Herzen.«

»Ich lieb dich auch«, sagen Max und Anniki leise. Wir küssen uns sachte, dann lasse ich die beiden in ihre Betten plumpsen, lösche das Licht und sinke wieder auf den Verkehrsteppich nieder.

Meine Kinder lauschen wohl im Dunkeln, während ich mit ruhiger Stimme bete: »Ich will Gott vertrauen von ganzem Herzen, und ich verlasse mich nicht auf meinen Verstand. Wenn ich Gott gedenke in all meinen Wegen, so wird er mich stets richtig führen. Amen.«

»Amen«, echot es aus den Betten.

»Da hilft auch kein Beten, Toni«, höhnt mein Schlechtes Gewissen. »Was hat dich geritten, nach Sylt in Urlaub zu fahren? Weder biste reich, noch schön, im Gegensatz zu Ada, sie sieht wenigstens noch richtig klasse aus.«

Stimmt, denke ich, allein Ada hat es so gewollt, und sie hat unseren Sommerurlaub auf Deutschlands teuerstem Eiland gebucht. Und ich darf nicht mal wissen, wo es genau hingeht.

Ich starre an die dunkle Kinderzimmerdecke und lausche. Die Kinder atmen gleichmäßig und ruhig, sie scheinen endlich zu schlafen. Sicherheitshalber bete ich gleich noch mal, wenn's nix nützt, schaden tut's auch nicht: Große Göttin, Allah, Shiva, Buddha oder wasweißichwer im Himmel, schenke Ada und mir und den Zwergen Gesundheit und ein schönes Leben, viel Liebe und Wohnverhältnisse, die jedem von uns guttun ... und wenns nichts ausmacht, stell bitte Adas Meckerautomatik ab.

Nebenan schrillt das Telefon ... schau an, Höhere Macht, das ging ja fix, denke ich.

»Guten Abend, nett, dass du dich meldest«, vernehme ich Adas Worte. Einen Moment später platzt Ada ins Kinderzimmer: »Gregor ... für dich.«

Großer Gott! Gregor, Kira, Ikea, Wiebke und Christophe, schießt es mir durch den Kopf.

Ich springe auf, beleuchtet vom trüben Schein der Janosch-Steckdosenlampe, beobachtet von Anniki, die anscheinend noch keine Sekunde ans Schlafen gedacht hat und ihren gewindelten Zwillingsbruder über die Gitterstäbe hinweg gerade an den Haaren zieht – und natürlich brüllt Max gleich los.

Ich gehe auf Ada zu, sie reicht mir das Telefon, hebt Max hoch, tätschelt seinen Kopf und ranzt mich mit Leidensbittermiene an: »Wie schaffst du das eigentlich, dass die Kinder noch wach sind?«

»Mama, nicht streiten«, maunzt Anniki.

»'n Abend, Gregor«, sage ich in die Sprechmuschel, während schon eine Schimpfkanonade auf mich einprasselt. Ich halte das Telefon ein Stück weg vom Ohr.

»Na, Kinder, war's denn schön bei … *Ikea*?«, höre ich Ada fragen.

»Jaa«, rufen die Kinder, während mein Ohr weiter von Gregors Wortkaskade geflutet wird.

»Toni, wie oft hab ich dir gesagt, dass Max kein Ketchup darf, schau dir mal sein Gesicht an. Das gibt's doch nicht!«

Multitasking war noch nie mein Ding, denke ich und versuche vergebens, mich auf Ada und Gregors Telefontirade zu konzentrieren.

Ada schiebt mich beiseite, lässt sich vor den Kinderbetten auf dem Teppich nieder und schlägt das Zwillings-Lieblingsbuch über einen hedonistischen Regenbogenfisch auf, der sich vom Egoschweinflosser zum sozial kompetenten Schwarmfisch wandelt.

»Warte mal, Gregor«, sage ich und gehe mit ihm am Ohr in die Küche, öffne einhändig eine Astra-Rotlicht-Knolle mit sechs Umdrehungen als Rettungsanker und beginne tantraartig beschwichtigende Worte in die Telefonmuschel zu murmeln: »Ja, Gregor, stimmt, wir waren bei Ikea … Ja, Gregor, auch Kira hat böses Fleisch gegessen … Nein, Gregor, wenn ich's dir sage, ich hab nichts mit Wiebke, sie ist nicht meine Geliebte, wie kommst du überhaupt auf so was? … Gregor, ich habe doch Ada, und Wiebke ist gar nicht mein Typ!«

Während Gregor belfert, Kira habe ihm glaubhaft versichert, ihre Mutter und ich hätten uns bei Ikea geküsst, nehme ich am Küchentisch Platz und stürze das Bier in einem Zug herunter.

»Gregor, ich hab nichts mit Wiebke, wir waren zufällig beide bei Ikea … Was soll ich denn sonst sagen, wenn ich nichts mit deiner Frau habe. Deine bescheuerte Wiebke geht mir am Hintern vorbei«, sage ich, und Gregor legt auf.

Ich öffne die nächste Rotlichtknolle. Auf dem Tisch liegt ein aufgerissenes Briefkuvert. Ich nehme einen Schluck und überfliege das an Ada und mich adressierte Schreiben.

Jetzt ist es amtlich: Eine »TransInvest« Immobiliengesellschaft aus Frankfurt teilt in dürren Worten mit, dass sie unser Haus gekauft hat und in Eigentumswohnungen umzuwandeln gedenkt. Nicht, ohne Ada und mich zu ermuntern, bei Bedarf vom »verbrieften Vorkaufsrecht für unsere Wohnung Gebrauch« zu machen, gefolgt von der Ankündigung, ein Besichtigungstermin unserer Wohnung durch Mitarbeiter des örtlichen Bezirksamts, die deren »Abgeschlossenheit« zu prüfen hätten, gehe uns gesondert zu.

Es klopft an der Wohnungstür. Das muss Holgi sein. Ich greife mein Bier und den Brief und öffne leise die Tür.

»Was geht, Alter«, raunt Holgi, noch immer in seine eng anliegende Jim-Morrison-Schlangenlederhose gezwängt, den Oberkörper umrankt dafür jetzt ein quietschbuntes Sechzigerjahre-Shirt mit Paisleymuster. Holgi hält das gleiche Schreiben wie ich in der Hand und tippt mit dem Zeigefinger auf den Briefkopf des Papiers in meinen Fingern.

»Haste auch Post gekriegt? Scheiß-Embolienfritzen!«

»Du, Holgi, passt gerade gar nicht, außerdem heißt das Immobilien«, zische ich, was meinen alten Freund aber nicht im Geringsten zu stören scheint.

»Die mach ich so was von derbe nass«, droht er, jetzt mit leiserer Stimme, wedelt mit seinem »TransInvest«-Kuvert in der einen und einem DIN-A4-Webseiten-Ausdruck in der anderen Hand vor meinem Gesicht herum und versucht gleichzeitig, sich die fettigen Strähnen aus dem Gesichtsfeld zu schütteln. »Alter. Mich kriegen die hier nicht raus.«

»Holgi, das passt jetzt echt nicht.«

Holgi reibt mir seinen Computerausdruck unter die Nase.

»Guck dir das mal an, Toni, hier … er lebt.«

Okay, irgendwer lebt, denke ich. Ganz offensichtlich treibt Holgi wieder etwas um, das er unbedingt loswerden muss, also sage ich gnädig: »Das freut mich, dass *er* lebt, Holgi, aber meine Kinder müssen jetzt einschlafen …«

Holgi späht durch den Türrahmen Richtung Flur, legt einen Zeigefinger auf die Lippen, wedelt mit seinem Webseitenausdruck und flüstert: »Alter, irgendwie hab ich's immer gewusst. Er ist nicht tot. Lass mich doch kurz rein – oder ist *sie* wieder komisch ...?«

»*Komisch*? Ada ist nicht komisch. Gregor rief gerade an, der glaubt, ich hätte was mit Wiebke am Laufen.«

»Das is ja 'n Ding. Und ich dachte, die hat was mit diesem Franzmann.«

»Mann, Holgi. Gregor hat Ada erzählt, ich hätte die Kinder als Alibi benutzt, um mich mit seiner Alten ungestört bei Ikea zu treffen.«

»Ungestört bei Ikea treffen, ja, ja, Eifersucht ist eine Leidenschaft, die mit Eifer sucht, was Leiden schafft.« Der Lizard King hat's wieder mal geschafft, schlurft ohne Kommentar an mir vorbei Richtung Küche, nimmt unaufgefordert Platz und ein Bier von mir entgegen.

»Spuck's schon aus, Holgi, aber leise.«

Holgi, die Eidechse, schaut mich durchdringend an, wir prosten uns zu und trinken.

»Raus damit! Wer lebt? Hast du Papa Punk getroffen?«

»Papa Punk ist so tot, wie ein Mann nur tot sein kann, nein, Jim lebt! Hier, schwarz auf weiß: Jim Morrison lebt, keine Spinne, Alter.«

»Schon klar, Holgi, Jim Morrison lebt«, sage ich, gehe zum Kühlschrank, reiße zwei neue Knollen auf.

Wir trinken schweigend, lauschen Adas Gute-Nacht-Lesung im Kinderzimmer, und ich denke, dass die alte Bauernregel »Hast du keine Frau, hast du ein Problem. Hast du eine Frau, hast du viele Probleme«, zu Holgi irgendwie nicht passt. Holgi Helvis, eigentlich Helwig, mein alter Remo-Smash- und Presleyholics-Bandkumpel, der aus unserer gestandenen Punkrocktruppe gerade eine Doors-Coverband gemacht hat und bei unserem neuen Bandnamen einfach ein O weggelassen hat.

Die Dors heißen wir jetzt, tolle Wurst. Dabei sind wir vom Personal nix anderes als die alten Presleyholics und Remo Smash: Kurtchen Reich an der Gitarre, Waldemar Schangeleidt alias Brotteufel, weil zumindest früher dumm wie Brot und immer zwei Hörner auf der Stirn, am Schlagzeug und HimbeerToni Hornig am Bass.

Keyboarder wird dringend gesucht, »denn Doors-Nachspielband ohne Organist geht eigentlich genauso wenig wie Doors mit einem O«, das jedenfalls habe ich zu den Jungs gesagt, aber dann trotzdem mitgemacht, auch mit einem O und ohne Orgel, nachdem Holgi prophylaktisch ein Casio-Keyboard gebraucht gekauft und im Probenraum aufgebaut hat.

Seit ein paar Wochen schon dengeln Die Dors in ihrem Doppelgaragen-Übungsraum vor dem Reihenhaus der Witwe Gähdes an den weniger orgellastigen Stücken aus dem reichhaltigen Doors-Œvre: *Break on through (to the other side), When the music's over, L.A. woman, Riders on the storm.* Und ich spiel mir dabei 'nen Wolf am Bass, um die orgelfreien Soundlöcher zu stopfen, bis meine Fingerkuppen bluten.

»Astra ist alle«, erkläre ich und reiche Holgi eine kalte Halbliterdose, als die Kinderzimmertür aufgeht.

»Hosch du die Wäsch in d'Maschin g'schdeckt?«, ruft Ada.

»Äh, mach ich gleich«, sage ich.

Ada schließt die Kinderzimmertür hinter sich und faucht im Flur weiter: »Max Kedschup esse z' lassa. Was soll des, wieso warsch überhaupt bei Ikea mit de Kender?«

Und dann sagt sie auf Hochdeutsch ohne Notiz von Holgi zu nehmen: »Aber du und Wiebke, das ist ein guter Witz, da muss selbst ich lachen!«

»Warum musst du da lachen?«, staune ich.

Ada verschwindet im Schlafzimmer, rollt zwei gepackte Reisekoffer in den Flur und wirft eine Ladung schmutziger Buntwäsche daneben.

»Und häng die Sachen nicht im Bad zum Trocknen auf, da ist die Luft zu feucht«, schiebt meine geliebte Geliebte nach.

»Jepp«, sage ich, »und reg dich bitte nicht auf.«

»Nicht aufregen? Mein Vertrauen missbrauchen, mit den

Kindern zu Ikea fahren und sagen, ich soll mich nicht aufregen ... Das wird ja immer schöner!«

»Contenance, Ada«, mischt sich der Lizard King ein.

»Condenance?« Ada lacht schallend. »Holgi, du woisch doch garnet, was Condenance bedeuded.«

Der Eidechsenkönig bleibt verdächtig cool, mustert Ada und sagt dann: »Verehrte Ada, Contenance bedeutet so viel wie Selbstbeherrschung, Haltung, Gelassenheit in schwierigen Situationen der Interaktion und Kommunikation, alles, was *dir* offenbar gerade abgeht.«

»Willsch jedz klugscheißa, Holger?«

»Contenance, Ada, die Wahrung selbiger kann nämlich in manchen Situationen taktische Überlegenheit schaffen und eine Eskalation verhindern.«

»Des kannsch hann, Holgi, 'naus do aus mainer Wohnung!«

Mooment, denke ich, *meine* Wohnung? Ich sage aber nichts, dafür brüllt Ada jetzt hochdeutsch: »Raus hier!«

Prompt verliert der Eidechsenkönig die Contenance: »Ich will dir was verraten, Ada. Dein Rumgekeife kann doch niemand mehr hören. Seit du Toni im Sack hast, biste doch nur noch frustriert und lässt es an ihm aus.«

»Des schdimmd nedd«, keift Ada.

»Und jetzt probierst du's mit mir, aber das läuft nicht«, erwidert Holgi, mein Blick schwankt unentschlossen zwischen den beiden Kontrahenten hin und her.

»Des isch a Frechhaid, Holger. Du hosch ned oimol Verandwordung für dei Läba übernomma. Haupdsach, du hosch dai Bier, dai Haschisch on dai komische Bänd.«

»Hört auf«, sage ich, »das bringt doch nix.«

»Du kansch au glei ganga, i will di nemme säa, du hosch mi beloga on bedroga mit daim Ikea, ond wenn des so weidergoht, Anton, no kann i ja glei säa, wie i maine Kender alloi großziag.«

»Hör auf, Ada ...«, sage ich.

»Ziag doch nonder zu daim Busafraind, oder gang glei zur Wiebke, i schaff des scho alloi«, patzt Ada weiter.

»Aber ich will nicht zu Wiebke ...«

»Aber bei Ikea warste mit ihr.«

»Ada, ich bin zu Ikea, weil ich dir versprochen habe, die beiden Betten vor dem Urlaub zu besorgen, ich hab das für dich gemacht, äh, für uns.«

»Und wo sind die Betten?«. Ada, die offenbar ihre Mundart vergessen hat, schaut sich suchend um. »Ich seh bloß zwei Baldachine.«

Holgi räuspert sich: »Ada. Das Leben besteht nicht nur aus Frust«, doziert er, »ein bisschen Spaß muss sein.«

Meine geliebte Geliebte fährt herum, schießt furiengleich auf Holgi zu und schreit: »Ich han Schbaß, i han andauernd Schbaß!«

»Hör dich doch mal an.«

»Contenance«, sage ich jetzt mit fester Stimme, »hört auf zu streiten. Beide.«

»Wie soll i bei demm d' Condenance wahra?«, zetert Ada und sagt dann normal: »Ich werd hier beleidigt, mein Freund hintergeht mich, unsere Wohnung wird uns unter dem Hintern weg verkauft, und ich steh allein da mit zwei Kindern.«

»Aber das stimmt nicht, Ada ... ich bin doch auch noch da«, sage ich schwach, und da weint Ada mit einem Mal los. Ich nehme meine Liebste in den Arm.

»Ja, das ist hart, die Immobilienärsche wollen uns hier tatsächlich raushaben«, meldet sich Holgi tröstend zu Wort und entfaltet sein Schreiben der »TransInvest«. »Aber das schaffen die nicht, da kennen die ihren Holgi schlecht.«

Holgi reicht Ada ein platt gedrücktes Päckchen Tempo-Taschentücher, das er aus seiner Lizard-King-Lederhose herausgezogen hat. Ada schneuzt sich die Nase, und ich drücke meine Liebste fest an mich.

»Tut mir leid, Holger ... mir wird in letzter Zeit einfach alles zu viel«, schnieft Ada.

»Tut mir auch leid«, sagt Holgi.

»Wisst ihr«, fährt Ada fort, »mit dem Hausverkauf, das sehe ich wie eine Art Wink des Schicksals.«

»Das ist kein Schicksal, das sind profitgeile Spekulanten!«, entrüstet sich Holgi.

»Wenn es so sein soll, dass Toni und ich hier rausmüssen, dann suchen wir uns eben was Neues, ist es nicht so?«

»Ich such aber nix Neues«, entfährt es mir.

»Das sehe ich anders. Gleich nach dem Urlaub werden wir uns ein paar Musterhäuser ansehen.«

Mein Mund bleibt offen stehen.

»Musterhäuser! Wie ... Musterhäuser?«

Ada geht zum Küchentisch, nimmt einen Schluck aus meiner Dose. »Wir fahren in diesen Musterhauspark bei Elmshorn und suchen uns ein schönes Zuhausehaus aus.«

»Zuhausehaus?«, wiederhole ich apathisch, während das schlimme Wort in mir nachklingt.

»Ich hab schon ein passendes Objekt im Auge für uns«, legt Ada nach, »*Designhaus Klassika*, 130 Quadratmeter, zwei Kinderzimmer, 155 000 Euro. Schlüsselfertig, schau hier.«

»155 000 Euro!«, rufe ich.

»Grundstück kommt noch oben drauf«, sagt Ada und zieht einen knallroten Katalog aus der Küchentischschublade und tippt auf einen Grundriss, der mit *Designhaus Klassika 301* überschrieben ist.

»Einhundert – fünfundfünfzig – tausend Euro!«, sage ich, erhebe mich mühsam, wanke bleischwer in den Flur, raffe wie in Trance den Schmutzwäscheberg auf dem Boden zusammen. Gefolgt von Holgi, stolpere ich ins Bad und bereite den Buntwaschgang vor.

»Das hat sie von langer Hand geplant«, zische ich, »und jetzt, wo unsere Wohnungen verkauft werden, kommt sie raus damit ...«

»Hört sich nicht gut an«, sagt Holgi.

Ich gebe zwei Tabs in das Spülfach, stelle Buntwäsche plus und vierzig Grad ein, klemme den Abwasserschlauch der Waschmaschine unter den Toilettensitz und wundere mich, wie feucht die Luft in unserem Badezimmer tatsächlich ist.

»Wie sieht's aus, Toni, 'n schnelles Bier bei Pamu Kalle?«

Ada steht jetzt in der Badezimmertür, hält den Zuhausehaus-Katalog umklammert und lächelt schwach.

»Geht ruhig was trinken«, schnieft sie. »Ich leg mich mit den Kleinen hin, ich bin hundemüde. Toni, wasch die Klamotten bitte erst morgen, wenn wir weg sind, und seid so lieb, nehmt beim Runtergehen die Koffer mit zum Auto.«

»… machen wir, Ada«, sage ich, während Anniki an uns vorbei Richtung Klo schlurft, gefolgt von Windel-Max.

»Ihr Raggr schlofed jo immer no ned, ab ins Bedd, ihr dirfed zur Mama, on noh wird ab'r gschlofa«, sagt Ada leise.

»Muss Pipi.« Anniki nimmt auf dem Kinderkloaufsatz Platz, neben ihr Max, der Anniki bei ihrem kleinen Geschäft beobachtet. Dann nehme ich Max und Anniki auf den Arm, Ada kommt zu uns. Wir vier halten uns eng umschlungen. Dicke Tränen rinnen über Adas Wangen.

»Schlaft schön«, sage ich, dann küsse ich Ada die Tränen weg, Anniki und Max klettern von meinen in Adas Arme.

»Ciao, Toni«, schnieft Ada – und ich muss mir eingestehen, ich verstehe Ada einfach nicht.

Holgi und ich schnappen uns die Koffer, als sich die Wohnungstür hinter uns noch mal öffnet.

»Toni, würde es dir was ausmachen, nachher auf dem Sofa zu schlafen? Wir müssen früh raus und brauchen unseren Schlaf.«

»Geht klar, Ada«, sage ich.

»Und tut mir leid, Toni, wegen meinem Rumgeboller, ich hab heut meine Regel gekriegt, du, und ich freu mich total auf unsere Ferien und dass du Samstag kommst, Schatz.« Ada geht auf mich zu und gibt mir einen Kuss auf den Mund. »Und hier auszuziehen, da freu ich mich auch drauf.«

Ich stehe mit offenem Mund da, als die Tür ins Schloss fällt. Hormonsturm oder Hormonstrum? Versteh einer die Weiber.

Zum Glück habe ich einen Freund wie Holgi: »Deine Ada hat ihre Regel, aber ich hab auch meine Regel, und die lautet heute Abend: Wir werden uns nachher ganz gepflegt aus der Rüstung schießen.«

»Aber erst fahren wir zu Ikea«, gebe ich zu bedenken.

6. Emergency – 999

Vielleicht sollte ich mir Holgi als Vorbild nehmen? Oder Radulescu Ursu? Der Mann ist Künstler, hat auch keine Frau, dafür angeblich Kinder von zwei Müttern im Kosovo. Aber tauschen will ich auch nicht mit ihm. Der durchgeknallte Stelzenläufer und Bauchredner ist vor bald drei Jahren mitsamt seiner Handpuppensammlung in Adas alte Wohnung im Glindweg eingezogen, ist bis heute nirgendwo gemeldet, hat gehörig einen an der Marmel und den Arsch voller Probleme. Und ich krieg ein schlechtes Gewissen, weil ich Radu schon ewig nicht mehr besucht habe. Holgi und ich sind nämlich mit schuld an Radus Misere, zumindest dem schlimmen Unfall, wie wir Radus üblen Sturz von damals nennen.

Und Herr Blümchen, mein allerbester Freund und Kupferstecher seit Kindertagen, hat das ganze Rattenrennen hinter sich gelassen, der deutschen Steuerfahndung ein Schnippchen geschlagen und sich nach Borneo abgesetzt.

Oder sollte ich gar neidisch sein auf Papa Punk? Na, vielen Dank, dann hätte ich ja alles hinter mir. Papa Punk war bei Remo Smash unser Sid Vicious, der Allmächtige im Punkrockhimmel habe ihn selig. Sein ganzes kurzes Leben lang war Papa Punk ein unbeugsamer Zeitgenosse, hochintelligent, dazu hyperkreativ und konsequent bis zur Selbstauslöschung – als Mensch, Musiker, Drogenkonsument und verquaster Anarcho-Kommunist. Eine Art rastloses Universalgenie aus gutem Hause, das seine Lebenskerze an beiden Enden brennen ließ. Papa Punk war Remo-Smash-Gitarrero und Songschreiber der ersten Stunde, bevor er vor bald fünfundzwanzig Jahren in Berlin spurlos verschwunden ist – von einem Tag auf den anderen. Kein Lebenszeichen mehr, nichts. Zumindest hat Papa Punk sein Leben voll durchgezogen – Break on through to the other side.

Als wir vor vier Jahren unser legendäres Remo-Smash-Jubiläumstreffen gefeiert haben, hat Kurtchen noch mal versucht, Licht ins Dunkel zu bringen. Er hat in Papa Punks alter Heimatstadt Frankfurt und in der Provinz recherchiert. Die Bank seiner Eltern gibt's noch. Sein Vater ist 1995 verstorben, die Mutter ist angeblich im Pflegeheim, mit ihnen hatte er sich heillos überworfen. Das Einzige, was Papa Punk mal erwähnt hat, war, dass sein Alter ein übles ›Pig im Schweinesystem‹ gewesen ist, die Wirlings hielten das Rat Race mit einer Investmentbank und Immobilienfirmen am Laufen.

Georg dagegen lernte mit vierzehn Jahren Gitarre, soff wie ein Loch, klaute bei einem Konzert der Straßenjungs seinen ersten Verstärker und war in den Siebzigern einer der ersten Punks in Frankfurt. Seine Eltern reagierten prompt und schoben Georg auf ein Internat nach England ab. Nach einer Woche und einigen Umwegen war er wieder in Frankfurt, lebte auf der Straße, wies sich selbst in eine Entzugsklinik ein und landete schließlich in einem Erziehungsheim für junge Erwachsene im nordhessischen Rengershausen, ganz in der Nähe von unserem Kaff.

Dort, wo Herr Blümchen am Schlagzeug und ich als Basser und Verlegenheitssänger gerade Deflöration, die Vorläuferband von Remo Smash, aus der Taufe gehoben hatten. Papa Punk bildete das fehlende Glied in unserer bis dato noch losen Bandkette.

Sid Vicious starb im Februar '79, und Papa Punk schmiss seinen ersten Trip. Am nächsten Tag machte er sich auf den Weg nach West-Berlin.

7. First of the gang to die – Morrissey

Herr Blümchen und ich wurden beide volljährig und gemustert. Pünktlich zur Einberufung, ein halbes Jahr später, übersiedelten auch wir in die geteilte Frontstadt, weil zum Bund wollte keiner von uns.

Wir schliefen auf einer siffigen Matratze bei Papa Punk und nannten uns fortan Remo Smash. Kurz darauf lernten Herr Blümchen und ich in einem besetzten Haus im Wedding auf 'ner Soli-Party für irgendwas Kurtchen und Holgi kennen. Die beiden waren gerade frisch aus Hamburg zugezogen.

Und was taten Herr Blümchen und ich? Zogen um nach Moabit, holten – ohne Papa Punk zu fragen – Kurtchen und Holgi in die Band und nahmen *Toilet Love* auf, unsere Kult-Single.

Zu der Zeit war Papa Punk schon ziemlich hart drauf. H, Koks, Cappies, die ganze Palette. Und wir zeigten Papa Punk, was wir davon hielten. Im Studio spielte Papa Punk die erste Gitarrenspur ein, Kurtchen die zweite, später mischten wir Kurtchens Spur nach vorn. Papa Punk kriegte das, glaube ich, gar nicht mehr richtig mit. Anfangs machten wir uns noch lustig über seinen desolaten Zustand. Und dann meinten Holgi und Kurtchen, dass wir auch ohne Papa Punk gut zurechtkämen.

Holgi, Kurtchen, Herr Blümchen und ich trafen Papa Punk das letzte Mal am »Kotti«, direkt am Eingang zum U-Bahnhof Kottbusser Tor.

Ich jedenfalls werde diesen Tag nie vergessen. Es war der 10. Dezember. An jenem Abend spielten die Dead Kennedys im »SO 36«, und wir mussten natürlich hin. Papa Punk saß im

Schneidersitz auf dem Bürgersteig, vor ihm räkelte sich Rubber, sein räudiger Mischlingsköter mit dem speckigen roten Halstuch. Georg erkannte uns erst gar nicht. Und wir waren in Eile, wollten schnell weiter, weil Jello Biafra bestimmt nicht mit dem Konzertbeginn auf Remo Smash warten würde.

Papa Punk war an diesem Winterabend ein einziger vor Schmutz und Exkrementen starrender Kollateralschaden mit herabhängendem, pissgelbem Iro, offenen Unterarmen und schwärenden Wunden. Nur Rubber machte sein Anblick offenbar nichts aus. Und ich erinnere mich genau, dass Georg das Vieh unentwegt streichelte. Und auch seine letzten Worte werde ich mein Leben lang nicht vergessen.

Papa Punk oder das, was von ihm übrig geblieben war, sah mich lange an, und es schien, als habe er einen letzten weisen, lichten Moment, denn er sagte denkwürdig philosophisch zu mir: »Scheiße, Alter, mir geht's nicht gut, ich werd bald auf der anderen Seite sein, ich mach nach drüben. Und Toni … danke für – nichts.«

Rubber lief uns eigenartigerweise noch ein paar Mal über den Weg, irgendwann nahm ich ihn zu mir, aber kein Mensch konnte uns sagen, was mit seinem Herrchen passiert ist. Papa Punk war und blieb verschwunden. Break on through to the other side!

8. Smash it up – The Damned

Es ist eine laue Sommernacht. Wir schlendern rüber zu Pamu Kalles Döner-Grill, nachdem wir die Koffer in Adas Kombi verstaut haben. In der geöffneten Imbisstür steht Pamu Kalle und raucht.

»Aber nicht *Alaska* heut«, raunt unser Lieblingswirt skeptisch, als er Holgi und mich erblickt.

»Nee, *Alaska* und *Eishockey* is heut nicht, wir müssen noch zu Ikea, außerdem sind wir nicht vollzählig«, beruhige ich Pamu Kalle, dessen Gesichtszüge gleich entspannter wirken.

Pamu Kalle macht nächste Woche dicht, normaler Gentrifizierungsdreck eben, man könnte auch sagen: Alles ist im Fluss, und unser Stadtteil verändert sich. Vor zwanzig Jahren schlossen der »Igel« und das »Café Kaputt«, heute trifft's unseren Lieblingstürken, der die unverschämt angehobene Pachterhöhung nicht aufbringen will oder kann. Egal, bislang haben wir immer 'ne neue Stammkneipe gefunden.

»Wie lange bist jetzt hier?«, frag ich.

»Zwei und halb Jahr.«

»Und. Hast du 'nen Plan?«

»Nix Pachtvertrag, nix Plan.«

Hinter Pamu Kalle am Tresen sehe ich Kurtchen, er beißt in eine Dönertasche und macht einen geknickten Eindruck. Wahrscheinlich kommt er gerade von einem Besuch bei seiner alten Mutter in Eidelstedt.

Pamu Kalle schnippt die Kippe weg, schlurft hinter die Theke, nippt an seinem Tee. Neun Uhr – um diese Zeit ist hier nie was los. Wir platzieren uns neben Kurtchen an der Theke.

»Cai?«, fragt Pamu Kalle, der den Laden vor Jahr und Tag

mitsamt Alt-Hamburger-Eckkneipeninventar übernommen hat, als er noch »Fofftein« hieß.

»Mach ma drei schnelle Halbe klar«, sage ich, ziehe das Kuvert der »TransInvest« aus der Tasche und bringe Kurtchen auf den neuesten Stand bezüglich unseres bevorstehenden Haus- und Wohnungsverkaufs, des Ikea-Ausflugs, Sylt und Adas Musterhaus-Absichten. Von dem abgelehnten Heiratsantrag sage ich nichts.

Kurtchen wischt sich den Mund ab.

»Wer will denn in so 'nem Reißbretthaus wohnen? Hätt ich Ada gar nicht zugetraut, so porno, wie die früher mal drauf war.«

»Ada ist eben Ada. Außerdem, *Du*, Kurtchen, könntest dir mal wieder 'ne Frau anschaffen.«

»Mit dem Thema bin ich endgültig durch.«

»Muss ja nicht wieder 'ne Perle aus Borneo sein.«

»Ich sagte doch, mit dem Thema bin ich durch. *Du* bist doch der HimbeerToni vom Dienst – ich seh dich schon mit Ada in so 'nem Vorort und den Arsch voller Schulden.«

»Hör auf, Kurtchen«, blaffe ich angesäuert.

»Ruhig Blut, Toni. So schnell schießen die Preußen nicht«, beruhigt mich Holgi.

»Hast du noch was anderes drauf als Sprüche von vorgestern? Wie wär's mit 'ner zündenden Idee, wie wir unsere Wohnungen behalten können?«

»Contenance, Anton. Wir sitzen alle im selben Boot. Und ums Erhalten der Wohnungen geht es uns ab jetzt nicht mehr.«

»Ich will hier aber nicht wegziehen«, beharre ich.

»Musst du auch nicht. Wenn die ›TransInvest‹ unsere Wohnungen zum Verkauf anbietet und wir weiter hier wohnen bleiben wollen, dann gilt fortan Regel Nummer zwei.«

»Regel Nummer zwei?«

»Regel Nummer zwei lautet: Ganz gleich, was in unserem Haus kaputtgeht, ab sofort herrscht absolutes Renovierverbot. Nix mehr anstreichen, tapezieren oder reparieren.«

»Und Regel Nummer eins?«

»Wir werden aktiv den Verfall der Bausubstanz herbeiführen – und zwar nachhaltig.«

»Du spinnst doch.«

Holgi lässt die rechte Handkante auf den Tresen krachen: »Versetz dich doch mal in die Situation von so 'ner ›TransInvest‹.«

»Will ich nicht.«

»Die wollen uns das Haus unterm Arsch wegverticken, und unsere Reaktion wird prompt und fürchterlich sein.«

»Ich fahr übermorgen nach Sylt, mit mir kannste nicht rechnen.«

»Parole: Simple Demolition.«

»Simpel was?«

»Demolition! Simple Demolition oder Projekt Smash Palace!«

»Smäsch what?«

»Smash Palace, unser Haus zerstören, simple demolition.«

»Klingt beides cool«, wirft Kurtchen ein, »wären gute Bandnamen.«

»Wir heißen aber schon Dors mit einem O und ohne Organist«, spotte ich, aber Holgi, der Eidechsenkönig, ist nicht mehr zu stoppen.

Seine Handkante knallt auf die Theke: »Chirurgische Eingriffe in die Bausubstanz, einfacher Abriss leicht gemacht, darum geht es!«

»Warum ihr wollt eure Haus kaputt mache?«, will Pamu Kalle wissen.

»Jedem potenziellen Kaufinteressenten, der die Immobilie besichtigt, soll der Anblick unserer Wohnungen das Blut in den Adern gefrieren lassen«, erklärt Holgi.

»Alter, bei dir sieht's doch eh schlimm genug aus, und wenn Ada und ich in zwei Wochen von Sylt zurück sind und unsere Bude Schrott ist, dann zieht sie gleich weg«, gebe ich zu bedenken.

»Dann wär das Problem doch auch gelöst.«

»Und was wird aus mir?«

»Wie, aus dir?«

»Meinst du, ich will, dass Ada mit den Kindern wegzieht und ich die Kleinen jedes zweite Wochenende mal besuchen kann?«

Holgi wischt mit der flachen Hand über den Tresen und prostet mir zu. »Mach dir keine Sorgen, Toni. Sobald du wieder da bist, präsentiere ich erste Ergebnisse und ein paar todsichere Strategien zum Thema: Demolieren statt Renovieren.«

»Eure Sorgen will ich haben«, sinniert Kurtchen.

»König Reich, wie geht's denn eurer Hoheit?«, frage ich höflich.

»Schön, dass mal jemand nachfragt. Ab nächsten Monat bin ich auf ALG 1.«

»Scheißzeiten, Kurtchen.«

»Programmkino ist durch, überaltertes Publikum. Erst kriege ich noch 'ne Schulung auf dem neuen Digitalprojektor. Opernübertragungen aus New York, live aus der Met, sollen das Kinoloch stopfen. Anschließend fällt für die Hälfte von uns Vorführern der Vorhang. Ende der Vorstellung.«

»Mach noch mal drei Halbe klar, ich werd schon ganz trübsinnig«, ärgert sich Holgi.

Pamu Kalle greift wortlos hinter sich in die Kühltheke und zaubert drei frische Astra-Knollen hervor.

»Holgi hat recht, Toni, wir sind schon richtige Trauerklöße, genau wie Radu. Der ist auch durch«, bemerkt Kurtchen.

»Radu? *Unser* Radu?«, sage ich.

»Unser Radulescu Ursu«, bestätigt Kurtchen, »hab ihn eben noch gesprochen, ihm geht's schlechter als uns dreien zusammen.«

»Was ist mit Radu?«, will ich von Kurtchen wissen.

»Hat sich einer von euch mal gefragt, warum Radu seit Monaten nicht mehr bei den Proben aufgetaucht ist?« Kurtchen schaut ausgerechnet mich vorwurfsvoll an.

»Na, weil er die Dors mit einem O bescheuert findet«, vermute ich.

»Spuck's aus, was ist mit ihm?«, sagt Holgi.

»Nichts Akutes, aber Radu droht die Abschiebung in den Kosovo.«

»Und damit rückst du jetzt raus? Mann, Radu ist unser Freund!«

»Wer solche Freunde hat, braucht keine Feinde nicht. Alte türkisch Sprichwort«, wirft Pamu Kalle ein.

»Sach schon, Kurtchen, was ist los mit ihm?«, drängelt Holgi.

»Die Presleyholics waren sein Ding. Seit die Geschichte sind, ist bei Radu Krise, auch seine Stelzen und die Handpuppen lässt er links liegen.«

»Aber deswegen wird man doch nicht abgeschoben?«, werfe ich ein.

»Radu, die alte Socke, hockt den lieben, langen Tag unten am Osterbekkanal auf der Parkbank oder in Adas alter Butze und bläst Trübsal.«

»Auch das ist kein Grund, ihn abzuschieben«, bläst Holgi ins selbe Horn.

»Und warum tritt er nicht mehr auf? War doch lustig mit seiner hässlichen Handpuppe«, sage ich.

Kurtchen winkt ab: »Kosovo, Albanien ... interessiert doch kein Arsch mehr. Nur solang Krise war auf dem Balkan, lief das Geschäft.«

Holgi grinst: »Erinnert ihr euch an Milo, seine Milosevic-Puppe, und Elvis, GI-Blues?«

»Und dann ist er böse abgeschmiert«, sagt Kurtchen.

»Das war ein Unfall«, platzt es aus Holgi und mir heraus.

»Radu schlimme Sturz gehabt«, erinnert uns Pamu Kalle an das denkwürdige Drama vor über drei Jahren und zieht seine geöffnete rechte Hand wie ein Messer quer über seinen Bauch.

»Danach war's vorbei mit Bauchreden«, erklärt Kurtchen ruhig.

»Radu hat auch Rücken«, wirft Pamu Kalle ein, »gestern er mir gesagt, schlimm Rücken. Jeden Mittag Radu kommt Punkt zwölf ... und immer Pomm-Dönner, nix Salat, ich sach Radu, is nicht gut, immer Pomm-Döner.«

»Bis vor vier Wochen hat Radu noch hart an seinem Comeback gearbeitet«, erzählt Kurtchen.

»Wie Comeback?«

»Zuerst hat er diesen Serbenführer mit Bart als Puppe gebastelt.«

»Was für 'nen Serbenführer?«, frage ich.

»So 'n Typ mit Bart und schlohweißer Mähne, den sie vors Kriegsgericht in Den Haag gestellt haben, wie hieß der noch?«

»Cevapcici?«, tippt Pamu Kalle.

»Nee, Karadzic.«

»Was sucht sich Radu immer für 'ne Typen aus. Cevapcici, Karadzic, die will doch keine Sau sehen«, wundert sich Holgi, schüttelt verständnislos den Kopf und lässt seinen Blick über die nahe Straßenkreuzung schweifen.

»Wisst ihr eigentlich, wie viel Arbeit in so einer Handpuppe steckt?«, fragt Kurtchen in die Runde, die sich das aber offenbar nicht vorstellen will. »Jetzt verstehe ich Radu, warum er mir vorgejammert hat, ich wär sein einziger Freund – nee, Ada auch, sagt er, weil sie ihm die Wohnung überlassen hat.«

»Ehrlich gesagt, hab ich nie verstanden, warum Ada ihn bei sich hausen lässt. Sie ist doch sonst so überkorrekt«, gibt Holgi zu bedenken.

»Vielleicht ist es ja genau das. Aber ich versteh wirklich nicht, warum Radu sich nicht bei uns meldet, wenn's ihm dreckig geht.«

»Radu spürt doch, dass ihr permanent 'nen schlechtes Gewissen habt wegen dem *Unfall*«, gibt Kurtchen zu bedenken.

»Hör endlich mit dem Unfall auf«, sage ich.

»Mit seinem neuen Bühnenprogramm wollte er zumindest beweisen, dass er's noch draufhat.«

»Und? Hat er's noch drauf?«, fragt Holgi.

»Bei dem Testauftritt vor drei Wochen im Kulturhaus Epiphanien waren Waldemar Brotteufel Schangeleidt und ich die einzigen Hamburger im Saal.«

»Waldemar, der alte Skin, war auch mit?«, staune ich.

»Ach ja. Und Mini-Rita, Polizeianwärterin in der Ausbildung, Waldemars neue Beifahrerin im Streifenwagen.«

»Ist das die mit dem Steiß-Tattoo?«, vermute ich.

»Waldemar ist jedenfalls ganz hin und weg von ihr.«

»Und das Publikum?«

»Mini-Rita hatte so ein knappes Top an und Minirock, und weil ihr was runtergefallen war, hatte sie sich gebückt, und da ham alle gejohlt und das Riesenarschgeweih bestaunt.«

»Riesenaschgweih?«, erkundigt sich Pamu Kalle. »Wie Radu ist angekommen?«

»Nicht mal das geladene Dutzend Exilalbaner und Kosovaren von der Gästeliste konnte über Radu und seine bartlose Karadzic-Puppe lachen.«

»Sein Milo kam doch früher immer gut an«, erinnere ich mich.

»Da hat das mit dem Bauchreden auch noch geklappt, seit dem Unfall siehst du genau, wie sich Radus Mund bewegt. Nur Brotteufel und Mini-Rita haben sich ausgeschüttet vor Lachen!«

»Wie hat Radu das weggesteckt?«

»Nach 'ner Viertelstunde hat er Karadzic auf offener Bühne den Kopf abgedreht und dann das Publikum bepöbelt, von wegen, er kenne sie alle – Kosovaren, Muslime, Albaner, Skipetaren, Serben, Bosniaken, Kroaten, Montenegriner und wie sie alle heißen. Und dann fing er an Witze zu reißen: Was geht einem Serben durch den Kopf, der ins Haus eines Albaners einbricht und von diesem erwischt wird? Na, was wohl? Eine 9-mm-Kugel!«

»Kam sicher bombig an«, vermute ich.

»Radu wurde aus dem Saal gejagt. Auf dem Nachhauseweg schwor er bei Allah, er sei durch mit dem Balkan, er setze jetzt auf deutsche Politiker wie Sigmar Gabriel.«

»Wie kommt er denn auf den?«

»Hab ich ihn auch gefragt, ›Radu, vergiss Politiker, die treten zurück, und dann ist dein Programm wieder im Arsch‹, sag ich, ›such dir 'ne bekannte Promi-Fresse. Um die herum baust du ein neues Handpuppenprogramm auf – wechsel ins Showfach, und lass bloß die Politik aus dem Spiel.‹«

»Und, was hat er gesagt?«

»›Ich hab's, ich hab's!‹«, ruft er mit einem Mal, und dann: »›Ich bin doch nicht blöd‹ und noch mal, ›Ich bin doch nicht blöd‹, dann hat er gejubelt und mich und Mini-Rita umarmt.«

»Wen hat er sich denn ausgesucht?«

»Mario Barth, er sagt, der ist berühmt, und zurücktreten wird der auch nicht.«

»Herr hilf! Und dann hat Radu nicht mal 'ne Freundin, bei der er sich ausweinen könnte«, sagt Holgi.

»Das meinte Mini-Rita auch«, wendet Kurtchen ein. »Die hat ihn an dem Abend richtig ins Herz geschlossen und zum Abschied so innig gedrückt, dass Waldemar schon komisch guckte. Woraufhin Mini-Rita sich rechtfertigte, sie arbeite ehrenamtlich im Flüchtlingsrat und erkenne, wer ein guter Mensch sei. Brotteufel Waldemar und ich sind jedenfalls am nächsten Tag wieder hin zu ihm. Über Nacht hat Radu sich tatsächlich 'ne Mario-Barth-Maske aus Pappmaschee gebastelt. Keine mickrige Handpuppe wie sonst. Radu hat 'ne täuschend ähnliche Gesichtsattrappe hergestellt, sogar mit schütterem blonden Haarteil. Und dann sagt er zu uns, er sei ab jetzt Mario Barth und werde in Fußballstadien auftreten. Okay, sag ich, ›Radu, ich will dir ja nicht den Wind aus den Segeln nehmen, aber ich ruf gern für dich beim Management von dem an, ob du überhaupt 'ne Lizenz dafür kriegst.‹«

»Mario Barth geht gar nicht«, ereifert sich Holgi.

»Ich besorg also die Telefonnumer über den Filmverleiher, der uns damals die Kopie von dem Barth-Streifen geschickt hat, und ruf den Manager von dem in Münster an.«

»Und, was sagt der?«

»Natürlich kriegt Radu keine Genehmigung für 'ne Barth-Klon-Show. Daraufhin hat Radu dem ganzen Künstlertum endgültig Ade gesagt. Die Maske hat er Waldemar versprochen, weil der Mario Barth gut findet.«

»Das sieht Waldemar ähnlich, erst Punk, dann Skin und

heute Kontaktbereichsbeamter und Mario-Barth-Fan mit 'ner Polizistenfreundin beim Flüchtlingsrat.«

»Von was Radu jetzt lebe tu?«, will Pamu Kalle wissen.

»Hab ich ihn auch gefragt und ihm geraten, such dir 'ne stinknormale Arbeit im Niedriglohnsektor. Bar auf Kralle, Gastro, Gebäudereinigung ... Aber was macht der Spacken?«

Pamu Kalle, Holgi und ich zucken mit den Schultern.

»Unser Freund Radu stiefelt tags darauf erhobenen Hauptes ins Bezirksamt Barmbek und beantragt Sozialhilfe.«

»Was?«, sage ich.

»Er ist doch nicht mal in Hamburg gemeldet«, gibt Holgi zu bedenken.

»Geschweige denn in Deutschland. Die vom Sozialamt haben sich gefreut und ihn gleich unter Adas alter Adresse im Glindweg abgespeichert – die hat er als Wohnsitz angegeben, wo sie ihm die Sozialhilfeschecks hinschicken sollen.«

»Hat Radu überhaupt 'ne befristete Aufenthaltsgenehmigung?«, will Holgi wissen.

»Das haben die vom Sozialamt ihn auch gefragt und scannen ihn natürlich gleich durch bei der Ausländerbehörde, finden raus, dass er sich in Adas Wohnung eingeasselt haben muss und dass er nirgends gemeldet, geschweige denn geduldet ist.«

»Und nu?«

»Nix nu – wollen ihn stante pede zurück in den Kosovo verfrachten.«

»Scheißendreck«, sagt Pamu Kalle.

»Als Kosovare und Roma ... hat Radu da eigentlich gute Karten?«, fragt sich Holgi, starrt auf das Etikett seiner Bierflasche und antwortet gleich selbst: »Wohl kaum, die werden ihn abgreifen und fliegen ihn da runter.«

»Geht gar nicht«, rege ich mich auf, »Radu Ursu ist unser Freund! Zumindest du und ich sind ihm was schuldig.«

»Lass man stecken mit schuldig, Toni.«

»Ohne *deine* Megafonattacke wäre Radu nicht so schlimm abgeschmiert«, maule ich Holgi an.

»Toni, und du meinst, damit biste fein raus?«

»Immerhin habe ich ihm noch meine Krankenkassenkarte zugesteckt, bevor er operiert wurde«, wende ich ein.

»Toni Hornig, der barmherzige Samariter aus der Barmbeker Straße«, spottet Holgi.

»Streit bringe Radu nich weiter«, versucht Pamu Kalle zu schlichten.

»Wer hat denn endlos Ärger gehabt mit der Kasse, von wegen Chipkarte leider verloren und Verlust zu spät gemeldet.«

»Radu haben Sie jedenfalls wieder gut zusammengeflickt.«

»Na ja, der Mann stottert und ist quasi berufsunfähig, null Auftritte mehr, und jetzt suchen ihn die Bullen«, erinnert uns Kurtchen an Radus Perspektive.

»Nur Frage von Zeit, bis Radu sitze in Flugzeug nach Pristina, Ausländerbehörde imma schnell dabei.« Pamu Kalle stellt vier Raki vor uns auf dem Tresen ab und überlegt: »Radu brauche sichere Wohnung und Job. Und ich brauche Mann in Küche, Dreck wegmache, spüle tu ..., Radu gleich kanne morgen anfange.«

»Radu als Döner-Brater bei Pamu Kalle, das passt«, keckert Holgi.

Pamu Kalle räuspert sich: »Ey, Holgi, wie oft ich dir noch sagen soll: Meine Name nicht Pamu Kalle. Pamu Kalle ist sich Musti – Mus-ti –, nicht Pamu Kallu.«

»Ist angekommen, Pamu Kalle, äh, ich mein, Musti«, sagt Holgi.

»Pamukkale sein Name von türkisch Ort mit heiße Quelle und heiße Baumwollburg: Pa-muk-ka-le – heiße.«

»Heiße Musti. Von mir aus heiße Baumwollburg.« Holgi erhebt sich, ich zücke meine Geldbörse.

»Was ihr noch vor?«, fragt Pamu Kalle.

»Radu Bescheid sagen, dass er 'nen Job bei dir hat.« Ich lege einen Zwanziger auf den Tresen und dränge zum Aufbruch: »Kampf an mehreren Fronten: Operation Simple Demolition und Operation Radu-Rettung laufen hiermit an ...«

9. Thunderstruck – AC/DC

Mit drei Astra als Wegzehrung halten wir auf Adas alte Wohnung im Glindweg zu.

»Mal ehrlich, ich hab auch den Arsch voller Probleme, nicht nur Radu«, sinniert Kurtchen.

»Was hast du denn für Probleme?«, mokiert sich Holgi.

»Ich verlier meinen Job, und seit meine große Liebe weg ist, denk ich schon manchmal, ich werd schwul ...«

»Kurtchen, mach drei Kreuze, der Herr hat dir zwei gesunde Hände gegeben, sei dankbar, dass du wieder frei bist und Gitarre spielen kannst, wann du willst«, sagt Holgi.

»Kurtchen hat recht, wir haben alle unser Päckchen zu tragen, sagte mein Vater immer. Holgi und ich verlieren demnächst unsere Wohnung, Radu wird ausgewiesen ... und ... scheiße, ich hab Ikea vergessen!«

Im Glindweg gehe ich zur Haustür und schaue auf die Klingelschilder. Kurtchen und Holgi bleiben auf dem Bürgersteig neben den Mülltonnen stehen. Hinter dem Fenster im Hochparterre brennt kein Licht. Ich halte den Klingelknopf gedrückt, auf dem Teßloff und Ursu geschrieben steht.

»Radu hockt bestimmt unten am Wasser und starrt Löcher in den Kanal«, vermutet Kurtchen.

»Wie viel hab ich heute getankt?«, überlegt Holgi und zählt an den Fingern ab. »Eins, zwei bei Pamu Kalle, plus Raki. Alles im grünen Rahmen. Wir ziehen jetzt Operation Ikea vor, holen Tonis Möbel und hoffen, dass Radu bis dahin zu Hause ist.«

»Kommste mit, Kurtchen?«, frage ich.

Kurtchen nickt: »Auf mich wartet doch eh niemand.«

In der Jarrestraße lassen wir uns in Holgis Bulli fallen. Kurtchen und ich machen es uns auf den Rückbänken bequem, nachdem wir Holgis Holzkohlegrill, den Sack Holzkohle und den Benzinkanister beiseitegeschoben haben.

»By the way: Ich hab übrigens ’ne brandneue Geschäftsidee«, blökt Holgi, wendet den VW-Bus, und ich schalte auf Durchzug, weil ich schon ahne, was jetzt kommt.

»Autoprospekte gehn nich mehr so gut?«, vermutet Kurtchen.

»Nee. Zweites Standbein kann nicht schaden, aber nix verraten, wird so ’ne Art mobiler Autogrill.«

»Mobiler Autogrill, du willst hier im Bulli Würstchen grillen?«, fragt Kurtchen ungläubig und klopft mit den Knöcheln auf den Rost neben dem Kanister im Fußraum.

»Ich arbeite noch daran.«

»Tolle Wurst, Holgi«, unkt Kurtchen weiter.

»Gib du doch zur Abwechslung mal was Positives von dir«, knarzt Holgi zurück.

Wir durchqueren den Stadtpark auf der Hindenburgstraße. Über den Wiesen rechts von uns wabert der Rauch von unzähligen Holzkohlegrills. Hunderte Menschen genießen den lauen Sommerabend, lassen es sich bei Bier und Gegrilltem gut gehen.

»Lass Holgi in Ruh, er hat’s auch nicht immer leicht mit sich«, werfe ich ein.

Holgi am Steuer nimmt einen Zug aus seiner Astra-Knolle: »Sind wir eigentlich noch ’ne Punkrockband oder mittlerweile so ’ne Psycho-Labergruppe?« Holgi zieht einen Flunsch. »Auf dem Fuß bin ich echt so was von allergisch.«

»Komm schon, Holgi, erzähl du uns was Positives!«, ermuntert ihn Kurtchen.

Holgi zögert. Und wir kennen ihn lang genug, um zu wissen, dass er befürchtet, gerade nicht für voll genommen zu werden, ihm aber natürlich etwas unter den Nägeln brennt.

Kurtchen stupst Holgi in die Seite: »Los, komm schon, Holgi, vermelde uns was Positives«, und weil es bis Ikea noch ein paar Meter sind, tun wir ihm den Gefallen und rufen: »Holgi, Holgi!«

»Na gut, wenn ihr unbedingt wollt …«, druckst Holgi.

»Los, mach uns glücklich«, sporne ich unseren Fahrer an, »und denk an die Blitzampel am Jahnring.«

»Okay, Leute, wenn ihr meint: Die positive Nachricht ist – und jetzt haltet euch fest –, die neueste Neuigkeit ist: Jim Morrison l-e-b-t!«

»Neeeiiiin«, schreie ich.

»Wie jetzt, echt? Jim Morrison lebt?«, wundert sich Kurtchen, der die Neuigkeit noch nicht kennt.

»Das ist keine Neuigkeit, Holgi, das ist kalter Kaffee«, sage ich enttäuscht.

»Verarsch mich nicht«, warnt Kurtchen, »Jim Morrison liegt seit vierzig Jahren in Paris unter der Erde, ich stand an seinem Grab.«

»Das stimmt eben nicht, Kurtchen«, echauffiert sich Holgi.

»Doch, Herbst 1992, Friedhof Père-Lachaise, ich stand selbst davor.«

»Und Papa Punk lebt bestimmt auch noch«, wiehere ich, als wir durch den Jahnring brausen.

»Jim Morrison liegt jedenfalls nicht in dem Grab, er ist seit 1971 quicklebendig …«

»Bestimmt lebt er in dir weiter – in Holgi, Dors-Sänger und Eidechsenkönig von HH-Winterhude«, wiehert Kurtchen.

»Und ich dachte, in Holgi lebt schon der King weiter«, bricht es aus mir heraus.

Holgi steigt abrupt in die Eisen, und wir passieren den unscheinbaren Starenkasten rechter Hand ohne Blitzlichtgewitter.

»Das ist ’ne todernste Angelegenheit«, entrüstet sich Holgi.

»Holgi Morrison …«, sage ich und zeige mit der Bierdose auf unseren Fahrer, »inkarnierter Wiedergänger des Lizard King, ehemals Holgi Helvis alias DreamKarl, eBay-Autoprospekte-Top-Seller, Frontsau der unnachahmlichen Dors mit einem O und demnächst als mobiler Würstchengriller unterwegs.«

Holgi zieht wieder 'nen Flunsch. Wir fahren schweigend durch Alsterdorf, dann auf die Umgehungsstraße in Richtung Schnelsen und Norderstedt, sehen linker Hand den nächtlich illuminierten Flughafen und vor uns eine Maschine im Landeanflug.

»Ignorantenpack, Jim Morrison lebt!«, bricht es aus Holgi heraus.

»Wo lebt er denn, wenn man fragen darf?«, will Kurtchen wissen.

»Auf 'ner Insel im Indischen Ozean.«

»Ach so«, sagt Kurtchen.

»Vielleicht isser ja auf Borneo, genau wie Herr Blümchen?«, mutmaße ich.

»Mit Borneo und Herrn Blümchen liegst du gar nicht schlecht«, sagt Holgi anerkennend.

»Glaubt Herr Blümchen auch, dass Jim Morrison noch lebt?«, will Kurtchen wissen.

»Kein Geringerer als Doors-Keyboarder Ray Manzarek hat das vor einiger Zeit verlautbart.«

»Herr Blümchen kennt Ray Manzarek?« Kurtchen schaut Holgi zweifelnd an.

»Ruft euch doch mal ins Gedächtnis, wie Herr Blümchen damals abgetaucht ist?«

Kurtchen und ich nicken. Wir erinnern uns an sein gescheitertes Backstopp-Projekt und die prall gefüllte Geldkatze an seinem Bauch, als er anbot, Kurtchens heimwehkranke Südseeschönheit mit dem von Kurtchen geborgten Reisedokument zurück in ihre Heimat zu begleiten.

»Jim hat sich 1971 genauso aus dem Spiel genommen wie Herr Blümchen vor vier Jahren – quicklebendig und mit deinem Reisepass, Kurtchen.«

»Jim Morrison hat meinen Pass …?«, staunt Kurtchen.

»… nicht *deinen* Pass, aber Herr Blümchen ist damals mit deinen Papieren abgetaucht. Genauso hat es Jim Morrison angestellt.«

»Mann, Holgi, guck nich so: Ich hab doch kein Problem

damit, dass der gute Jim noch leben tut«, lenkt Kurtchen ein, »meinen Segen hat er …«

»Meinen auch«, sage ich. Kurtchen erhebt sein Bier in Richtung Bulli-Himmel: »Auf dein Wohl, Jim, wo immer du jetzt sein magst.«

»Und ein Prosit auf Papa Punk«, setze ich nach und recke mein Bier empor. »Bremsen!«

»Nee, Bremsen war nicht sein Ding. Papa Punk konnte nur eines: Gas geben, und das hat ihm auch das Leben gekostet.«

»Brems ab!«, brülle ich, als Holgi endlich in die Eisen geht und wir eine ganze Armada fest installierter Radarfallen rechts und links der Fahrbahn hinter uns lassen.

»Danke, Toni, das wären meine Punkte 18, 19 und 20 in Flensburg gewesen.«

Ein paar Minuten später biegen wir in die Straße Wunderbrunnen ein, vor uns tut sich das riesige Areal des schwedischen Möbelhändlers auf.

Holgi stoppt den Bulli neben der Schallschutzwand, wir springen raus, ich laufe zu der Nische und rufe: »*Kura* und *Duktig*«, woraufhin Kurtchen den Kopf einzieht.

»Einladen und ab dafür«, befiehlt Holgi, »ich hab tierisch Durst.«

»Deine Sorgen möchte ich haben«, faucht Kurtchen, nachdem wir die Möbelpakete in den Innenraum des Bulli bugsiert haben und ich auf dem Beifahrersitz Platz nehme.

»Was denn für Sorgen?« Holgi springt auf den Fahrersitz und startet den Wagen: »Ich will bloß schnell zurück, Möbel hoch, Auto abstellen, Radu retten und in Ruhe ein Bierchen zischen.«

Kurtchen, der sich hinten zwischen den Möbeln duckt, schließt die Seitentür: »Du kannst jeden Tag schön auspennen, verkloppst online ein paar Autoprospekte für ’n Heidengeld, das nenn ich ’n gutes Leben.« Kurtchens Stimme klingt ein wenig neidisch.

»Stimmt, ich leb ganz gern auf meinem Stern«, freut sich Holgi.

»Bremsen!«, ruft diesmal Kurtchen wirsch, als wir die Starenkasten-Armada am Flughafen stadteinwärts passieren.

»Okay, Deal, ich sag jetzt nix mehr, wir verzehren nachher noch das eine oder andere Kaltgetränk, und ihr vertellt mir mal lang und schmutzig, was schiefläuft in eurem Leben.«

»Deal«, sagen Kurtchen und ich.

»Aber nur, wenn wir jetzt Doors hören«, verlangt Holgi.

»Nein«, bestimmen Kurtchen und ich wie aus der Pistole geschossen.

Wir einigen uns rasch auf *Thunderstruck*, und nach einem formidablen Luftgitarrenintro von Kurtchen hinten auf den billigen Plätzen intonieren wir drei gemeinsam den Refrain, als uns auf dem Jahnring von der imaginären AC/DC-Bühne ein greller roter Blitz entgegenschießt.

»Scheiße!«, schnaubt Holgi, steigt in die Eisen, der Bulli stoppt. Dann geht alles rasend schnell.

Holgi katapultiert sich aus dem Wagen, reißt die Seitentür auf, schnappt sich ein *Kura*-Bettpaket und stürmt entgegen der Fahrtrichtung davon.

Zum Glück kaum Verkehr. Kurtchen und ich steigen aus und verharren mit offenem Mund.

»Jetzt isses so weit«, prophezeie ich.

Holgi brüllt: »Du-machst-kein-Foto ...«

Keine zwanzig Meter von uns rammt ein rasender Holgi das *Kura*-Bettgestell gegen einen einsamen, sich langsam seitlich neigenden Starenkasten, dessen greller Lichtblitz uns eben noch geblendet hat.

Stakkatoartig bellt Holgi Wörter aus und bearbeitet wie eine Art Mensch gewordene Dampframme den tristen Mast: »... mehr ... ... weder-von-mir-noch-sonst-jemandem!«

Holgi atmet schwer, er hat den Blitzkasten umgekloppt und hält kurz inne, als Kurtchen und ich auch schon Zeuge werden, wie Holgi seinen Schlüsselbund wieder und wieder in die beiden orangefarbenen Glasaugen des daniederliegenden Blitzampelkastens hämmert.

Während wir Holgis Zerstörungswerk begutachten, sprintet der schon wieder derwischartig zum Bulli.

Oje, denke ich ehrfürchtig, als Nächstes wird Raging Holgi Bull die Miniküche *Duktig* pulverisieren, nachdem das *Kura*-Rammbock-Bett wohl nur noch bedingt als kindgerechte Schlafstatt zu gebrauchen sein wird.

Stattdessen kommt Holgi mit dem Benzinkanister zurückgehastet und entleert dessen Inhalt in die mittlerweile leeren Augenhöhlen des Radarblitzgeräts. Dann drückt er Kurtchen den leeren Behälter in die Hand und wischt sich die Hände ab.

Während ich das arg gebeutelte *Kura*-Paket zurück zum Bulli zerre, geht Holgi bereits in Deckung, nachdem ein von ihm entzündetes und in die Glasaugenhöhlen geworfenes Streichholz augenblicklich mit dumpfem Knall das Gehirn der Blitzampel verpuffen lässt – jedenfalls der enormen Stichflamme und einer bedrohlich aufsteigenden Rauchsäule nach zu urteilen.

»Das wär's.«

Holgi scheint zufrieden mit seinem Werk, er reibt die Handflächen aneinander und schreitet mit durchgedrückter Brust – einem siegreichen Feldherrn nach geschlagener Schlacht nicht unähnlich – jene kleine Ehrenformation ab, die aus zwei verunsichert dreinblickenden Infanteristen namens Toni und Kurtchen besteht. Einer hält ungelenk mit einem Möbelpaket vor dem Bauch Maulaffen feil, der andere steht da mit einem leeren Benzinkanister in der Hand. Und schon rennt Commander Holgi wieder auf den gefällten Starenkasten zu und tritt gegen das qualmende Gehäuse.

Ein roter Opel Astra nähert sich und hält neben Kurtchen und mir. Der Fahrer schaut erst uns, dann Holgi neben dem rußig qualmenden Blitzampelmast an. Dann zeigt er mit dem Zeigefinger auf die sicherlich fünfhundert Meter entfernte Kreuzung vor uns.

»Ich drück die Daumen, dass die Kamera dort oben euch

nicht gefilmt hat«, sagt der Mann, lächelt milde, reckt unserem Cäsaren den gestreckten Daumen aus dem geöffneten Seitenfenster entgegen und fährt davon.

Schütze Arsch und sein Kinovorführerkollege starren in die eben angezeigte Richtung und entdecken in luftiger Höhe etwas, das eine Verkehrsüberwachungskamera sein könnte. Wir beschließen schweigend und einvernehmlich, vielleicht besser doch nicht auf dem Planeten Holgi leben zu wollen, und stolpern in Richtung Bulli.

»Zum Glück sind wir sehr weit von der Kamera weg gewesen, die kann uns eigentlich gar nicht scharf drauf haben«, flüstere ich Kurtchen zu.

»Was flüstert ihr?« Holgi läuft der Schweiß in Strömen.

»Was machst du, wenn die Blitzerfotos per Funk an die Zentrale gesendet werden?«

»Die Fotos will ich sehen«, gibt sich Holgi siegesgewiss.

Von der Verkehrskamera sage ich lieber nichts, sonst klettert Holgi da auch noch hoch und setzt sein Zerstörungswerk fort.

»Das ist Punk, Alter!«, bellt Holgi und lässt den Motor aufheulen.

»Wie viel Punkte gibt's eigentlich für Blitzampel abknicken?«, fragt Kurtchen arglos, als wir hinten in den Bulli gesprungen sind.

»Flensburg kann mich mal!«, trotzt Holgi.

Wir verlassen das Schlachtfeld mit durchdrehenden Reifen über den begrünten Mittelstreifen in Richtung Saarlandstraße.

»Du fährst zu schnell«, rufe ich Holgi zu, als wir gerade die Stadtpark-Freilichtbühne passieren. Ich erblicke auch als Erster den Streifenwagen, der sich mit hohem Tempo nähert.

»Die Bullen!«, sage ich resigniert, weil wir geschätzt mindestens achtzig Sachen drauf haben.

»Arsch lecken«, blafft Holgi und biegt abrupt rechts in den Südring ab.

»Für die kaputte Ampel gehst du direkt in U-Haft, ach was, die buchten uns alle ein«, unke ich, sehe mich bereits in den

Kahn einfahren und rechts das Stadtparkbad vorbeifliegen, »und Sylt kann ich auch abhaken.«

»Die Pappe bist du jetzt auf alle Fälle los, Holgi«, konstatiert Kurtchen.

»Quatsch, ich bin ja nicht mal vorbestraft«, erklärt Helldriver-Holgi und drosselt tatsächlich das Tempo, »ist doch gar nicht raus, ob die was von mir wollen, vielleicht verwechseln die uns?«

Genau in dem Moment blenden die Scheinwerfer des Streifenwagens hinter uns auf, der Peterwagen setzt zum Überholen an, auf dem Dach strahlen uns zuckendes Blaulicht sowie die unverwechselbare LED-Aufforderung »BITTE FOLGEN« an, aus dem Beifahrerfenster ragt zudem an einem Polizistenarm die rot blinkende »HALT POLIZEI«-Kelle.

»Was denn nun?«, blökt Holgi, entscheidet sich aber fürs Anhalten. Auf Höhe des Borgweg-Stadions steigen wir mit hängenden Köpfen aus. Es ist stockdunkel. Hinter den zahllosen Bäumen erahne ich ein paar Lagerfeuer, vernehme leise Trommeln und Stimmen.

»Kommen Sie langsam, mit erhobenen Armen herüber«, höre ich den Polizisten knarzen, der uns mit seiner Stabtaschenlampe blendet. Irgendwoher kenne ich diese Stimme. Dann sehe ich die Mündungen der auf uns gerichteten Dienstwaffen und die dunkelblauen Polizeiuniformen.

»Holger …?«, sagt einer der beiden Uniformierten mit resignierter Stimme.

»'n Abend, Waldemar«, freut sich Holgi.

»… Anton Hornig, Holgi und Kurtchen Reich. Das hätte ich mir eigentlich denken können.«

Waldemar Schangeleidt nimmt seine Waffe herunter, ebenso verfährt die attraktive, circa dreißigjährige Polizistin, die neben ihm steht und Kurtchen mustert.

Dann legt Waldemar den Zeigefinger auf seinen Mund und spricht mit fester Stimme in sein Funkgerät: »PM Schangeleidt, sind jetzt am Stadtpark, Höhe VfL-93-Stadion, haben das Fahrzeug verloren … und … Ich korrigiere, bei dem flüchtigen

Kleinbus handelt es sich *nicht* um einen blauen VW-Bulli, sondern eher um einen silbergrauen Ford Transit Euroline, unterwegs in Richtung Alsterkrugchaussee, Ende.«

Waldemar steckt sein Funkgerät ein: »Darf ich euch vorstellen, meine neue Kollegin, Rita Minnemann. Angehende Polizeianwärterin ...«, sagt Waldemar betört. Dann schaut er uns an: »... und Rita, das sind Holgi Helvis, Anton Hornig, Kurtchen Reich: meine Band, die Dors, ehemals Remo Smash.«

Ich nicke Rita zu: »Waldemar ist seit vier Jahren unser Drummer.«

»Echt schön, euch mal zu treffen, Jungs, Waldemar hat schon so viel erzählt! Kurtchen kenne ich ja schon von Radus Auftritt.«

»Du bist also Mini-Rita!«, folgere ich.

»Wir müssen los«, unterbricht Waldemar, »lasst uns in zehn Minuten treffen – bei Radu im Glindweg.«

»Bei Radu?«

»Auf dem Revier kam eben die Nachricht rein, euer Freund soll heute Nacht abgeschoben werden«, erklärt Mini-Rita. »Waldemar und ich wollten gleich hin zu Radus Wohnung, aber dann seid ihr uns dazwischengekommen. Was war denn los?«

»Äh, ja, also ich bin – unglücklich gegen 'ne Blitzampel gelaufen«, sagt Holgi.

»Gegen 'ne Blitzampel bist du gelaufen?«, wundert sich Waldemar.

Holgi nickt schwach.

Waldemar wirkt geknickt: »Mach kein Scheiß, Holgi. Ich krieg den ganzen Ärger aufm Revier voll ab.«

Holgi hält den Blick gesenkt.

»Rita und ich fahren jetzt vor und sondieren im Glindweg die Lage, ihr kommt 'nen Moment später nach, habt ihr verstanden?«, bestimmt Waldemar.

Wir steigen ein, und unser Bulli bleibt bis vorn an der Hindenburgstraße hinter dem Streifenwagen.

Sind ein echtes Dreamteam, die beiden, denke ich, als wir fünf Minuten später den VW-Bus im Hinterhof abgestellt haben, der von der Barmbeker Straße nicht einsehbar ist. Nachdem Holgi noch ein Tütchen zur Wegzehrung herumgereicht hat, schweben wir gemächlich angebreitet durch die laue Sommernacht über die Kreuzung und die Jarrestraße rüber zum Glindweg.

In Adas alter Hochparterrewohnung brennt Licht. Radu ist zu Hause. Ich läute, betrachte die Klingelschilder und reiße neben dem geprägten Namenszug *Teßloff* einen Krepppapierstreifen ab, auf dem in krakeliger Schrift *Ursu* geschrieben steht. In der Ferne höre ich das Martinshorn eines Polizei- oder Rettungswagens.

»Ich hab schon geläutet, er ist nicht da oder macht nicht auf«, faucht eine Stimme aus dem Nichts. Wir schrecken herum. Hinter den Mülltonnen reckt Waldemar seinen uniformierten Körper im fahlen Schein der Treppenhausbeleuchtung.

»Was machsten du da?«, will ich von ihm wissen und sehe, wie Mini-Rita gerade die oberen Knöpfe ihrer Uniformbluse zuknöpft.

Waldemar schaut sich um, seine Uniformhose wölbt sich verdächtig im Schritt.

»Radu hat garantiert eben hinterm Fenster bloß zwei Cops gesehen, eins und eins zusammengezählt und ist durch den Innenhof getürmt«, vermute ich, starre dabei auf Waldemars vordere Hosenausbuchtung und muss breit grinsen.

Dann knistert es, Waldemar zückt seine Handfunke, und uns krächzt die Info entgegen: *B zwei, drei, null, eins, bitte kommen ... der Mast einer stationären Rotlichtüberwachungsanlage in Höhe Jahnring ist ein Raub der Flammen geworden, der oder die Täter sind nach wie vor flüchtig, gesucht wird ein Kleinbus, wahrscheinlich silberfarbener Ford Transit Euroline, der zuletzt Richtung Alsterkrug ...*

Waldemar schaltet das Funkgerät aus, die Wölbung in seiner Hose ist verschwunden, und was ich seit Jahren nicht mehr bei ihm gesehen habe: Sein rechtes Auge beginnt zunächst leicht, dann unkontrolliert zu zucken. Er hält auf uns zu und schnaubt: »Raub der Flammen! Und ich sag noch, mach kein Scheiß, Holgi … Wart das ihr Bekloppten?«

Holgi, Kurtchen und ich können leider nicht anders und grinsen breit.

»Ihr, ihr Wahnsinnigen …«, jammert Waldemar.

»Bitte beruhige dich doch«, sagt Mini-Rita tröstend und ergreift seine Hand.

Wahrscheinlich weiß Mini-Rita aber auch nicht, dass Waldemar erst seit Kurzem wieder vollständig als Polizeimeister rehabilitiert ist, nachdem er jahrelang degradiert und als BünaBe, zuletzt Cop4U betitelt, durch Winterhude und Barmbek-Süd tingelnd Buße tun musste für Verfehlungen, die vor allem auch mit mir und Holgi zu tun hatten.

»Nein, nein, nein, ich beruhige mich nicht!«, beharrt Waldemar und stampft mit den Füßen auf.

Mini-Rita blinkert uns verschwörerisch zu: »Krieg dich bitte mal ein, Waldemar, Blitzampeln sind doch wirklich das Hinterletzte.« Und zu Waldemar gewandt: »Überhaupt wird mir dieser ganze Polizeidienst immer suspekter, ich weiß nicht, ob ich das noch lange so haben muss.«

Waldemar fällt regelrecht in sich zusammen: »Bitte, sag das nicht, Rita, du … du bist die tollste Kollegin, die ich je hatte … ehrlich.«

»Ich überlege mir ernsthaft, wieder in meinem alten Gewerbe anzufangen«, beharrt Rita, »dazu raten mir auch Bela und Conny vom Flüchtlingsrat.«

»Rita, bitte, lass mich in Frieden mit deinem Flüchtlingsrat.«

»Das wird ja immer schöner, Waldemar, so hab ich mir das nicht vorgestellt als Staatsbürgerin in Uniform!«

»Rita, bitte, was soll denn aus mir werden?« Waldemars Jammern mäandert durch den nächtlichen Glindweg – jedenfalls scheint es ihn mächtig erwischt zu haben. Seit ich unseren Drummer kenne, ist Mini-Rita die erste richtige Frau, mit der er zu tun hat – wenn man von seiner Schwester absieht, mit der er seit Jahren im Teerosenweg unter einem Dach zusammenwohnt.

»So kommt ihr nicht weiter, lasst uns jetzt nach Radu schauen«, versucht Kurtchen zu vermitteln.

»Kurt hat recht, Waldemar, außerdem is gleich Feierabend«, freut sich Mini-Rita und streichelt Waldemars Hand, während Scheinwerfer aufblenden und ein Mercedes-Sprinter-Mannschaftswagen in den Glindweg einbiegt und in Höhe der Mülltonnen scharf abbremst.

Drei behelmte Polizisten in Kampfmontur und zwei Männer in Zivil mit Handkoffern springen heraus und steuern direkt auf uns zu.

Der Polizist vorneweg, offenbar der Einsatzleiter, tippt auf eine gefaxte DIN-A4-Seite und spricht mit einer Stimme, die keinen Widerspruch zu dulden gedenkt: »Kennen Sie diesen Mann?«

Holgi, Kurtchen und ich fixieren den Zettel, auf dem unzweideutig Radulescu Ursus Antlitz abgebildet ist.

»Nö, ist mir gar nicht geläufig«, sage ich. Kurtchen und Holgi schütteln gelangweilt die Köpfe.

»Ist keiner zu Hause«, mischt sich Waldemar ein und blickt seine behelmten Kollegen an, tippt auf das gefaxte Antlitz von Radulescu Ursu, wendet sich um zur Haustür und deutet mit gewichtiger Geste auf die Hochparterrewohnung: »Der Vogel ist wohl ausgeflogen!«

»Was wollen Sie denn hier?«, will einer der Männer in Zivil von Waldemar wissen.

»Ich hab den Typen schon länger im Visier «, salbadert Waldemar nervös, führt den rechten Zeigefinger wie zum Abschiedsgruß an seine Dienstmütze: »... da müssen Sie wohl morgen noch mal wiederkommen.«

Der offenbar einsatzleitende Uniformierte schüttelt verständnislos den Kopf, betätigt sämtliche Klingelknöpfe und späht durch die Verglasung ins Treppenhaus hinein.

Als der Türsummer ertönt, stürmen die Beamten ins Hochparterre, wo Frau Gerbes, Adas ehemalige Etagennachbarin, im geblümten Schlafrock interessiert dabei zusieht, wie ein martialisch gekleideter Polizist mit der Faust gegen Adas ehemalige Wohnungstür trommelt und dann in sein Funkgerät bellt: »Kalter Zugriff erforderlich, Zielperson auf Abschussliste, korrigiere, Abschubliste, nicht angetroffen. Ich wiederhole, Zugang zum Objekt nicht gewährt. Ende.«

Beinahe zeitgleich fliegt die Wohnungstür auf, und die Beamten verschwinden dahinter.

»Mehr konnte ich nicht tun für Radu.« Waldemar zuckt bedauernd mit den Schultern, als die Beamten auch schon wieder zu uns ins Treppenhaus hinaustreten.

»Der Vogel ist tatsächlich aus dem Nest gefallen«, kräht der Einsatzleiter in sein Funkgerät, während Frau Gerbes »'n Abend, Herr Hornig« sagt und bedauert, wie man sich doch täuschen könne, der Herr Radu habe immer so freundlich gegrüßt.

Die Wohnungstür fällt ins Schloss, grußlos eilen die Beamten im Treppenabgang an uns vorbei, aus dem Haus zu ihrem Mannschaftswagen und brausen davon.

»Wie wär's jetzt mit 'nem kühlen Feierabendbier?« Holgi schaut mich aufmunternd an. »Ich schmeiße 'ne Runde.«

»Ich bin dabei«, sagt Mini-Rita und blickt Waldemar erwartungsfroh an.

»Und was wird mit dem Peterwagen?«, jammert Waldemar.

»Lassen wir stehen«, sagt Mini-Rita.

»Nein, Rita. Wir müssen den Wagen zum Revier fahren. Wir melden uns ordnungsgemäß vom Dienst ab, und dann können wir ein Bier trinken gehen.«

»Na gut«, sagt Mini-Rita, »dann zieh ich mich aber auch noch um.«

»Und was wird aus mir? Was soll ich anziehen, ich hab doch bloß die Uniform«, jammert Waldemar, als wir uns gemeinsam auf den Weg machen und an der Jarrestraße neben dem geparkten Streifenwagen stehen bleiben.

»Das nächste Mal, Waldemar, wenn du zu mir kommst, bringst du einen Satz Freizeitkleidung mit. Du musst nicht immer raus zu deiner Schwester fahren, wo ich hier gleich um die Ecke wohne.«

Holgi hat die nächste Tüte fertig gebaut, entzündet ein Streichholz, atmet den Rauch ein: »Wenn Radu tatsächlich die Biege gemacht hat und abgetaucht ist, dann erinnert mich das verdammt an Jim Morrisons Abgang.«

»Hör auf mit Jim Morrison«, sage ich.

»Ich liebe Jim Morrison«, ruft Mini-Rita beschwingt, nimmt Holgi die Selbstgedrehte aus der Hand und inhaliert tief. Dann hustet sie, lacht und reicht das Horn an Waldemar weiter. Der guckt zunächst skeptisch, woraufhin Mini-Rita ihm einen Klaps gibt und sagt: »Dienst ist Dienst, und Schnaps ist Schnaps.«

»Dann fährst aber du«, mault Waldemar und zieht erst behutsam, dann mehrmals gierig an der Tüte, nachdem Rita ihm animierend zugenickt hat.

Radu ist sicher längst über alle Berge ... aber da war doch noch was, denke ich, als das Traumpaar in Uniform seine Abendschicht beendet und abfährt.

»Die Betten!«, fällt es mir wieder ein, und Kurtchen, Holgi und ich beschließen, gemeinsam *des meubles* – oder was nach der Blitzampelattacke von dem einen Kinderbett übrig geblieben ist – aus dem Bulli nach oben zu wuchten.

»Was bitte hat Radu denn mit Jim Morrison zu tun?«, will Kurtchen von Holgi wissen, nachdem ich viermal an der Zigarette gezogen habe und die Kreuzung Barmbeker Straße wie in Trance überquere. Dabei lausche ich Holgis Ausführungen und wundere mich mal wieder darüber, wie viel Tetrahydrocannabinol mein alter Band-Buddy so abkann.

»Durch Zufall ist Jim bei einer Reise in Marokko auf einen Doppelgänger gestoßen, der ihm nicht nur verblüffend ähnlich sieht. Nein! Der Typ braucht dringend Geld und ist froh, in Jims Leben schlüpfen zu dürfen. Drogen, Weiber, das Übliche halt. Zurück in Paris, tauschen Jim und der Marokkaner ihre

Pässe, der Marokkaner bekommt einen Haufen Geld, verbunden mit dem Auftrag, nachts in einer Disco ein Drogenpäckchen für Jims Freundin entgegenzunehmen. Leider ist der Marokkaner selbst hart drauf und der Stoff sehr rein. Kurzum, der Marokkaner snieft das Zeug und stirbt im Hinterraum des Etablissements. Stellt euch vor, gerade erst zu Jim geworden und direkt den Löffel abgegeben. Kurz darauf vermeldet der Discjockey Jims Tod, seine Freunde werden benachrichtigt, die bringen ihn in seine Wohnung und legen ihn in die Badewanne. Der echte Jim aber ist da längst über alle Berge.«

»Mann, Holgi, das sind übelste Verschwörungstheorien, wozu sollte Jim Morrison das getan haben?«, meldet jetzt auch Kurtchen Zweifel an, während ich wahrscheinlich bloß dümmlich griene und versuche, die Einfahrt zum Hinterhof nicht zu verpassen.

»Jim musste abtauchen, um endlich seine Ruhe zu finden. Und als sein Tod offiziell wird, ist er mit dem Pass des Marokkaners auf dem Weg zu den Seychellen.«

»Zu den Seychellen?«, wiederholt Kurtchen.

»Mann, Kurtchen, verstehst du nicht: Jim hat seinen Tod perfekt inszeniert, bevor er sich in Richtung Indischer Ozean abgesetzt hat … genau wie damals Herr Blümchen, und bei Radu ist das jetzt genauso, der ist garantiert längst abgetaucht.«

»Das stimmt, Herr Blümchen ist mit Kurtchens Pass nach Borneo, aber kannst du jetzt nicht einfach mal das Maul halten«, entfährt es mir, und ich habe das Gefühl, schlagartig wieder klar zu sein. »Unser Freund Radu wäre beinahe in Abschiebehaft gelandet, und was machst du? Hirngespinste spinnen und Blitzampeln killen«, belfere ich.

»Dir tu ich noch mal 'nen Gefallen, Anton Horny Hornig, warum fahr ich denn hin zu Kack-Ikea? Das alles ist doch nur wegen dir passiert und deinen bescheuerten Betten.«

»Lasst gut sein«, schlichtet Kurtchen, »Radu ist nicht Jim Morrison. Also, Friedenspfeife, wir trinken darauf bei Pamu Kalle noch 'n paar Halbe, und gut is. Gebongt?«

»Ein paar Halbe *und* Friedenspfeife. Jim wollte ja im Gegensatz zu Radu weg von dem ganzen Starrummel, ich meine, Radu ist ja kein Star ...«

»Holgi, du hast 'nen Sockenschuss. Unser Freund soll abgeschoben werden, er hat nicht mal 'nen Pass, und du salbaderst über einen Sänger, der seit vierzig Jahren im Rockstarhimmel ist.«

»Treibt mich eben um, Mann, treibt mich um.«

Kurtchen bleibt stehen und reibt sich die Augen: »Was würdet ihr dazu sagen, wenn ich behaupten würde, vor eurem Haus sitzt Deutschlands berühmtester Comedian?«

Ich folge Kurtchens Blick. »Was will der denn hier?«, wundere ich mich. Vor unserer Haustür sitzt der berühmte Mediamarkt-Comedy-Star, barfuß und im Schlafanzug – und winkt mir zu.

Als wir direkt vor ihm stehen, nimmt Mario Barth jedoch seine Maske ab, und das Antlitz von Radulescu Ursu, dem kosovarischen Kleinkünstler, blickt uns kläglich entgegen.

Wortlos ziehen wir die beiden *Kuras* und *Duktigs* aus dem Bulli. Und nachdem wir vier die Ikea-Möbelpakete geschultert haben, erklimmen wir die Treppenstufen unseres frisch verkauften Hauses in Richtung Dachgeschoss, wo meine zänkische Geliebte, die mich nicht heiraten *kann*, tief und fest mit meinen Kindern schlummert.

Wir stellen die Möbel im Flur ab und beeilen uns, einen schnellen Absacker bei Pamu Kalle einzunehmen.

10. Kontrolliertes Trinken – Zwakkelmann

Direkt vor der verglasten Eingangstür von Pamu Kalles Imbiss bleiben Holgi, Kurtchen, Radu und ich stehen, und mit Ausnahme von Radu skandieren wir: »Eishockey! Eishockey!«

Drinnen am Tresen erspähe ich Pamu Kalle, der seine Hände über dem Kopf zusammenschlägt, dann wackelt er kopfschüttelnd auf uns zu und bleibt vor der verschlossenen Glastür stehen.

»Alles okay?«, fragt Holgi durch die Scheibe, zieht seine Lederjacke aus, krempelt die Hemdsärmel hoch, und irgendwas klingelt ... wahrscheinlich in meinem Kopf.

Pamu Kalle schließt die Kneipentür auf, zuckt mit den Schultern: »Von mir aus ... *Eishockey* und *Alaska,* aber nich so laut!«

»Alles klar«, jubeln Kurtchen und ich. Holgi wirft seine Jacke über die Schulter, und unter Gejohle und Geschubse treten wir ein. Pamu Kalle schließt ab, als es gleich wieder heftig an der Glastür klopft.

Draußen stehen Waldemar Schangeleidt, nach wie vor in Uniform, und an seiner Seite Mini-Rita, voll aufgestrapst unter einem superkurzen Minirock.

Waldemar lässt ihr den Vortritt. Und erst als sie auf einem Hocker vor der Theke Platz genommen hat, ergreift Waldemar das Wort: »So, jetzt stelle ich euch mal richtig vor: Mini-Rita, meine Freunde Holgi, Kurtchen und Anton – und Pamu Kalle und ... und ... äh ...«

»Der Hässliche da hinten ist Radu Barth«, hilft Holgi nach, woraufhin wir alle lachen und Pamu Kalle eine dampfende

Dönertasche an Radu weiterreicht: »Du gleich essen, Döner macht schöner.«

»Gibt's hier auch was zu trinken?«, fragt Mini-Rita und schenkt Pamu Kalle einen aufreizenden Augenaufschlag, während Radu gierig kaut und im Oldie-Radio eine Polizeisirene *Blockbuster* von The Sweet ankündigt.

Dann werden die ersten Halben plus zwei rasche Raki niedergemacht. Die Stimmung in dem kleinen Schankraum steigt rapide, wie eigentlich immer, wenn wir bei Pamu Kalle *Alaska* spielen.

»*Ägypten ...?*«, lallt Schangeleidt, weil er Alkohol nicht gut verträgt.

»*Alaska!*«, ruft Pamu Kalle. »Ich hab's: *Ägypten keinama ein aus?*«

Holgi klatscht Beifall, und Mini-Rita freut sich ungehörig: »Dann mal Stößchen, ihr Scherzbolde.«

Mini-Rita kippt ihren zweiten Raki und streckt Pamu Kalle fordernd das leere Schnapsglas entgegen: »Könntest du mich mal neu befüllen?«

»*Hasso fass?*«, fragt Waldemar jetzt mit besorgter Stimme bei Mini-Rita an.

»Nee, ist *Alaska*«, erwidert Mini-Rita korrekt und lacht mit Blick zu Pamu Kalle: »Weißt du was? Auf zwei Beinen kann ich nich stehn, ich geb ma 'ne Runde.«

»*Nonne?*«, erkundigt sich Waldemar ein wenig besorgt bei Mini-Rita.

»Ich und Nonne, wohl kaum, Darling!«

»Was jetzt mit Nonne?«, will Pamu Kalle wissen und zapft prophylaktisch frische Pils an.

»*Mama Nonne Runde*«, fordert Holgi mit Blick auf die Raki-Flasche.

»Jawoll«, jubelt Kurtchen ... gleichzeitig vernehmen wir Klopfgeräusche.

»Hallo ... wer begehrt bei mir Einlass?«, lacht Mini-Rita nicht ganz salonfähig in Richtung Eingangstür, während gleichzeitig unsere Stimmen ersterben: Zwei Polizisten vor der verschlossenen Glastür wollen offenbar nicht untätig dort stehen bleiben.

Holgi starrt auf die beiden Uniformierten vor der Tür: »Alle Maul halten jetzt, die suchen mich womöglich wegen der Ampelscheiße, weiß der Himmel, wie die mich hier gefunden ...«

Wir fixieren die beiden Männer wie paralysierte Kaninchen die Schlange. Der eine Polizist muss so um die fünfzig sein und ist eindeutig nicht Angehöriger der überwiegenden Cop-Spezies – ganz im Gegensatz zu seinem jüngeren Kollegen: plus/minus dreißig, muckibudengestählt, die Gesichtshaut sonnenstudiogegerbt, das Haar gegelt. Sogar durch die geschlossene Glastür hindurch vermittelt er uns das selbstgefällige Jungbullen-Standing von wegen: »Ich bin vielleicht nicht der Hellste, aber Teil einer verschworenen Gemeinschaft.«

»Die *mich* gefunden!«, ruft plötzlich Radu und taucht hinter der Theke weg.

Im Schankraum herrscht jetzt Totenstille, einzig das dringliche Klopfen der Schutzleute ist zu hören ... und die Stimme des Nachrichtensprechers von Oldie-Radio-Hamburg: ... *hat ein Raser am Jahnring gegen 23 Uhr ein Radargerät angezündet. Der oder die Täter hatten den etwa zweieinhalb Meter hohen Mast zunächst umgeknickt, das Kameragehäuse möglicherweise mit einem Schraubenzieher oder einem Schlüsselbund zerstört und mit Brandbeschleuniger angezündet.*

»Schlüsselbund? Leck mich ...« Holgi durchwühlt seine Jacken- und Hosentaschen.

Die Feuerwehr rückte mit einem Löschzug an und konnte den Brand rasch unter Kontrolle bringen. Der Schaden beläuft sich auf mindestens ...

»Ich muss vorhin meine Schlüssel verloren haben«, jammert Holgi.

»Du besser auch verstecken unter Theke«, empfiehlt Pamu Kalle, woraufhin Waldemar seine Dienstmütze abnimmt und hinterm Tresen zu Boden gleitet.

Mini-Rita gleitet vom Hocker, beugt sich hinunter zu Waldemar und gibt ihm einen schmatzenden Kuss, während Kurtchen und ich das Steiß-Tattoo über Mini-Ritas Arschritze bewundern und Waldemars Gejammer ignorieren, von wegen »Alkohol und Cannabis in Uniform ist nicht gestattet«.

Pamu Kalle erhebt sich nach unendlichen Sekunden und öffnet die Kneipentür, die Polizisten treten ein.

»'n Abend, die Herren«, knödelt der ältere Beamte, der einen Kopf größer ist als sein muskelbepackter Kollege.

»'n Abend«, antworten Kurtchen, Holgi, Pamu Kalle und ich.

»Ich bin auch noch da, ihr Hübschen. *Schlange* da?«, bezirzt Mini-Rita die Ordnungshüter.

»Gerade gekommen«, antwortet der Jungbulle wie aus der Pistole geschossen.

»Und ich liebe Männer in Uniform«, freut sich Mini-Rita.

»Rita Minnemann, fast hätte ich Sie nicht erkannt! Wo haben Sie denn Ihren Partner Schangeleidt gelassen?«, erkundigt sich der Dienstältere.

Mini-Rita zuckt mit den Achseln. Wir schweigen uns an.

Im nächsten Moment zückt der ältere Polizist einen Schlüsselbund und reckt ihn empor, während der Jüngere in die Runde bellt: »Vermisst hier vielleicht einer seinen Schlüsselbund?«

Schweigen im Saal, wobei Holgi Löcher in die Wand starrt und dabei eine unhörbare Melodie pfeift.

Muskelmann schaut sich suchend um und fixiert seinen Kollegen: »Täusche ich mich, oder saßen da eben nicht noch ein paar mehr von euch Vögeln an der Theke?«

»Paar mehr?«, stammelt Pamu Kalle.

»Wo sind die zwei Strategen abgeblieben, die da gerade noch am Tresen gehockt haben?«

»Tresen?«, sagt Pamu Kalle.

»Muselmann. Willst du mich für dumm verkaufen oder was?«, blafft der Jungpolizist und bahnt sich den Weg an der Theke entlang, vorbei an Holgi, Mini-Rita, mir und Kurtchen, hin zu Pamu Kalle. Dort hält er inne, lugt über den Tresen zu Boden – und dann ungläubig zu seinem älteren Kollegen. »Äh, Schangeleidt ...?«, stammelt der Jüngere. »Äh, Kollege, schauen Sie mal selbst!«

Der Ältere lässt sich nicht lang bitten, beugt sich vor, schaut nach unten, scheint nachzudenken und fragt dann besorgt: »Polizeimeister Schangeleidt, warum sitzen Sie unter der Theke?«

Der Gegelte, Kurtchen, Holgi, Mini-Rita und ich lehnen uns jetzt auch nach vorn und folgen dem Blick des älteren Polizisten, der jetzt offenbar laut denkt: »Der, der daneben ... ist das nicht dieser Mario Barth?«

»Schangeleidt, was treiben Sie da mit dem Komiker auf dem Fußboden?«

»*Philosophen*«, lallt Schangeleidt und räkelt sich neben Mario Barth am Boden.

»Wie bitte?«

»*Zu viel gesoffen*«, erklärt Pamu Kalle und zeigt auf die Raki-Gläser.

»Totaler Kontrollverlust, würde ich sagen«, tippt der Jungbulle.

»Kollege, reißen Sie sich jetzt mal am Riemen, oder wollen Sie die ganze Nacht da unter der Theke verbringen?«

»*Schmierwurst*«, lallt Schangeleidt.

»Stehen Sie endlich auf, Kollege«, blafft der ältere Polizist, »was ist denn bloß in Sie gefahren?«

»*Zahn, bidde*«, blökt Schangeleidt zu Pamu Kalle, rappelt sich mühsam hoch, gestützt von Mario Barth, und zückt sein Portemonnaie.

»Warum plötzlich so eilig, Kollege! Wie kommt's?«

Waldemar schielt in seine Geldbörse: »*Morphium siem muss i wieda raus.*«

»Ich glaube wirklich, die wollen uns verarschen«, vermutet der Jüngere. »Was geht hier eigentlich genau vor?«

Erneutes Schweigen im Saal, einzig Holgi räuspert sich.

»Sie meinen also, Sie könnten uns veralbern«, vermutet der

Jungpolizist, »wir können Sie gerne allesamt ohne viel Aufhebens direkt aufs Revier bringen lassen.«

»Aber wir nix gemacht«, protestiert Pamu Kalle.

»Wir hatten heute Nacht schon wahrlich genug Ärger: eine missglückte Abschiebung im Viertel, dann dieser irre Blitzampelzerstörer und jetzt ein Haufen Verrückter und ein volltrunkener Polizeibeamter. Meint ihr, wir haben unsere Zeit in der Lotterie gewonnen?«

»*Schuljung*«, sagt Schangeleidt mit weinerlicher Stimme, und sogar Kurtchen grummelt: »Tut mir leid für Sie.«

»Was zum Teufel ist jetzt mit dem Schlüsselbund? Das Ding liegt hier direkt vor dem Imbiss, und ich bin noch so freundlich und frag, ob einer von euch Knallchargen seinen Schlüssel vermisst ...«

Ich sehe dabei zu, wie Holgis Kiefer langsam auseinanderklappt. Nach mehreren Schrecksekunden beginnt Holgi aufgeregt seine Hosentaschen zu durchforsten, er wirft hektische Blicke in die Runde, die offenbar Hilflosigkeit und Verwirrung ausdrücken sollen: »Das müssen meine ... ja, ganz sicher, das *sind* meine Schlüssel«, ruft Holgi, schnippt dabei wie ein Siebtklässler mit Daumen und Mittelfinger und zählt gestenreich seine verlustig gegangenen Wohnungs-, Haustür- sowie Übungsraumschlüssel auf, er erwähnt sogar meinen Zweitschlüssel, den ich ihm mal für Notfälle gegeben habe.

Gelhaar fixiert Holgi skeptisch und schüttelt resigniert den Kopf, als sein Kollege den Schlüsselbund Holgi zuwirft ... der fängt sicher, sieht seine Schlüssel kurz prüfend an, sagt »danke« und lässt sie blitzschnell in seiner Hose verschwinden.

»Klärung auf dem kleinen Dienstweg spart eine Menge Papierkram«, belehrt der ältere Polizist seinen Kompagnon.

Dann zückt der Polizeioberwachtmeister ein DIN-A4-Blatt, entfaltet es und reibt uns das gefaxte Abschiebe-Konterfei von Radulescu Ursu unter die Nase.

»Hat jemand schon mal diese Visage hier gesehen?«, bellt er.

Mario Barth, Schangeleidt, Kurtchen, Holgi, Pamu Kalle und ich schütteln unisono die Köpfe.

»Nie gesehn«, meldet sich Mini-Rita zu Wort. Sie betrachtet mit zusammengekniffenen Augen das Faxfoto, dann ihren angetrunkenen Freund: »Wie isses, Polizeistunde is durch, *salve nochein trinken*? Lad euch alle ein, ihr Spaßbremsen.«

»Frau Minnemann, wir sprechen uns morgen. Und Sie, junger Mann«, der ältere Schutzpolizist fixiert Holgi streng, »passen Sie das nächste Mal besser auf Ihre Schlüssel auf, da haben Sie noch mal richtig Glück gehabt.«

»Mann, das war knapp«, meint Holgi.

»*Kino ein?*«, blökt Waldemar, woraufhin Pamu Kalle eine rasche Runde Raki klarmacht.

Auch Mario Barth sitzt jetzt aufrecht am Tresen, lupft seine Maske und sagt: »*Lastodaplies.*«

Der Streifenwagen parkt nach wie vor direkt vor der Imbiss-Glastür.

Radu duckt sich sofort wieder weg, als der Jungpolizist hektisch gestikulierend seinem Kollegen am Steuer offenbar das gefaxte Foto unter die Nase reibt, der aber schüttelt den Kopf, und der Polizeiwagen fährt ab.

»Kannst wieder hochkommen«, rufe ich.

»Meinste, die mich erkannt?«, fragt Radu.

Ich zucke mit den Schultern. Es ist spät geworden im Grill-Imbiss »Pamukkale«. Holgi betrachtet zufrieden seinen Schlüsselbund und lässt ihn betont lässig um den Zeigefinger kreisen, bevor er ihn endgültig in der Tasche seiner Eidechsenlederhose verschwinden lässt. Mini-Rita hat ihren Kopf auf der Theke abgelegt, Kurtchen erhebt sich und macht Anstalten zu gehen.

Schangeleidt torkelt in seine Arme: »*Hausschuh ab?*«

»Lass gut sein«, beschwichtigt Kurtchen.

»*Ibiza*«, grölt Schangeleidt großspurig, nestelt an seiner Geldbörse herum, stülpt diese um, schüttet den Inhalt auf den Tresen, mehrere Münzen drehen Pirouetten.

»Kommt noch jemand mit aufn Absacker?« Mini-Rita hakt ihren uniformierten Galan unter.

»*Nimm Aas!*«, bellt Waldemar derweil Pamu Kalle zu.

»Selba Aas!«, lallt Mini-Rita und lächelt uns über die Schulter an.

»Nee, du bist 'n Aas«, lallt Schangeleidt.

»Bin kein Aas.«

»Bisde wohl«, insistiert Waldemar.

»Leck mich doch am Arschgeweih.«

»Weisdu einglich, Mini-Rita, dass du den schönsten hast ... denn du hast den allerschönsten Schlampenstempel auffer ganzen Welt.«

»Waldemar, das ist ein tolles Kompliment«, bedankt sich Mini-Rita und wankt allein hinaus auf die nächtliche Gertigstraße.

Holgi, Kurtchen und ich legen je einen Zwanni auf den Tresen, erheben uns, Pamu Kalle streicht das Geld ein, ohne nachzuzählen.

Radu schaut Pamu Kalle traurig an.

»O.k. Kannste hier pennen«, bietet Pamu Kalle an, »aber guck nich so.«

Radu lächelt und nickt wie ein Wackelhund in Richtung Pamu Kalle, dessen Miene sich mit einem Mal aufhellt, und er tönt breit grinsend in die Runde: »Wie is? Jetz alle singe: Aber sonst ist heute wieder *Alaska auffer Andreadoria*?«

Und wie aus einer Kehle schallt es zurück: »Auf der Andrea Doria ... aber sonst ist heute wieder alles klar ...«

Und bevor Waldemar aus dem Imbiss stolpert, muss ich ihm noch die Frage stellen, die mich schon die ganze Zeit beschäftigt: »Sag mal, Waldemar, in welcher Branche war Mini-Rita denn vorher tätig?«

»Mini-Rita? Ob's glaubs oder nich, Mini-Rita is gelernte Heizungspflegerin. Issen Lehrberuf.«

»Gelernte Heizungspflegerin«, wiederhole ich, »das hätt ich nun nicht gedacht.«

11. Heaven is falling – Bad Religion

Am Morgen komme ich nur schlecht hoch vom Küchensofa und beschließe, mit einem Konterbier gegenzusteuern. Die Sonne scheint mir ins Gesicht, ich schaue auf die Uhr, mein Kopf schmerzt: klarer Fall von Lederallergie, natürlich bin ich mal wieder mit Schuhen eingepennt.

Ich koche einen starken Kaffee, dusche, bereite Frühstück für Ada und die Kinder, drehe im Bad den Wasserzulauf für die Waschmaschine auf, gebe Tandil und Weichspüler in die Spülfächer und stelle sechzig Grad Bunt- ohne Vorwäsche ein.

Ich selbst beschränke mich aufs Zugucken, während sich Ada goldgelbe Toastscheiben und Rühreier und der Rest meiner Familie Smacks und Schokopops schmecken lässt. Nach dem Frühstück räume ich das benutzte Geschirr in die Spülmaschine und begleite Ada und die Kinder runter zum Auto.

Zu den Möbelpaketen sagt Ada nichts, stattdessen nimmt sie mich in den Arm und schaut mir tief in die Augen.

»Was ist bloß los mit dir in letzter Zeit, Liebling.«

Ich umarme Ada und zucke mit den Schultern.

»Ich liebe dich, Toni, vergiss das nicht.«

»Ich liebe dich auch«, sage ich, küsse Ada und herze zum Abschied meine Kinder.

Als der Ford durch die Toreinfahrt vom Hinterhof in Richtung Sylt ruckelt, winke ich. Meine Wehmut ist erfahrungsgemäß eng verknüpft mit dem Restalkoholgehalt in meinem Blut, aber irgendwie fühle ich, dass heute etwas anders ist als sonst, das ist kein gewöhnlicher Hangover, nein, dieser

Moment fühlt sich anders an, vielleicht so, wie einst Erich Mielke empfunden haben mag, als seine Schäfchen ihn nicht mehr mochten und er ihnen zurief: »Ich liebe euch doch alle.«

Ich überlege: Die Waschmaschine braucht sicher zwei Stunden, also schau ich mal rasch um die Ecke bei Pamu Kalle rein und seinem neuen Mitbewohner.

Pamu Kalle schließt mir auf, und ich sage: »Moin, Jungs.«

Die beiden haben Kaffeetassen vor sich stehen und Tränen in den Augen.

»Morgen, Toni«, sagt Pamu Kalle mit feuchtem Blick. Ich fixiere die vermeintlich greinenden Südländer und ihre Kaffeetassen.

»Kann ich auch so einen haben?«

»Na gut, einen noch«, sagt Radu und klopft sich dabei schniefend auf die Schenkel, während Pamu Kalle mir einen Becher hinschiebt und dampfenden Kaffee einschenkt. Erst jetzt merke ich, dass den beiden gar nicht zum Heulen zumute ist.

»Na gut, Albaner komm in Sozialamt«, beginnt Radu, »er geht zu Schalter und sag zu Beamte: ›Hallo, Scheffe, isch nix will lebe mehr von Stütze und Staat. Ich wolle ehrlich Arbeit mach…‹«, als Pamu Kalle auch schon losprustet.

»Albaner, ›ehrlisch Arbeit mach‹. Das is gut, Radu«, lacht Pamu Kalle und schiebt mir die Dose mit Kondensmilch zu.

Radu steht auf, schnappt sich einen nahezu borstenfreien Besen und beginnt, die Bodenfliesen zu kraulen: »Na gut. Beamte vom Sozialamt strahle Mann an: ›Sie ham heut große Glück. Wir reinkriegt Angebot von wohlhabend Mann, der suchen Chauffeur und Leibwächter für seine nymphomanisch Tochter. Wenn Sie Job habe wolle, Sie dafür fahre müss mit dicke schwarze Mercedes und Minimum zweimal täglich Geschlechtsverkehr mache mit junge Frau. Sie bekomm gestellt neue Anzug, Hemd und Schuh, und wegen viel Überstund wird Ihnen auch Essen bezahlt. Und weil junge Dame oft auf Reise muss, Sie werde immer sie begleiten müss. Ach ja, Ihr

Gehalt liegen bei 100 000 Euro in Jahr!‹ – Darauf der Albaner sagt zu Beamte: ›100 000 Euro. Sie wolle misch verarsche?‹ – Antworte Beamte: ›Wer hat denn damit angefangen?‹«

Pamu Kalle, Radu und ich verschütten fast den Kaffee vor Lachen.

»Wie jeder gut Witz is Körnchen wahr in Kern. Wollte eine noch? Hier, Rätsel: Sitze Albaner, Jugo und ein Türk in Auto. Wer fährt?«

Pamu Kalle und ich schütteln die Köpfe.

»Polizei natürlisch. Haha, wie ihr findet? Hier, noch ein: Was is guter Verkäufer?«

Wir schütteln wieder die Köpfe.

»Haha, Albaner, der verkauft an Serbe Nato-Army-Jackett.«

Pamu Kalle und ich verstehen zwar nicht ganz den tieferen Sinn, nicken aber höflich. Radu erzählt dann keinen Witz mehr und verteilt stattdessen weiter Staub im Schankraum.

»Musti. Wie soll's weitergehen mit Radu, kann er bei dir arbeiten?«

»Kein Problem, er chauffiere meine nymphoman Tochter«, erwidert Pamu Kalle. »In Ernst: Radu gern mir hier zur Hand gehen, sauba mach, Tee koch, Teller spül. Bis nächste Woche, is eh Schicht.«

»Lieber wacklige Wirtshausstuhl als feste Arbeit!«, freut sich Radu.

»Wenn's Probleme gibt, sag einfach Holgi Bescheid, ich bin ab Samstag erst mal wech.«

»Du hast's gut, Toni, schöne Urlaube auf schöne Insel Sylt.«

»Wir sehn uns. Du bleibst doch in Hamburg?«

»Noch nicht weiß, was kommt«, sagt Pamu Kalle, »wann du startest in Ferien?«

»Morgen früh, ich muss noch zwei Betten und 'ne Kinderküche zusammenbauen, dann zum Zahnarzt, und ich hab noch 'nen Termin wegen Darmspiegelung.«

»Abegassonderuntersuchung, fühlste wie neue Tüvt«, kommentiert Pamu Kalle mein Ansinnen, dem genetisch bedingten Darmkrebs einen Riegel vorzuschieben.

»Dein Wort in Allahs Ohr«, sage ich, woraufhin Pamu Kalle bloß entgegnet: »Auspuffpott immer schön frei geblase.«

Na prima, denke ich zwei Stunden später, zumindest der erste Termin war schon mal ohne Bohren. Mit einem frischen Stempel im Bonusheftchen fahre ich mit dem Fahrrad zur Goernestraße und stehe termingemäß um dreizehn Uhr vor dem weiß getünchten Eppendorfer Jugendstilgebäude.

Ich betrachte die zwei gravierten Metallschilder neben der Haustür, die auf eine Anwaltspraxis Dr. Mainhardt Mehmann im Erdgeschoss und die mir bereits bekannte urologische Arztpraxis Dr. Präg in Stockwerk eins hinweisen.

Dummerweise hatte ich Holgi mal wieder gefragt, ob er 'nen Spezialisten kennt, der Därme spiegelt. Holgi kennt in Hamburg aber offenbar nur Dr. Präg, immerhin sei der Urologe, sagte er, woraufhin ich anzweifelte, ob Urologen und insbesondere der mir bereits in Sachen Genitalbegradigung einschlägig vorbelastete Mediziner auch diesmal helfen kann.

Holgi meinte daraufhin nur, ›wer sich bei Geschlechtskrankheiten auskennt, der kann auch Därme spiegeln‹, außer dem solle ich Präg doch selbst anrufen, wenn ich seinen Rat derart in Zweifel ziehe.

Gesagt, getan. Dr. Präg war auch gleich selbst am Apparat.

»Hornig, Anton Hornig mein Name ... ich war schon mal bei Ihnen«, sagte ich, und ob er denn auch Darmspiegelungen vornähme.

Es dauerte einen Moment, Dr. Präg studierte wohl meine Krankenakte, denn dann sagte er: »Hornig, ganz richtig, Anton Hornig, Mast- und Schotbruch, ja, ein sehr schönes Foto.«

Und, »Nein«, beschied er mir, er selbst nehme Darmspiegelungen nicht vor, ich sei aber bei ihm »ganz richtig«, und ob ich denn schon einen Homokult-*Test* absolviert hätte.

»Was für 'n Test?«, fragte ich besorgt.

Irgendwie klang Dr. Prägs Stimme dann wiederum besorgt, als er »Hämoccult« für mich buchstabierte und Sinn und Zweck des Verfahrens erläuterte.

Jedenfalls hat er mich wieder an den Eiern. Ich hab natürlich einen Termin ausgemacht, und weil vor meinem geistigen Auge die Erinnerung an meinen letzten Besuch bei ihm wieder aufblitzte, notierte ich in meinem Kalender *Freitag, 13 Uhr, Käpt'n Präg*. Dann strich ich *Käpt'n Präg* durch und schrieb *Hulk-Hoden* daneben.

Nun ja – anstatt damals einfach aufzulegen oder Präg darauf hinzuweisen, »nein, ich brauche keinen wie auch immer gearteten Kult-Test, sondern eine Darmspiegelung«, stehe ich jetzt in der Praxis und schüttele Hulk-Hoden die Hand … und höre leise ein Schaf blöken.

Ich schaue mich um. Irgendetwas stimmt hier nicht. In der Praxis ist es totenstill. Eine Arzthelferin oder andere Patienten sind jedenfalls nicht zugegen, außer mir und Präg ist niemand zu sehen. Wieder ertönt ein zaghaftes *Määäh*.

Ich folge Dr. Präg in sein Behandlungszimmer, das Fenster ist geöffnet, feiner Staub tanzt im Sonnenlicht … nein, irgendetwas stimmt hier nicht. Meine Nase kitzelt, ich niese, und dann fällt es mir wie Schuppen von den Augen. Dr. Präg ist, seit ich das letzte Mal hier war, zusammen mit seiner Praxis alt geworden. Mediziner und Räumlichkeiten machen einen synchron angeranzten Eindruck auf mich, ich bin mir gewiss, ich bin hier der erste Patient seit längerer Zeit. Außerdem riecht es nach Heu und Schaf.

Allerspätestens jetzt hätte ich auf dem Absatz kehrtmachen sollen. Stattdessen klappt Dr. Präg meine Patientenkarte vor mir auf und reibt mir das von meiner guten Freundin Judith angefertigte schicksalsträchtige Schwarz-Weiß-Schwanzfoto unter die Nase, das ich ihm vor Jahr und Tag zugeschickt hatte.

Ohne Dr. Präg wäre meine jüngere Lebensgeschichte vielleicht anders verlaufen, ohne ihn hätte es jedenfalls keine kompromittierenden Genitalfotos, also auch nicht besagtes Penis-Fotoshooting mit Judith gegeben und in der Folge nicht die peinlichen polizeilichen Ermittlungen gegen mich.

All dies steigt wieder in mir hoch, dazu der Staub im Sonnenlicht und das surreale Blöken … hab ich vielleicht einen an der Marmel nach den vielen Raki gestern Nacht?

Zum Glück beginnt Hulk-Hoden nun nicht von alten Zeiten zu schwärmen. Jedenfalls erwähnt er mit keinem Wort gemeinsam besuchte internationale urologische Kongresse, sondern weist auf die enorme Bedeutung der Früherkennung von kolorektalen Karzinomen hin, nachdem ich ihm vom Darmkrebstod meines Großvaters väterlicherseits berichtet habe.

Gerade will ich ihn fragen, was es mit dem Schafgemähe auf sich hat, da verlangt Präg, ich solle mich »untenrum bitte frei machen« und auf einer mit Papier bedeckten Untersuchungsliege »heckaufwärts« Platz nehmen: »Eines kann ich Ihnen aus Erfahrung sagen: Der Hämoccult-Test wird vollkommen zu Recht überbewertet.«

Ich nicke, lasse meine Hose runter und lege mich, wie geheißen, auf den Bauch, während Dr. Präg umgehend mein freiliegendes Hinterteil auf der Massagepritsche tätschelt.

»Wenn ich Blut in Ihrem Stuhl finde, dann haben Sie in aller Regel keinen Darmkrebs, sondern einen gewöhnlichen Afterriss oder ein Analekzem …«

»Da bin ich aber beruhigt, Herr Doktor.«

»… ob chronisch oder akut, ich verschreibe Ihnen eine Tube Hämorrhoidensalbe, harhar.«

»Ich habe aber keine Hämorrhoiden«, wende ich ein.

»Das wollen wir doch erst mal sehen.«

Dr. Präg tätschelt weiter.

»Sagen Sie, was machen Sie da eigentlich?«

»Bei Blut im Stuhl ist es meines Erachtens für eine Polypektomie zu spät. Solch ein kleiner Polyp wächst mitunter rasend schnell. Haben Sie weitere Tumorerkrankungen in der buckligen Verwandtschaft?«

Bucklige Verwandtschaft? Ich schüttele den Kopf.

»Vielleicht eine vergrößerte Prostata in der Familie?«

»Glaube nicht«, sage ich.

»Ich lade trotzdem ein zur Großen Hafenrundfahrt.«

»Wie jetzt, Große Hafenrundfahrt?«, frage ich arglos.

»Mit der Prostata ist nicht zu spaßen, und Vorbeugen ist besser als Heilen, Früherkennung und Vorsorge gehen in Ihrem Alter Hand in Hand.«

»Tut das denn weh?«

»Entspannen Sie Ihren Schließmuskel. Ein wenig Seegang kann Sie doch nicht erschüttern?«

»Also seekrank werde ich wirklich nicht so schnell, wenn Sie das meinen.«

Ich sehe noch, wie Dr. Präg mit einer Art zusammengerolltem Luftballon hantiert und mit gespitzten Lippen eine kecke Melodie intoniert, die sich nach *Eine Seefahrt, die ist lustig* anhört.

»So. Dann wollen wir mal zum gemütlichen Teil der Reise übergehen: Leinen los, wir legen ab, harhar.«

Von gemütlich und Leinen los spüre ich nichts, sehr wohl aber, wie sich etwas an meinem Heck zu schaffen macht. Meine Gesichtszüge entgleiten, als mir dämmert, dass sich hinter meinem Rücken nichts Gutes anbahnen kann.

»Entspannen Sie sich. Das fühlt sich jetzt vielleicht etwas ungewohnt an«, raunt Dr. Präg, als sein Mittelfinger bereits in meinem Hinterteil herumschraubt und sich dann meinen Enddarm emporarbeitet.

»Schön weich, das ist gut.«

Ich höre wieder das Schaf mähen, und eigenartigerweise kommt mir der Filmtitel *Reise zum Mittelpunkt der Erde* in den Sinn.

»Sehr schön weich.«

»Aaah. Da bin ich wirklich beruhigt, Herr Doktor«, stöhne ich.

Dr. Präg stößt langsam kreisend tiefer, dann schlägt er einen kurzen Haken und lässt offenbar meiner Prostata eine sanfte Massage angedeihen.

»Alles schön weich und rund, aber das allein sagt erst mal nichts.«

Gerade habe ich mich an das schiffsschraubenartige Geschlinger in meinem Heck halbwegs gewöhnt, da ändert

Käpt'n Präg abrupt den Kurs und kreuzt unter vollen Segeln meine Darmfahrrinne weiter aufwärts.

So lange Finger wie Hulk-Hoden hat doch kein normaler Mensch, staune ich. Mir beginnt zu schwindeln, ich fühle mich elend und schließe die Augen. Gerade will ich mich in mein Schicksal ergeben und Vergnügungssteuer von Käpt'n Präg verlangen, da ist der Törn auch schon zu Ende.

Ich rolle backbord und öffne die Augen. Hab ich's mir doch gedacht, Dr. Präg ist gar kein Käpt'n und der Luftballon kein Luftballon. Das Ding, das nach wie vor von Gummi ummantelt auf Dr. Prägs Mittelfinger thront, sieht aus wie ein hafenschlickverschmiertes Unterseeboot und verströmt einen unguten Odem.

»Hart am Wind, aber alles im Lot aufm Boot, harhar!«

Hulk-Hoden wirft das Gummihütchen in den Mülleimer und bittet mich, ihm zu folgen. Ich rappele mich von der Liege hoch, trotte hinter dem falschen Kapitän in Richtung seines Schreibtisches.

»Ihre Hose können Sie wieder hochziehen«, fährt Dr. Präg mich an.

»Ist mein Darm denn in Ordnung?« Ermattet nehme ich Platz.

»Ihre Prostata jedenfalls ist in tadellosem Zustand.«

»Aber? Ich denk, Sie haben die Große Hafenrundfahrt wegen meines Darms gemacht?«, sage ich.

»Wissen Sie, die Koloskopie stellt doch heutzutage gar kein Problem mehr dar, die rektale Untersuchung erfolgt per Sonde und Minikamera bei einem darauf spezialisierten Kollegen ganz bei mir in der Nähe.«

Ich schüttele den Kopf: »Aber warum haben Sie meine Prostata untersucht?«

Dr. Präg schlägt meine Krankenakte zu, füllt einen Überweisungsträger aus und reicht mir eine Visitenkarte. Dann steht er auf, streckt mir seine Hand entgegen und blickt mir in die Augen.

»Auf Wiedersehen, Herr Hornig. Machen Sie zeitnah eine

Darmspiegelung, nicht erst nächstes Jahr, und denken Sie daran, zahlt alles die Versicherung, harhar. Ach ja, ich bekomme noch zehn Euro von Ihnen.«

»Für die Hafenrundfahrt?«

Dr. Präg nickt.

»Zehn Euro«, sage ich und zücke mein Portemonnaie. Warum mach ich eigentlich immer wieder so 'n Scheiß mit, denke ich, als ich wieder das zarte Blöken höre.

»Eine Frage, Herr Doktor, was mäht da eigentlich die ganze Zeit?«

»Was da mäht, harhar? Ja, ganz richtig. Braves Tier, gehört zu Dr. Mehmann, Parterre, ausgewiesen guter Anwalt für Ausländerrecht.«

»Stört Sie das denn nicht?«

»Im Gegenteil. Ich denke libertär: Die in Deutschland praktizierte Form der Sammelabschiebung lehne ich grundsätzlich ab.«

»Nein, ich meine das Gemähe. Geht das den ganzen Tag so?«

»Solch einen Mieter müssen Sie erst mal finden. Dr. Mehmann ist eine absolute Koryphäe und grundsympathisch obendrein, und eine Stiftung leitet er auch noch.«

»Dass Dr. Mehmann Mehmann heißt und ein Schaf hält, das passt ja gut«, sage ich erfreut und wende mich ab. Dr. Präg schaut mich irritiert an.

»Määh-Mann ... und das Schaf, mäh ... «, blöke ich.

»Ah ... ich verstehe, Sie meinen, ob das Schaf in meinem Haus jemanden stört? Nehmen Sie die junge Familie in Etage drei, zwei Kinder, fünf Zimmer, hundertzwanzig Quadratmeter, die Pacht ist dreißig Prozent niedriger als im Mietenspiegel, aber nein, wegen eines einzelnen Schafs wollen die ausziehen.«

»Vielleicht wäre ein zweites Schaf die Lösung«, sage ich.

»Sie meinen, dass zwei Schafe weniger blöken? Interessanter Gedanke, aber wohl abwegig. Harhar.«

Als ich wieder unten im Hauseingang stehe, zerreiße ich als Erstes die Überweisung für die Darmspiegelung, weil verarschen kann ich mich selber, dann betrachte ich das zweite Metallschild neben der Tür genauer: *Dr. Mainhardt Mehmann, Rechtsanwalt, Kanzlei für Aufenthalts-, Ausländerrecht und Asylrecht.* Mir kommt ein Gedanke.

Dann rufe ich bei Ada und den Kids durch, die justament auf Sylt angekommen sind, verwerfe zudem den Gedanken, Hulk-Hoden wegen seiner Großen Hafenrundfahrt unter falscher Flagge bei meiner Krankenkasse anzuscheißen. Stattdessen freue ich mich lieber, dass ich ab jetzt auch Ferien habe, und entscheide mich spontan für ein vorgezogenes Urlaubsfeierabendbierchen bei Pamu Kalle.

Es ist noch hell, als ich Stunden später mit schwerer Schlagseite meine Reisetasche für Sylt packe und zufrieden beschließe: HimbeerToni Hornig geht heute früh ins Bett.

12. *Westerland – Die Ärzte*

Samstag, Sonne, Sommer in der Stadt … was für ein herrlicher erster Ferienmorgen. Mit Bus, Bahn und kleinem Gepäck geht's zum Bahnhof, ich kaufe bei Thalia rasch eine Morgenpost … und stelle schon beim Einsteigen fest, dass ich mir die nächsten Stunden im Nahverkehrszug von Hamburg-Altona nach Westerland gehörig die Beine in den Bauch stehen werde. Die Waggons sind bis auf den letzten Sitzplatz ausgebucht, draußen knallt erbarmungslos die Sonne, und die Klimaanlage im Zug funktioniert natürlich auch nicht.

Es ist stickig-schwül und riecht nach überhitztem Mensch, also werfe ich einen gelangweilten Blick in die Zeitung, entdecke ein kleines Foto von Dr. Mehmann mit einem Schaf und lese in der Unterzeile: Der renommierte Anwalt für Ausländerrecht, der ein Schaf in der Stadt halte, wurde vom Senat für seine Arbeit im Flüchtlingsrat und der Hamburger Tourette- und Koprolalie-Stiftung mit irgendeiner Verdienstmedaille ausgezeichnet.

Ich blättere weiter, halte auf Seite sieben abrupt inne, weil ein unscharfes, aus beträchtlicher Entfernung aufgenommenes Schwarz-Weiß-Foto und die darüber stehende Headline mich buchstäblich anschreien:

RASER ZÜNDET RADARFALLE AN

Barmbek. Vermutlich aus Ärger über ein Blitzfoto hat ein Raser am Jahnring in der Nacht zum Donnerstag ein Radargerät angezündet. Der oder die Täter hatten den etwa zweieinhalb Meter hohen Mast umgeknickt, das Kameragehäuse gewaltsam geöffnet und mit Brandbeschleuniger angezündet. Die Feuerwehr löschte den Brand. Der verursachte Schaden wird auf rund 25 000 Euro geschätzt. Ob durch den Brand Fotos vernichtet wurden, ist noch unklar.

Ob ich Holgi mal anrufe? Ach was, denke ich ermattet, der liest selber die MoPo, ich hab jetzt Ferien – also stopfe ich die Zeitung wieder in meine Reisetasche. Tief durchatmen täte jetzt gut, doch der beißende Geruch Hunderter tropfnasser Achselhöhlen sättigt allzu sehr den minimalen Restsauerstoffanteil im Innern der Nord-Ostsee-Bahn. Ich schaue mich hilfesuchend um, aber selbstredend lassen sich die Fenster in modernen Regionalverkehrszügen höchstens noch per Hammerschlag öffnen.

Dank der pestilenzartigen menschlichen Ausdünstungen muss ich wohl halb betäubt auf meine Reisetasche daniedergesunken und eingenickt sein. Erst auf dem Hindenburgdamm schrecke ich hoch, bei der Durchsage, nächster Halt sei Morsum, und dabei fällt mir siedend heiß ein, dass Ada am Telefon gesagt hat: »Ich hol dich in Morsum ab, weil in Westerland steigen alle aus.« Ihre Logik habe ich zwar nicht verstanden, warum Morsum besser sein soll als Westerland, taumele aber Minuten später weisungsgemäß, gierig frische Seeluft inhalierend, hinaus auf den Bahnsteig von Morsum.

Anniki und Max kommen mir entgegengerannt. Meine Kleinen jauchzen vor Freude, »Papa, Papa!« Mein Herz geht auf, während Ada im Laufschritt versucht, die Lütten einzuholen.

Mit meinen Kindern auf dem Arm gehe ich Ada entgegen: »Ein Küsschen für Anniki und eins für Max«, dann versuche ich Ada zu küssen.

»Iiieh. Stinkst du nach Schweiß«, sagt Ada und wendet sich naserümpfend ab. Meine Kinder stört das väterliche Reiseodeur offenbar nicht, denn sie halten jetzt beide meine freie Hand umklammert.

»Sag schon, Ada. Wie sind unsere Zimmer?«

»Wir sind im Haus ›Nils Holgersson‹, im Familienzimmer.«

»Familienzimmer hört sich gut an.« Ich freue mich sehr auf unser Hotel. Ada, die unseren Urlaub dieses Jahr komplett alleine organisiert hat, geht ein paar Schritte mir und den Kids voraus und strotzt wieder vor guter Laune, und auch ich kann es jetzt kaum abwarten, nach dem ganzen bekloppten Stress der letzten Tage endlich die Beine langzumachen.

»Wir wohnen etwas außerhalb von List«, erklärt Ada, als wir auf unser Auto zugehen.

»Das ist schön«, sage ich und tagträume von einem in den Dünen gelegenen Fünfsternehaus mit Whirlpool und diversen Wellness-Oasen: »List liegt doch ganz oben auf der Insel?«, frage ich interessiert nach.

»Oder ganz unten, wie man's betrachtet«, sagt Ada, und mir kommt die Schlagzeile auf einem von Adas Reiseprospekten in den Sinn: ›Sylt ... in Deutschland ganz oben.‹ Damit hat Ada im Winter erfolgreich versucht, mich auf Sylt anzufixen, nachdem sie es rundweg abgelehnt hatte, diesen Sommer wieder in das Mökki meiner Eltern nach Finnland zu fahren.

Ada ist nämlich schon als Kind mit ihren Eltern fast jedes Jahr während der Sommerferien von Schwaben nach Sylt gereist, immer in dieselbe Ferienanlage, wie sie sagt. Während ich es bislang nicht ein einziges Mal auf die nördlichste deutsche Nordseeinsel geschafft habe, denn nach dem, was ich bislang gehört habe, ist Sylt eigentlich so gar nicht meine Welt: Kampen, Krabben, Cabrios, Landhaus-Stil-Schicksen und ihr gegelt Guttenberg-geldadliger Anhang, das alles ist so gar nicht meins.

Ich zurre Anniki und Max in ihren Kindersitzen fest, drücke ihnen ihre Janosch-Trinkpullen in die Hand, nehme neben Ada auf dem Beifahrersitz Platz und sondiere kurz die Lage: Hauptsache, Ada bleibt guter Dinge und das Wetter schön. Auf jeden Fall ist es toll, endlich mal rauszukommen.

Ada kutschiert uns durch Kampen, vorbei an reetgedeckten Prachtvillen. Gosch, denke ich beim Anblick von schönen Menschen an Stehtischen vor einem Restaurant. Exakt so hab ich's mir vorgestellt.

Irgendwie scheint das Ambiente auf mich abzufärben, denn ich freue mich schon auf gediegenes Abhängen am Hotelpool, und abends, mit Babyphon in der ausgebeulten Freizeithosentasche, werde ich Ada an die Hand nehmen und zur Hotelbar geleiten, um dort den einen oder anderen Gin Tonic einzunehmen. Zu noch weiter vorgerückter Stunde nähern Ada und ich uns dann dem vorläufigen Höhepunkt, gemäß dem Slogan ›Meer. Leidenschaft. Leben.‹. Und das heißt für mich: Vor allem Punkt zwei steht ab heute wieder ganz weit oben auf der Agenda.

»Wird auch dringend mal wieder Zeit«, frohlocke ich still, »leidenschaftlich einen verballern – die Kinder schlummern friedlich, und alles, was zählt, sind Ada, ihre Möse, mein Schwanz und ich.«

»Toni, du sagtest am Telefon, dass Radulescu ausgewiesen werden soll?«, reißt Ada mich aus meinen Tagträumen.

»Ja, aber halb so wild, er ist erst mal bei Pamu Kalle untergekommen. Donnerstag Nacht wollten die Bullen ihn in deiner alten Wohnung abgreifen.«

»Was werdet ihr dagegen jetzt tun?«

»Äh, was meinst du mit dagegen tun?«

»Radu braucht erstens einen Anwalt, und ihr habt verdammt noch mal die Pflicht, ihm zu helfen! Zumindest du und Holgi – nach dem, was ihr Radu angetan habt.«

»Angetan! Was haben wir ihm denn angetan? Das war ein Unfall, Ada!«

»Dein Busenfreund Holgi hat ihn zu Fall gebracht.«

»Und was erwartest du jetzt von mir? Radu hilft bei Pamu Kalle, er kann dort pennen, und nach dem Urlaub sehen wir weiter«, echauffiere ich mich und merke zu spät, wie Ada sich aufregt.

»Tolle Freunde seid ihr. Radulescu ist in der Bredouille, und was macht ihr? Schickt ihn zu Pamu Kalle zum Schwarzarbeiten!«

»Radu hat sich selbst da reinmanövriert. Wie kann man so blöd sein und ohne Aufenthaltsgenehmigung zum Amt gehen und Sozialhilfe beantragen.«

»Radu ist ein guter Mensch.«

»Was denkst du, soll ich jetzt tun, Ada? Pamu Kalle muss Freitag aus seinem Laden raus, danach kann Radu erst mal zu Holgi, aber vor einer Abschiebung können wir ihn auch nicht bewahren.«

»Ich mach mir aber Sorgen um ihn«, gesteht Ada.

»Das merk ich: Radu hier, Radu da, was hast du dauernd mit Radu? Kannst du mir das bitte verraten?«

»Zum Beispiel hat Radu mir in acht Doppelstunden das Bauchreden beigebracht«, sagt Ada.

»Dann besorg doch Radu ein paar Schüler, dann verdient er sein Geld und kann hierbleiben.«

»Seit der Bauchoperation und den vielen Narben klappt das nicht mehr richtig mit Bauchreden.«

»Stimmt: Er stottert und bewegt den Mund dabei. Und Holgi und ich haben ihn damals zu Fall gebracht. Aber sag mir, wie sollen wir Radu vor der Abschiebung bewahren?«

»Ich hab gelesen, eine Heirat würde vor Abschiebung schützen«, sinniert Ada.

»Willst du damit sagen, ich soll Radu heiraten?«, spotte ich, und dann wird mir plötzlich flau im Magen.

»Nicht du, Toni ... eine deutsche Staatsbürgerin, vielleicht eine Scheinehe?«

»Wie wär's mit dir, Ada?«, blaffe ich. »Mich *kannst* du ja nicht heiraten.«

»Mama, Papa, nich streiten«, meldet sich Anniki von hinten. Ich drehe mich um und sehe, dass meine Kleine Tränen in den Augen hat. Max neben ihr schlummert tief und fest, seine Trinkpulle sicher zwischen die Milchzähne geklemmt.

»Wir streiten nicht, Mäuschen, Mama unterhält sich nur mit Papa.«

Ich zücke die Zeitung und zeige Ada das Foto von Dr. Mehmann: »Ich hab von einem Anwalt gehört, der sich gut mit Flüchtlingen auskennen soll. Da geh ich nach den Ferien mit Radu hin. Und jetzt lass uns bitte das Thema wechseln.«

»Okay, Themenwechsel«, bestätigt Ada.

»Erzähl doch von unserem Hotel.«

»Hotel? Was für ein Hotel?«, sagt Ada gedankenverloren.

Ich tippe mit dem Zeigefinger auf die beiden Sylt-Prospekte auf meinem Schoß: »Unser Feriendomizil, Ada, Sternehaus, lecker Essen, Kingsize-Betten, das volle Programm. Entspannung nach Maß: Meer, Leidenschaft, Leben.«

»Gleich hinter der nächsten Kurve, Toni.«

Weit und breit erblicke ich hinter der nächsten Kurve kein Hotel, stattdessen tut sich vor mir ein Gebäudekomplex auf, der an eine Kaserne erinnert. Dann passieren wir auch schon ein Schild: *DJH Mövenburg.*

Ich denke nach, vielleicht: »Das Jute Hotel Mövenburg« oder »Das Jewinner Hotel« …

»Wir sind da«, sagt Ada, die Kinder jauchzen, während ich in meinem Sitz zusammensinke. Wir fahren noch ein Stück weiter vorbei an Häusern mit Namen »Kalle Blomquist«, »Nis Puk« und »Peter Pan«. Wenigstens ist das Wetter schön, denke ich. Unser Haus »Nils Holgersson« habe ich nicht entdecken können.

13. *Here comes the summer – The Undertones*

Ich schrecke auf. Wo bin ich? Wie spät ist es? Warum ist es hier so dunkel?

»Zum Meer gehen, Papa«, ruft mir Anniki ins Ohr und zieht sachte daran. Ich schaue auf die Uhr. Es ist fünf Uhr morgens im Familienzimmer Nummer neunundsechzig im Jugendherbergshaus »Nils Holgersson«.

»Psst«, zische ich.

»Meer gehn«, gluckst es aus Stockwerk eins des zweiten Etagenbettes schräg gegenüber. Max winkt mir und Anniki freudig über seine schlafende Mutter hinweg zu.

»Ich will Meer«, sagt Anniki bestimmt und löst sich aus meinem Arm. Ich helfe der Kleinen, die Leiter hinabzuklettern. Geschwind wie ein Äffchen durchquert sie das üppig mit einem Schrank, einem Tisch und vier Stühlen möblierte Familienzimmer und erklimmt das gegenüberliegende Hochbett. Beide Kinder winken, und mir fällt wieder ein, welche Stunde es geschlagen hat, dass nämlich Bettwäsche im Preis mit inbegriffen ist und der Frühstücksraum in zwei Stunden öffnet.

Dies und anderes mehr habe ich gestern Abend erfahren, nachdem ich den Vollpensionspreis für zwei Erwachsene (je 23,10 Euro) und zwei Kinder (je 17,85 Euro) für zwölf Tage im Voraus entrichtet habe – abzüglich der 180 Euro Vorauskasse, die Ada schon überwiesen hat, zuzüglich eines täglichen Kurbeitrags für Ada und mich, plus Jugendherbergsausweise für jeden von uns. Die errechnete Summe hat mich ebenso erbleichen lassen wie die Tatsache, dass das abendliche Dinner aus weich gekochten Nudelbergen mit wahlweise roter oder weißer Pamp-Sauce bestand. Bier ist selbstredend nicht im Angebot, dafür bevölkerten an die zweihundert Mitesser den Kantinenraum.

Natürlich ist Selbstbedienung, aber wenigstens Max und Anniki finden es sehenswert, wie toll ihr Vater mit drei Nudeltellern gleichzeitig jonglieren kann. Als ich eine Viertelstunde später auch die Quarkspeise-Schüsselchen abgeräumt und den Tisch nass gewischt habe, kommt mir schon wieder der Gedanke, ich bin hier der HimbeerToni vom Dienst, denn Ada wurde gleich komisch, als ich ihr vorschlug, nach diesen Ferien nur mit ihr ein Wochenende lang in ein kinderfreies Wellness-Hotel fahren zu wollen, derweil meine Eltern die Kurzen in Pflege nehmen. Bezahlen würde ich die Reise mit dem Schmerzensgeld vom Deutschen Jugendherbergswerk.

Nach dem Essen machten wir es uns auf der von der Abendsonne gewärmten hölzernen Terrasse mit den anderen zweihundert Jugendherbergsgästen bei einem Becher Tafelwasser bequem, die Kurzen spielten mit Gleichaltrigen Ball auf dem Spielplatz direkt unter unserem Familienzimmer mit der stimulierenden Zimmernummer.

Ada und ich nippen an unserem Wasser und schauen in die untergehende Sonne.

»Ist das nicht schön«, freut sich Ada, »genau wie früher.«

Meine Laune bessert sich sofort, als mir die Idee kommt: »Toni, steig jetzt in den Focus, fahr nach List und kauf fässerweise Wein und Bier, schließlich haben hier die Supermärkte sicher bis zweiundzwanzig Uhr geöffnet. Wozu ist man schließlich autorisiert?« Oder heißt das automobilisiert?

Auf jeden Fall ist es schön, hier zu sitzen, die Luft ist angenehm warm, die Gespräche an den Nachbartischen kreisen um geplante Fahrradtouren oder Schiffstouren nach Rømø, und Ada erklärt sich auch sogleich bereit, bis zu meiner Rückkehr die Kurzen ins Bett gebracht zu haben. Für Anniki und Max stand natürlich von Anfang an fest, dass sie je in einem der oberen Betten schlafen wollen, und für mich ist schon mal ausgemachte Sache, dass wir Eltern, getreu dem Sylt-Motto

›Meer. Leidenschaft. Leben.‹ auf einem der beiden unteren Betten zu fortgeschrittener Stunde und voll des süßen Weines endlich wieder mal richtig auf Touren kommen würden. Denn Kleinkinder schlafen richtig tief, wenn sie denn erst mal eingeschlafen sind.

Als ich nach einer knappen Stunde mit zwei Papiertüten voller Weinflaschen auf die Terrasse haste, wartet niemand auf mich – doch, unsere Wassergläser stehen noch da.

Ich ernte missbilligende Blicke, als ich leise fluchend mit meinem Schweizer Messer einen Pinotage aus Südafrika entkorke und ein Glas Wein exe, danach gehe ich auf Zehenspitzen ins Familienzimmer Nummer neunundsechzig und mache mich anschließend im Gemeinschaftsbad gemeinsam mit anderen Familienvätern bettfein. Dann hauche ich auf Zehenspitzen stehend Ada und meiner süßen Tochter einen Gute-Nacht-Kuss aufs Hochbett empor und klettere hoch zu Max, der im Schlaf zufrieden gluckst und sich eng an mich kuschelt.

Ich lasse ein letztes Mal den Blick schweifen über unser Familienzimmer, lösche dann das Licht und denke: ›Sylt, in Deutschland ganz oben – in meinem persönlichen Urlaubsranking schon jetzt unten durch.‹

Fast wünschte ich mir in diesem Moment, wieder in Hamburg zu sein, um zusammen mit Holgi die drohende Abschiebung von Radu zu verhindern und die nachhaltige Zerstörung der Bausubstanz unserer Wohnungen anzugehen.

»Papa, Pipi!«

Ich schrecke auf. Wie, wo, was? Liege ich auf dem Verkehrsteppich? Nee ... Ach ja, Hotel, Jugendherberge, Familienzimmer ... auch egal. Dielen knarren, ich drehe mich um, die Matratze quietscht unter meinem Gewicht.

»Guten Morgen, Kleinfamilie«, rufe ich blindlings in den Raum hinein und reibe mir die Augen.

»Guten Morgen«, flötet Ada unten und verschwindet mit Anniki, ihrem Kulturbeutel und zwei Handtüchern in der Hand in Richtung Sammelbad.

»Pipi«, wiederholt Max leise.

»Wie, Pipi? Geh mit Mama aufs Klo, husch, husch, hinterher.«

Ich drehe mich um. Vor mir sitzt Max. Er ist nackt und schaut bedröppelt drein und zeigt auf das, was mal sein Sponge-Bob-Schlafanzug war. Max in Badehose, ein Handtuch um die Schultern gelegt, gehen wir beide duschen. Die folgende Viertelstunde verbringe ich mit zwei ausgerollten Klopapierrollen und Adas Föhn in der Hand auf dem durchgeweichten Hochbett.

Ich überlege kurz, ob ich eigentlich den Waschmaschinenzulauf in unserer Wohnung abgedreht habe, dann denke ich an Holgis merkwürdige ›Jim Morrison lebt‹-Manie und daran, dass Ada mich nicht heiraten will oder kann, und daran, ob sie mich eigentlich noch liebt. Irgendwas war mit der Waschmaschine. Egal, Mucki und Buddy brauchen frisches Wasser, und ich ruf später Holgi mal an wegen des Wasserhahns, wozu hat er denn 'nen Schlüssel für unsere Wohnung. Alles ist gut, es sind Ferien, beschließe ich nach getaner Arbeit und einem frugalen Frühstück in der »DJH-Mövenburg«-Kantine.

Heute gehen wir zum Strand. Die Sonne strahlt vom Himmel, der weiße Sand lockt und erst das Wasser … herrlich! Die Sicht von der Düne hinab aufs Meer überwältigt mich. Gar nicht so übel, Sylt. Der Strand ist schon gut gefüllt mit Badegästen, offenbar ist gerade Ebbe.

Mein Blick fällt auf eine kleine vorgelagerte Sandbank. Einige Badegäste laufen oder liegen darauf herum. Die kleine Insel ragt bis zur nächsten Flut, vielleicht zwanzig, dreißig Meter vom Strand entfernt, aus dem Meer. Wir gehen vorbei an einer Strandbude mit Rettungsschwimmern, die darauf achten, dass niemand zu weit hinausschwimmt. Ada macht es sich in einem Strandkorb bequem, Max und Anniki spielen im Sand, während ich in Badehose die Wasserkante entlangschlendere, aufs Meer blicke und über den Sinn mehrerer Schilder mit Holzkreuzen nachdenke, auf denen *Buhne* geschrieben steht. Ich halte inne. Da haben die Insulaner wohl die Tüdelchen über dem U vergessen, harhar, welche Art von Strandkonzerten auf dieser Buhne wohl gegeben werden?

Ich spaziere durch den heißen Sand zurück zu meinen Kindern, die, dick eingecremt, mit lustigen Sonnenhütchen auf den Köpfen, im Sand eine Art Käfig errichtet haben für Marienkäfer, die zu Hunderten über den Sand und die Dünen flattern, von Max und Anniki geschickt eingefangen, in kleinen, roten Plastikeimern gesammelt und umgehend im Käfergefängnis abgesetzt werden, das ich auf Max' Befehl hin zu bewachen habe.

»Toni, kommst du mal bitte«, ruft Ada.

»Ja, Schatz.«

Ich grabe noch etwas tiefer im Sand. So, das reicht, diese Gefangenen werden ihr Straflager nur fliegend verlassen können.

»Kinder, trinkt mal 'nen Schluck«, rufe ich und nehme neben Ada im Strandkorb Platz.

»Toni, lass mal die Kinder 'nen Moment allein laufen, ich hab mir was überlegt.«

Ich nicke.

»Toni, ich hab mir überlegt, ich würde, wenn es Radu hilft, nicht abgeschoben zu werden ..., also, ich könnte Radu ja pro forma heiraten, damit er nicht abgeschoben werden kann.«

Mir schwindelt, ich öffne und schließe den Mund wie ein Karpfen und sage: »Aber ...«

»Das wär ja nur für ein oder zwei Jahre oder so.«

»Aber wenn du mich nicht heiratest, dann kannst du doch nicht einfach Radu heiraten, ich mein, mich willste nicht heiraten, ich mein, das geht doch nicht ...«

»Sei nicht so spießig. Muss ja sonst keiner erfahren. Wir könnten zumindest mal mit Radu darüber sprechen.«

»*Wir?* Wir sollen mit ihm darüber sprechen? Soll ich ihm vielleicht sagen, meine Frau will nicht mich, sondern dich heiraten, Radu, damit du nicht abgeschoben wirst? Gar kein Problem von meiner Seite, bitte sehr, dann heiratet doch!«

»Toni, nun reg dich doch nicht gleich wieder auf. Du hast selbst gesagt, das wäre eine Pro-forma-Ehe, so lange, bis er tatsächlich eine Frau gefunden hat.«

Ich taumele aus dem Strandkorb. »Ada, das ist nicht dein Ernst!«

»Toni. Okay. Lass uns nicht mehr drüber reden. Es wäre ja nur ein Akt der Menschlichkeit, verstehst du. Toni, du weißt, ich liebe dich.«

Meer, Leidenschaft, Leben, Liebe ... Eifersucht ist eine Leidenschaft, die mit Eifer sucht ... Ada würde pro forma Radu heiraten ... Ich gehe wie in Trance ins seichte Wasser und wate in Richtung Sandbank.

Das Wasser wird tiefer, ich verliere den Boden unter den Füßen, ich schwimme los und verstehe die Welt nicht mehr, ich tauche unter, mache ein paar kräftige Schwimmzüge, das kühle Nordseewasser tut gut.

Ich tauche auf und wate durch seichteres Wasser auf die Sandbank im Meer. Ada und die Kinder sind ein paar hundert Meter entfernt. Von Weitem sehe ich ihren Strandkorb und die Sonnenhüte meiner Kinder ... und im Vordergrund, genau vor mir am Strand, keine dreißig Meter entfernt, einen Mann, der mir irgendwie bekannt vorkommt.

Ich reibe mir das Salzwasser aus den Augen und schaue genauer hin. Der Typ ist etwa in meinem Alter, er gestikuliert mit einer Hand wild in der Luft herum, mit der anderen hält er sein Mobiltelefon ans Ohr und schüttelt fortwährend den Kopf. Offenbar ist er mit seinem Hund unterwegs, der ein rotes Halstuch trägt und sein Herrchen schwanzwedelnd ankläfft ... ich grabe in meinem Gedächtnis, an wen mich der Mann erinnert.

Der Hund rennt los, bleibt vor einem der Schilder mit dem Holzkreuz darauf stehen, auf dem *Buhne* steht. Der Mann flucht. Wer ist der Kerl?

Buhne, Bühne, Auftritt ... heilige Scheiße, der sieht aus wie ... jetzt schaut er in meine Richtung, ich rufe: »Pa – Pa – Papa? Papa Punk?«

Der Mann stutzt, blickt zu mir rüber, sieht weg, schaut wieder zu mir, fixiert mich ungläubig. Ich winke ihm zu, er brüllt: »Rupert!«

Rubber … Rupert, Georg, Georg Wirling.

»Ich bin's, Anton Hornig, Papa …«, schreie ich.

Die umstehenden Badegäste auf der Sandbank schauen erst mich zweifelnd an und dann rüber zu meinem vermeintlichen Erzeuger. Der Mann am Strand forciert seine Schritte, schaut sich zu mir um.

Scheiß auf die Leute, denke ich und brülle: »Papa Punk!«

»Rupert, bei Fuß!«, ruft der Mann.

»Papa, Papa Punk, Alter, bleib stehen!«, schreie ich, stürze mich ins Wasser und schwimme los.

Ich kraule, so schnell ich kann, sehe beim Luftholen ein paar Badegäste mit ihren Armen gestikulieren. Sie rufen Unverständliches. Ich halte den Kopf zum Luftholen über Wasser, schaue nach vorn, der Mann am Strand setzt sich in Bewegung. Ich schwimme wie Michael Phelps mit sicher geglaubtem Olympia-Gold vor Augen, gleich hab ich's geschafft.

Ich richte mich kurz auf, versuche den Grund der Nordsee mit meinen Füßen zu ertasten, nichts. Ich tauche unter, rings um mich nichts als dunkler Algenmatsch. Beim Luftholen vernehme ich eine laute Megafonstimme: »Bleiben Sie, wo Sie sind, Lebensgefahr!«

Ich schlage mit den Beinen aus. Wo ist bloß der Scheißgrund?

»Vor Ihnen ist eine …«

Und jetzt verstehe ich deutlich das Wort

»… Buhne!«

… Da schrabbt etwas an meinem rechten Fuß entlang. Weiter, bloß weiter, Papa Punk, Rupert, der Strand ist noch ein paar Meter entfernt, direkt vor mir tollen Hunde die Wasserkante entlang.

Ich sehe den Mann fortgehen, er dreht sich noch mal um, er sieht tatsächlich aus wie ein alt gewordener Papa Punk. Ich richte mich auf, stehe jetzt am Ufer im seichten Wasser und spüre etwas Raues, Warmes an meinem Fuß. Ich schaue an mir herab und Rupert dabei zu, wie er genüsslich meinen Fuß abschleckt.

Überall Rot, Scheiße, das ist Blut, mein Blut! Papa Punks Hund leckt *mein* Blut, aber ich spüre keinen Schmerz.

Die umstehenden Badegäste und Vierbeiner staunen mich an, ich stehe in rot getränktem Wasser, hebe meinen Fuß über die Wasserkante, Blut tropft herab, und mein kleiner Zeh schlenkert seitlich an meinem Fuß.

Ich trete nach dem Hund aus, meine, den Triller einer Hundepfeife zu hören, der Köter rennt los. Ich drehe mich um. Ada, die Kinder und ein Rettungsschwimmer laufen auf mich zu.

14. *Doctor Doctor – UFO*

Ich liege in einem Bett, alles ringsum ist weiß, ich klappere mit den Zähnen, heiß und kalt. Keine Gitterstäbe. Kein Verkehrsteppich. Schüttelfrost, denke ich und erinnere mich vage daran, wie ich halb bewusstlos in einem Strandkorb liege und wie ein Rettungswagen mit überdimensionalen Lkw-Reifen über den Strand jagt.

Ich sehe Blaulicht und Ada, ich höre ein Martinshorn und das Weinen von Max und Anniki. Dann klappt mein Gesichtsfeld zu. Ich sehe über mir eine grob gerasterte Ada Teßloff und fühle mich dabei wie ein kollabierendes Insekt. Danach ein dunkles Nichts.

Ich erwache, ruhe auf einer Pritsche, ich verstehe nicht, was der uniformierte Mann zu mir sagt, eine Kanüle steckt in meinem Arm. Der Mann spricht zu mir, ich verstehe ihn nicht, beobachte seine Lippen. Er macht sich Notizen auf einem Fragebogen, und ich höre, »gleich sind wir da«. Danach wieder nichts.

Ich komme wieder zu mir, Hitze durchströmt mich, ich denke: ›Meer. Leidenschaft. Leben.‹ Und Elvis singt *Fever,* eine Krankenschwester steht an meinem Bett, sie spricht von »Nordseeklinik Westerland … allergischer Schock, Blutvergiftung, Fieber, Glück im Unglück. Ada und den Kindern gehe es gut.« Ich deliriere, dämmere weg und falle in tiefen, unruhigen Schlaf.

15. *Smells like teen spirit – Nirvana*

Willkommen im Rockstarhimmel, 3. Juli 1990

Max, Anniki! Ich schaue mich um, wieder kein Verkehrsteppich und keine Kinderbetten. Bin ich tot oder was? Oder ist das hier der Himmel? Kann aber nicht sein. Ich schwitze. Fühlt sich eher an wie Hölle. Mein Fuß schmerzt jedenfalls so, es ist drückend heiß.

Ich lasse meinen Blick schweifen. Eine Empfangshalle. Vielleicht 'ne himmlische Irrenanstalt oder eine Art überirdische Verwaltungsstelle von irgendwas ... nee, bitte nicht die Arbeitsagentur.

Aber was bitte ist das? Angeführt von Janis Joplin – sie hält original zwei Blumensträuße vor der Brust –, schlurfen Sid Vicious, ehemals Sex Pistols, und Keith Moon, früher The Who, den gefliesten Eingangsbereich entlang. Verdammt, Sid, Keith und Janis, die sind doch seit Jahrzehnten hinüber! Und was soll das Schild dort?

An der getäfelten Tür vor mir steht in schwarzen Lettern: »AA-Meeting«. Herrgott, das hätte ich jetzt nicht gedacht, dass es im Himmel Treffen für Anonyme Alkoholiker gibt. Ich kneife mir in den Arm und spüre das Zwicken auf der Haut, sehe Keith Moon. Er reißt eine Tür auf, betritt eine Art Abstellraum, na gut, denke ich und folge ihm, hab ja eh gerade nix vor.

Im hinteren Bereich des abgedunkelten Zimmers kauert ein maskierter Mann, er liegt in Ketten und sieht von Weitem aus wie Zorro. Leise singsangt der Maskierte beim Anblick des Who-Drummers: »Who are you – who – who are you? I said who are you – who – who are you?«

Dann spricht der Maskenmann mit sonorer Stimme: »Willkommen, Loon the Moon.«

Keith Moon fällt auf die Knie, ehrfürchtig, wie vom Schlag gerührt, faltet er die Hände und raunt: »Herr im Himmel.«

Mir fällt es wie Schuppen von den Augen, das ist hier nicht irgendein Himmel oder Hölle – ich bin im Rockstarhimmel. Das gibt's doch nicht, denke ich, sinke auch runter auf die Knie, diese Wesenheit da vorn muss der Allmächtige sein, der Obermufti aller Mucker, the one and only Rockgott.

Ich kneife mich noch einmal, ändert auch nix, alles wahr. Janis und Sid gesellen sich zu mir, starren ebenso ergriffen seine Heiligkeit an und gehen neben mir zu Boden.

Der Rockgott kauert im Zwielicht vor einem flimmernden, mit Spinnenweben überzogenen Uraltfernsehgerät und quakt: »Thank you for the music, the songs I'm singing.«

Dann blickt er auf mich und die drei anderen knienden, gar nicht so anonymen Alkoholiker und flüstert: »Janis, bist du's wirklich?«

»Herrgott!«, entfährt es Janis.

»Janis, Schätzchen, ja, ich bin es.«

»Ich hab Eure Heiligkeit gar nicht erkannt mit der Maske.« Janis blickt verwirrt zu mir und ihren beiden trockengelegten Saufkumpanen.

So also sieht der Rockgott aus, staune ich.

Der Durchlauchte betrachtet Janis weiter mit flackernden Augen und singt: »*Freedom is just another word for nothing left to lose, Nothing don't mean nothing honey if it ain't free* … hilf mir, Janis. Freiheit bedeutet, dass du nichts zu verlieren hast …«

Verdammt noch mal, Toni, irgendwoher kennst du die Stimme. Der Maskierte fixiert mich und spricht: »Anton Horny Hornig, Remo Smash, Toilet Love, fast hätte es geklappt damals mit euch, aber sorry, du bist nun mal kein Rockstar. Doch erteile ich dir hier und jetzt meinen rockistischen Segen als Dank dafür, dass ihr mich hier errettet habt aus tiefster Dunkelheit. Herzlich willkommen im Rockstarhimmel!«

Janis, Sid und Keith rutschen auf Knien weiter nach vorn und bepusseln dem Gottgleichen die Hände.

»Sprengt meine Ketten!«, befiehlt der Rockgott und zerrt an den Enden der massiven Metallglieder, die von einem Vorhängeschloss zusammengehalten werden. »Macht mich endlich los.«

»Wir … äh, haben aber keinen Schlüssel«, sagt Sid, und Keith Moon zuckt mit den Achseln.

»Ich hol Hilfe!«, verspricht Janis, springt auf und drückt Sid Vicious den einen Blumenstrauß, Keith Moon den anderen in die Hand: »Ihr beiden rührt euch nicht von der Stelle, bis Toni und ich Hilfe geholt haben.«

Aus einer Seitentasche ihrer violetten Samtweste fingert Janis zwei Glückwunschkarten heraus und überreicht sie mir: »Steck die noch schnell in die Blumensträuße rein.«

Ich werfe einen Blick auf die bedruckten Pappetiketten: *Für Brian Jones (Rolling Stones, verstorben am 3. Juli 1969)*, auf der anderen steht geschrieben: *Für Jim Morrison (The Doors, auch verstorben am 3. Juli, aber zwei Jahre später)*.

»Das Datum stimmt. Jim Morrison ist tot. Heute ist der 3. Juli, ich bin heute auf Sylt, aber warum 1990 …?«

»Schweig, Hornig. Alles ist wahr«, wendet sich der maskierte Göttliche an mich, »ihr habt mich bloß all die Jahre vergessen.«

Janis gibt mir ein Zeichen, ihr zu folgen, sie hastet aus dem Raum. Ich eile hinter ihr her und wundere mich, dass mein derangierter Fuß gar nicht mehr wehtut. Ich bin geheilt, jubiliere ich, offenbar ist das wirklich der Rockstarhimmel!

Ich bleibe dicht hinter Janis, rasch lassen wir das Empfangsgebäude hinter uns. Draußen steht die Luft vor Hitze. Ich sehe vor mir vier Häuser, direkt vor uns ein kleines Bassin mit einem Springbrunnen in der Mitte. Ich stimme den Refrain des alten Members-Hits an: »*This is the sound, this is the sound of the suburbs …*«

Ist das hier 'ne himmlische Ferienhaussiedlung. Jedenfalls

alles in tadellosem Zustand: Ein geteerter Weg schlängelt sich durch gepflegte Rasenflächen und blühende Rabatten. An dem Gebäude vor mir prangt ein Schild.

Janis eilt voran, schaut sich nach mir um. Ich folge ihr, vernehme angenehm bassige Grooves. Vor dem Haus bleibt Janis stehen, sie ringt nach Luft. Auf dem Schild an dem Gebäude lese ich: *Uptight Soul Club*.

Janis spricht zwei Schwarze auf dem Gehweg an, die dabei sind, die Rasenkanten zu trimmen: »Eddie, Marvin! Könnt ihr mir helfen, den Rockgott zu befreien?«

»Sister, sister, tell me what's going on?«, sagt der Angesprochene und klatscht lässig seinen Kollegen ab.

Ich kann es nicht fassen, sage: »Eddie Kendricks! Marvin Gaye ...«

»Keep on truckin, Janis, was geht uns *euer Rock*gott an?«

»Tolle Soulbrothers seid ihr – pah!« Janis wendet sich ab. Wir hasten weiter, passieren einen Jazzladen namens *Birdland* und den Punk-Schuppen *Search & Destroy* neben einer Müllhalde, ich höre eine verzerrte Gitarre, leisen Gesang ... Janis und ich blicken auf ein frei stehendes eingeschossiges Haus. Beim Näherkommen erkenne ich die Aufschrift: *Rock's Inn*.

Janis und ich betreten das Gebäude. Die Musik erstirbt. Im Schankraum verteilt stehen Tische, an denen zumeist langhaarige Männer sitzen. Und die meisten kenne ich tatsächlich vom Sehen.

Ganz klar, eine Art Saloon für verblichene Rockstars. Alle Augen sind auf Janis gerichtet. Die schaut sich um. Marc Bolan steht neben Nick Drake am Tresen, an einem Tisch dahinter ziehen Peter Tosh, Bob Marley, Tim Buckley und Gram Parsons an einer Riesentüte, und noch einen Tisch weiter zechen die Herren Presley und Lennon.

»Taking care of business«, grummelt der King, woraufhin ein Tinnitus auslösendes Feedback durch den Raum jagt. Ich wirbele herum. Auf der kleinen Bühne neben den Toiletten stimmen Jimi Hendrix, Duane Allman, Ronnie Van Zant, John

Bonham und Gary Thain das zweitbekannteste Stück von Uriah Heep an:

> *»This is a thing I've never known before,*
> *it's called easy livin.*
> *This is a place I've never seen before,*
> *and I've been forgiven.«*

»Schrottmusik«, befindet Ian Curtis und betrachtet wehmütig sein dunkles Bier.

»Und ohne Orgel geht das gar nicht«, lästert Lester Bangs.

»Das stimmt«, pflichte ich bei, »das Phänomen kenn ich gut.«

Jimi Hendrix stimmt weiter seine Gitarre nach, sagt: »Tach, Janis, was treibt dich denn zu uns? Mal wieder richtig die Glocken läuten lassen oder was?«

»Ich brauch eure Hilfe, Leute.«

»Eine Flasche Bourbon für Janis Joplin!«, tönt es von hinten. »Aber mit viel Eis.«

Janis wirft Elvis einen bitterbösen Blick zu. »Ich trinke nicht mehr, deswegen bin ich nicht hier. Wer von euch Jungs kann mit schwerem Gerät umgehen?«

»Kommt ganz drauf an, was für 'n Gerät du meinst, Janis«, grinst der King und kratzt sich im Schritt, während Syd Barrett nachsetzt: »Mann, Janis, wir sind hier im Rockstarhimmel und nicht in 'ner Reparaturwerkstatt.«

»Shine on, crazy diamond! Der Große Rockgott liegt in Ketten, ich brauche zwei starke Kerle mit Bolzenschneider.«

Elvis erhebt sich schwankend. »Janis, ich konnte dich schon bei Big Brother and the Holding Company nicht verknusen, also move over und lass uns hier in Frieden feiern.«

In diesem Moment geht knarzend die Saloontür auf. Grabesstille. Alle Augen sind auf den jungen Mann gerichtet, der die Kneipe mit einer großen Drahtschere über der Schulter betritt und leise fragt: »Wo bin ich hier?«

Er stellt sich als Kört Kobein oder so vor, aber da sind Marc Bolan und John Lennon schon beide aufgesprungen und schütteln unisono ihre Köpfe, und Jimi Hendrix krakeelt: »Nee, nee, mein Lieber, ohnmächtig, komatös und scheintot gilt nicht, wir ham gerade mal 1990, werd du erst mal siebenundzwanzig, berühmt und bring dich um, dann kannste gerne wiederkommen.«

Und schon ist Kört wieder verschwunden. Auf dem Fußboden aber bleibt der Bolzenschneider zurück.

John Lennon greift sich das Werkzeug und verlässt mit Janis das *Rock's Inn*. Ich bleibe wie angeflanscht stehen.

Kurz darauf ist der Rockgott nach Jahren in Ketten wieder frei. Er dankt seinen Rettern. John Lennon sagt: »Gern geschehen« und weist den heiligen Mann auf jenen jungen Kerl hin, der so selbstlos seinen Bolzenschneider zur Verfügung gestellt hat.

»Diesen Kört will ich zum Dank gerne fördern«, verspricht der Rockgott, »sein Wirken auf Erden werde ich verfolgen – und zwar wohlwollend. Long live Rock 'n' Roll. Amen.«

Eine knappe Stunde später erreichen der Rockgott und seine Retter das *Rock's Inn*. Jim Morrison füllt mit bandagierter Hand zwei Vasen mit Wasser, in die er die von Keith Moon und Sid Vicious überreichten Blumensträuße drapiert.

Der immer noch maskierte Rockgott begrüßt Elvis Presley per Handschlag, als er auch schon die kleine Bühne entert und seine Schäfchen eingehend betrachtet.

Dann ruft er: »Scheiß auf die AA!« und trinkt ein Riesenbierglas, das vor Elvis steht, in einem Zug leer, rülpst genüsslich, schüttelt sich, sagt »Smells like ...?«, und dann spielt der Rockgott Janis, Elvis, Marc, Jim und John, Keith, Sid und all den anderen sein neuestes Stück auf der Luftgitarre vor und ... und nimmt seine Maske ab ...

Meine Synapsen schmerzen, was für ein Albtraum, ich reiße die Augen auf und schreie los: »Aaaaaaaahhhh!«

Direkt über mir steht der leibhaftige Rockgott – ohne Maske –, und er beugt sich zu mir herab ...

16. *Faith healer – The Bollock Brothers*

»Papa Punk!«, schreie ich und glotze den Leib gewordenen Rockgott an. Er ist alt geworden. Ich sehe, wie sich seine Lippen bewegen, er spricht offenbar zu mir, aber ich versteh kein Wort, um mich herum ist nichts als kakofonisches Gebrüll.

Ich starre den Rockgott weiter an. Nein, das ist gar kein Traum, denke ich, das bin ja ich, der so brüllt, und schreie ob dieser Erkenntnis gleich noch mal los.

Ich schließe versuchsweise meinen Mund, blinkere einmal, zweimal. Stille. Himmlische Ruhe umgibt mich, und ich weiß jetzt: Der gealterte Papa Punk und der Rockgott sind eine Person, und die nickt mir gerade salbungsvoll zu. Herr hilf, denke ich und schließe die Augen. Offenbar bin ich tatsächlich im Rockstarhimmel gelandet.

Schweigen umhüllt mich. Dann gedämpfte Stimmen. Ich krampfe, vernehme ein leises Piepen.

»Sie müssen jetzt gehen, Herr Wirling«, sagt eine engelsgleiche Stimme, »Sie sehen ja selbst, Herrn Hornig geht es nicht gut.«

Etwas angenehm Kühles berührt mein Gesicht. Ich öffne die Augen. Das muss ein Engel sein, der mir gerade kalten Schweiß von der Stirn tupft.

»Pa-pa, Papa!«, röchele ich.

»Ich bin nicht Ihr Papa. Ich bin die Krankenschwester.« Der Rauschgoldengel lächelt mich an.

»Aber …?« Ein Fieberschub rüttelt meine klappernden Zahnreihen durch.

»Alles gut, Herr Hornig«, sagt der Engel beruhigend.

»Jim Morrison ist tot«, erkläre ich, »und Papa Punk lebt, er ist der Rockgott … ich hab ihn gesehen.«

Ich höre, wie meine Zähne rhythmisch aufeinanderschlagen, und schließe meine Augen.

»Temperatur?«, fragt eine männliche Stimme. Ich schaue auf, wahrscheinlich Petrus oder Jesus.

Der blonde Engel legt eine Manschette um meinen Arm und pumpt sie auf.

»Der Patient fiebert stark, Temperatur von vierzig«, sagt der Engel.

»Kreislauf?«, sagt der in himmlisches Weiß gewandete Heilige. Ich betrachte den Mann mit der salbungsvollen Stimme, der mich mit seinen zurückgekämmten Haaren jedoch weniger an Jesus oder einen Apostel denn an einen verblichenen österreichischen Popstar erinnert.

»Papa Punk ist der Rockgott«, stöhne ich.

»160 zu 80.«

»Hundert … zu hundert Prozent. Ich war im Rockstarhimmel, und Sie sind, wie hieß der n-noch gleich, Sie haben *Der Kommissar* gesungen und sind auch längst tot …«, stottere ich.

»Herr Hornig, mein Name ist Fiebig, nicht Falco, ich bin leitender Oberarzt im Allgemeinen Krankenhaus Westerland, und Sie müssen jetzt schlafen.«

»Aber eben, wer war der Mann?«

»Das war Ihr alter Freund Georg Wirling. Und jetzt schlafen Sie sich gesund. Morgen sieht die Welt schon wieder ganz anders aus.«

»Georg Wirling?«, sage ich und schaue den vermeintlichen Arzt mit weit aufgerissenen Augen an, dann ergreife ich seine Hand und drücke zu. »Herr Doktor, wissen Sie, was das bedeutet?«

»Herr Hornig, lassen Sie bitte meine Hand los …«

Ein Fieberkrampf schüttelt mich, ich presse die Hand von Falco Fiebig mit aller Kraft zusammen.

»Schwester, die Spritze, nun beeilen Sie sich doch!«

Mir schwindelt. Ich sehe den blonden Engel mit etwas Glitzerndem hantieren.

»Aaaah, Schwester ...«, brüllt der Mann in Weiß, während ich weiter seine Hand schraubstockartig fixiere.

»Papa Punk ist der Rockgott, und Sie sind der Kommissar!«, schreie ich.

»Aaaah, lassen Sie meine Hand los ... ja, von mir aus bin ich ... Falco ... und, aaaah, ja, Papa Punk ist der Rockgott.«

Endlich ist die Wahrheit raus. Ich entlasse Falcos Hand aus der Umklammerung, als auch schon der blonde Engel etwas Spitzes, Hartes in mein freigelegtes Heck bohrt.

»Aaaah!«

Eine Art Wolkennebel umgibt mich, auf dem Falco und der blonde Engel sanft entgleiten, und augenblicklich hüllt ein himmlischer Friede mich ein.

Als ich das nächste Mal die Augen aufschlage, ist es taghell, ich blinzele von meinem Krankenbett in die Sonne. Vor dem Fenster stehen zwei quietschgrüne Gehhilfen mit roten Reflektorstrahlern.

»Guten Morgen, Papa«, schallt es mir von der Tür entgegen. Ich zucke zusammen, geht das schon wieder los. Aber vor meinem Bett steht zum Glück nicht Papa Punk.

Ada, Max und Anniki betrachten besorgt mich und meinen demolierten Zeh, der am Fußende hochgelagert und in Mull verpackt ruht. Versuchsweise bewege ich die nicht verbundenen Zehen.

»Wie schön, dass ihr gekommen seid«, sage ich, »kommt mal her zu Papa.«

Das lassen Anniki und Max sich nicht zweimal sagen.

»Papa geht's schon viel besser«, rufe ich freudig, »wie schön, dass ihr mich abholt.«

»Anton, Liebster, dir geht es gar nicht gut, du hattest fast vierzig Fieber und ...« Ada stockt.

»Was, und?«

»Dr. Fiebig hat mir seine Hand gezeigt.«

»Und?«

»Toni, die Kinder und ich, wir ... wir bringen dich gerne zum Zug.«

»Äh ...«, stammele ich, »ich meine, warum ...?«

»Anton, die Kinder und ich, wir müssen uns erholen, das sind meine ersten Ferien seit ...«

»Aber ...« Anniki und Max reiben ihre Köpfe an meinen Wangen.

»Die nächste Bahn fährt kurz nach zwölf und danach jede volle Stunde.«

»Ada, ich weiß nicht, äh, ihr lasst mich ...«, sage ich und zeige auf mein hochgebocktes Gehwerkzeug.

»Wir kommen nächste Woche zurück nach Hamburg.«

»Ich weiß nicht, was ...«

»Es wäre toll, wenn die Kinderbetten bis dahin stehen. Deine Freunde können die vielleicht für dich aufbauen.«

»Äh«, stammele ich und beobachte, wie sich meine Zehen bewegen. Scheint noch alles dran zu sein.

»Holgi, Kurtchen und Radulescu gehen dir sicher zur Hand. Ach ja ...« Ada zeigt auf meine Reisetasche »Ich hoffe, ich hab alles eingepackt.«

»Ada, die Fieberkrämpfe heute Nacht, ich hatte schreckliche Albträume ...«

Ich zucke zusammen: In der Tür, hinter Ada, erscheint Papa Punk. Nein, das ist keine Erscheinung, er ist es wirklich. Das muss Georg sein, denke ich und staune ihn an wie eine Art fleischgewordenen Säulenheiligen. Papa Punk bleibt vor dem Bett stehen.

»Äh, Ada. Darf ich vorstellen, Allmächtiger, äh, Pa-Papa Punk, ich meine, das ist Georg ... Wirling.«

Georg ergreift Adas Hand und nickt ihr freundlich zu.

»Angenehm, Teßloff«, sagt Ada, ohne weiter Notiz von Georg zu nehmen. Er nickt auch mir freundlich zu, geht in die Hocke, lächelt Anniki und Max zu und schüttelt ihre kleinen Hände.

»Anton, wir müssten dann mal los, würde es dir was ausmachen, ein Taxi zum Bahnhof zu nehmen? Wir sind um elf für eine Wattwanderung angemeldet ... Aber ich könnte das auch absagen, wenn ...«

»Das geht schon klar. Ich kümmere mich um Anton. Wir haben uns einiges zu erzählen«, meldet sich Papa Punk zu Wort.

»Danke, Georg. Ich schaff das schon alleine, Ada, genießt die Ferien und das schöne Wetter«, sage ich und recke meiner Liebsten die Lippen entgegen.

Ada küsst mich auf die Stirn und tätschelt meine Schulter. Sie zögert einen Moment, dann berühren ihre Lippen die meinen. »Ich liebe dich, Anton Hornig, das weißt du«, haucht Ada. Dann erhebt sie sich und geht zur Tür.

»Danke, Georg ... Und du, komm bald wieder auf die Beine, Liebster«, sagt Ada mit aufmunternder Stimme, den Blick auf meinen bandagierten Elefantenfuß gerichtet. Ich herze und küsse meine Kinder zum Abschied, die lächeln Georg an und laufen zu ihrer Mutter.

Ich winke noch, als Ada, Anniki und Max an der Tür fast mit Dr. Falco Fiebig kollidieren, der mit einem anderen Engel im Schlepptau den Raum betritt.

»Guten Morgen, Herr Hornig, na, wie geht's uns denn heute?« Ich schaue traurig auf die ins Schloss gefallene Tür.

Der Arzt nickt Georg freundlich zu: »Tag, Herr Wirling, ist der allmächtige Rockgott auch wieder zu uns herabgestiegen?«

Papa Punk lächelt, will Doktor Fiebigs Hand schütteln, doch der reißt diese reflexartig zurück.

»Wir haben Ihrem Freund heute Nacht ein Sedativ verabreicht, dass selbst Elefanten in Tiefschlaf zu versetzen vermag.«

»Der Zeh tut auch gar nicht mehr weh«, erkläre ich.

»Meine Hand dafür umso mehr.«

»Tut mir leid, Herr Doktor, aber ich hab Sie heute Nacht tatsächlich für Falco gehalten.«

»Umso besser, dass Sie wieder bei Verstand sind und einen

guten Freund hier haben. Na, dann wollen wir uns das gute Stück mal ansehen.«

Doktor Fiebig streift vorsichtig den Mull von meinem Fuß herunter.

»Das sieht doch schon mal viel besser aus«, sagt er und verschließt wieder den Verband über meinen angeschwollenen Zehen.

»Stehen Sie mal auf.«

Ich rappele mich hoch, setze mich auf die Bettkante und nehme Aufstellung.

»Na bitte. Geht doch. Und nicht vergessen – immer schön hoch lagern.«

»Danke, Herr Doktor … und Entschuldigung wegen heute Nacht«, sage ich und strecke ihm meine Hand entgegen.

»Nein, nicht noch mal, Herr Hornig. Und leben Sie wohl.«

17. Milk and alcohol – Dr. Feelgood

Damit hätte ich jetzt nicht gerechnet, dass die mich so schnell entlassen wollen. Keine Viertelstunde später brause ich mit pochendem Zeh und Georg in einem azurblauen Jaguar-E-Sportwagen durch Westerland.

Hinten auf den beiden Notsitzen des, wie Georg anmerkt, »E-Type 4,2 Liter, 2 plus 2 von 1968« quetscht sich Rupert zwischen die Alukrücken und meine Reisetasche. Der zottelige Mischlingsrüde mit FC-St.-Pauli-Halstuch beschnüffelt meinen Nacken.

Georg parkt im Zentrum der Inselhauptstadt auf dem Gehweg direkt vor einem Schuhgeschäft. Ich quäle mich einbeinig aus dem Sitz, Georg reicht mir die Gehhilfen.

Ich humpele zielstrebig übers Trottoir in den Laden, halte Ausschau nach Frischluft-Männerlatschen. Ja, hier bin ich richtig: Abteilung Cabrio-Treter, das hässliche Entlein der Gehwerkzeugbranche, Birkenstöcke, wohin das Auge schaut, Kainsmale der Leder verarbeitenden Industrie.

Mit spitzen Fingern greife ich nach einem Jesuslatschen mit knarzendem Klettverschluss, streife ihn über meinen Klumpfuß und frage die herbeigeeilte Verkäuferin, ob es das Teil auch einzeln zu kaufen gebe, für die zweite Sandale hätte ich keine Verwendung.

Gibt's natürlich nicht, also latze ich siebenundneunzig Euro für einen rechten Oben-ohne-Schuh und humpele in Georgs und Ruperts Gefolge zurück zum E-Coupé-Jaguar.

Eine knappe halbe Stunde und einen kurzen Getränke-Kauf-Stopp am Mini-Market in Kampen später ist mein Nacken feucht von Ruperts Hundeschnauze, und ich erfahre von

Georg, dass sein reetgedecktes Einzelhaus am Ortsrand von Kampen, in dem ich gleich nach der Ankunft meinen geschwollenen Fuß auf dem Couchtisch hoch lagere, nur an diesem Wochenende noch das seine ist und übermorgen verkauft wird.

Rupert schnüffelt jetzt an meinem Zeh, offenbar hat er gestern am Strand wirklich Blut geleckt und freut sich über den vertrauten Geruch. Den Cabrio-Schlappen hab ich weit von mir geworfen und gieße dankbar das erste Bier des Tages in mich hinein, Georg nuckelt derweil an einer Flasche Ingwer-Bionade. Auf dem Couchtisch vor uns eine gläserne Schale, bis zum Rand gefüllt mit Haribo-Goldbären, aus der sich Georg unablässig bedient, während Rupert und mein Fuß kurz davorstehen, Blutsbrüderschaft zu schließen.

Als sehr angenehm empfinde ich den Umstand, dass Georg und ich uns nach so vielen Jahren auch ohne viele Worte gut zu verstehen scheinen. Ich habe Fragen über Fragen an Georg, aber eine Art stilles Einvernehmen zwischen uns gebietet mir, noch zu schweigen. Was zählt: Georg Wirling, tot geglaubter Gitarrist unserer Uraltpunkcombo Remo Smash, lebt. Das ist für mich das wahre Wunder.

Und gut schaut er aus, denke ich. Jedenfalls käme ich niemals auf die Idee, ihn jetzt Papa Punk zu nennen. Von seinem Äußeren her wirkt er irgendwie elegant, auf keinen Fall protzig … ich finde ihn sogar richtig sympathisch, jedenfalls ganz anders als damals. Sein Haar ist angegraut an den Schläfen, ziemlich lang und gut geschnitten, ein bisschen erinnert er an eine Mischung aus Harald Schmidt und diesem Assange. Er trägt Sneakers oder so 'ne Art Segelschuhe, auf denen *trippen* steht, und auch der restlichen Kleidung sieht man an, dass sie viel Geld gekostet hat. Drogen nimmt so jemand bestimmt keine mehr, denke ich.

Im Vergleich dazu komme ich mir vor wie C&A – ein typischer Vertreter der Kaste Creation Asociale oder gerade der Collection Arm entsprungen: Öko-Proleten-Sandalette plus ausgelatschter Turnschuh links, No-Name-Jeans und vergilbtes, ehemals weißes Sonic-Youth-T-Shirt.

Georg hat's, im Gegensatz zu mir, offenbar zu was gebracht. Allein der Hausverkauf wird ihm ein paar zusätzliche Millionen aufs Konto schaufeln.

Unter anderen Umständen hätte ich diesen Mann vielleicht bloß kurz gemustert, dann die Nase gerümpft und ihn der verhassten Snob-Neureichen-Bionade-Porsche-Cayenne-House-Musik-Abteilung zugeordnet – und fortan mit dem Arsch nicht mehr angeschaut. Warum hab ich mit diesem Typ Mensch eigentlich solche Probleme, ist das Futterneid, überlege ich und schaue Georg dabei zu, wie er Gummibärchen aus der Schale nimmt, nach Farben geordnet vor sich aufhäufelt und dann in seinem Mund verschwinden lässt.

Georgs Gesichtszüge sind auf jeden Fall unverkennbar die von Papa Punk. Jenem Mann, der als zerrüttetes Drogenwrack vor bald dreißig Jahren in Berlin von uns gegangen ist.

Und plötzlich weiß ich auch, wo meine Befangenheit herrührt. Holgi, Kurtchen, Herr Blümchen und ich haben damals Papa Punk aus der Band geekelt. Heute würde man Mobbing dazu sagen. Dabei waren wir alle die totalen Loser. Und Papa Punk, unser Sündenbock und Oberloser, musste für uns büßen und störte irgendwann nur noch auf unserem Weg nach oben.

Nach seinem Verschwinden an jenem denkwürdigen 10. Dezember kurz vor dem Dead-Kennedys-Konzert im »SO 36« war Papa Punk draußen aus der Band, weg und abgetaucht und blieb verschwunden – und uns ging's am Arsch vorbei. Als wäre nichts gewesen, haben wir weiter Gigs klargemacht, den größten im »Quartier Latin«, wir haben die Nächte in unserem Übungsraum hinter den Klos im »Ballhaus Tiergarten« geprobt und gesumpft, später dann in einem besetzten Haus im Wedding und zuletzt in einem feuchten Kellergewölbe am Kottbusser Tor, in dem vor uns Morgenrot geprobt hatten.

Drei Tage nach Papa Punks Verschwinden hat Holgi mal bei den Bullen nachgefragt, die wussten nichts von einem Georg Wirling, also haben wir ihn innerlich abgehakt. Aus, vorbei, vielen Dank, Papa Punk.

Mein schlechtes Gewissen rumort, ›verdammte Kack-Achtziger‹ schießt es mir durch den Kopf, ich schütte mein Bier herunter und sage weiter nichts.

Georg fixiert mich: »Anton Hornig, du guckst gerade wie Rupert, wenn er was ausgefressen hat. Hast du ein schlechtes Gewissen?«

»Ja, doch. Klar, hab ich kein gutes Gewissen, ich meine, wir haben dich damals ... Georg, ich bin echt froh, dich zu sehen, dass du lebst ... und dass es dir gut geht.«

»Schande über dich, Anton Hornig.«

»Tut mir leid, Georg, dass es damals so gekommen ist, es tut mir aufrichtig leid«, sage ich.

»Asche auf dein Haupt, Anton Hornig, und auf das von Karl Blum, Holger und Kurt. Aber verrate mir, was genau tut dir leid?«

»Dass wir dich im Stich gelassen ...«

»Im Stich gelassen, Anton Hornig?« Georg schüttelt den Kopf.

»Wir haben nichts für dich ge... wir haben dir nicht geholfen.«

»Anton Hornig, wäre ich an deiner Stelle gewesen, hätte ich vielleicht nicht anders gehandelt. Remo Smash wollte Erfolg, wir waren jung. Und das hätte damals mit mir nicht funktioniert.«

»Hat's ja auch so nicht. Wir waren *eine* Band, und wir haben dich im Stich gelassen.«

»Ja, Anton, ich hatte gehofft, wir wären Freunde gewesen. Ich habe euch gehasst dafür, verflucht ... verdammt hab ich euch. Und doch habt ihr mich gerettet, Anton.«

»Wir? Haben dich gerettet?«

»Als wir uns am Kotti gesehen haben, das allerletzte Mal, da wurde mir mit einem Mal bewusst, dass mein Leben ... dass es mit mir ... zu Ende geht.«

»Tut mir wirklich leid, dass wir ... dass ich ...«

»Lass mich ausreden, Toni, was du nicht weißt: Ich habe damals gespürt, ich will noch nicht sterben. Ich habe gewusst, die Vergangenheit wird sterben ... und Papa Punk wird sterben, aber *ich* ... Georg Wirling, ich werde leben.«

Ich trinke mein Bier leer und verspüre ein unbändiges Verlangen, mich sinnlos zu betrinken.

»Willst du noch eins?« Georg geht nach nebenan. Ich schaue mich um, höre Flaschen klirren. Georg erscheint in dem Durchgang zur Küche.

»Anton Hornig. Glaubst du, es ist ein Zufall, dass wir uns hier über den Weg gelaufen sind?«

Ich nicke abwesend.

»Stell dir vor, bis gestern hab ich dich tatsächlich gehasst, Anton – dich und Holgi, Kurtchen und Herrn Blümchen.«

Georg reicht mir ein geöffnetes Warsteiner und prostet mir mit einer Holunder-Bionade zu.

»Und gestern, auf der Sandbank, als du gerufen hast, hab ich dich sofort erkannt – und bin, so schnell ich konnte, auf und davon.«

»Du wusstest, dass ich das war, da draußen?«

»Ich hab sofort gewusst, dass du es bist, und ich habe seit Jahren daran gedacht, wie es wohl sein würde, einen von euch wiederzutreffen. Aber gestern Abend und heute im Krankenhaus habe ich deine Kinder gesehen und Ada, deine Frau ...«

»Wir sind nicht verheiratet, ich mein, Ada und ich.«

»Als Erstes habe ich eure Fotos im Netz gefunden ... Myspace, 25-Jahre-Remo-Smash-Party ...«

»Und?«

»... und auf Adas Facebook-Pinnwand habe ich den Eintrag gelesen, dass ihr die Sommerferien auf Sylt verbringt, genau zu der Zeit, wenn ich hier bin. Und da habe ich mich gefragt ...«

»Hast du das alles geplant? Ich mein, dass wir uns sehen ... ich versteh nicht, was willst du von mir?«

»Toni, ich weiß längst, dass ihr, du, Holger und Kurt in Hamburg lebt, dass Holger in der Wohnung unter dir wohnt, aber was du nicht weißt ...«

»Mann, Georg. Das ist Scheiße.«

»Lass mich gefälligst ausreden. Gestern im Krankenhaus

habe ich plötzlich gewusst, dass ich meine Pläne ändern werde …«

»Was für Pläne, Georg?«

»Toni, ich … ich habe selbst viel falsch gemacht im Leben, und ich habe dich gesehen mit deinen Kindern und deiner Frau …«

»… wir sind nicht verheiratet.«

»Ich habe euch gesehen, und mir wurde bewusst, dass ich dich und die anderen alten Remo-Smash-Säcke nicht mehr hassen muss. Verstehst du. Mir ist klar geworden, ich bin längst frei, ich bin ein freier Mann. Und es ist mehr als das. Ich habe dir und Holgi, Kurtchen und Herrn Blümchen mein Leben zu verdanken.«

»Du hast was?«

»Seit gestern weiß ich, ihr habt mir damals mein Leben gerettet.«

»Wir haben dein …?«

Georg unterbricht mich: »Sagt dir der Name Manfred von Ardenne was?«

Ich schüttele den Kopf.

»Schon mal gehört: Charité?«

»Ich kenn nur Chantrée.«

Georg lächelt.

»Ich habe mir damals geschworen, mich irgendwann an euch zu rächen. Ich bin noch in derselben Nacht rübergemacht.«

»Rübergemacht?«

»Nach Ostberlin, mit der S-Bahn zum Bahnhof Friedrichstraße, kein Gepäck. Die Vopos haben mich gemustert wie 'nen bunten Hund. Ich hab denen gesagt: ›Nee, ich will kein Besuchervisum, ich bleibe hier.‹ Ich dachte schon, die schicken mich wieder zurück. Also sag ich zu denen: ›Mein Vater hat eine Privatbank in Frankfurt, die seit Jahren mit euch Geschäfte macht.‹ Die fünfundzwanzig Mark Zwangsumtausch musste ich dann aber doch zahlen. Eine Stunde später, als die Dead Kennedys wahrscheinlich gerade *Holiday in Cambodia* gespielt haben, lag ich in der Charité, dem besten Krankenhaus der DDR.«

»Im Osten?«

»Zwecks Entgiftung, und die fünfundzwanzig Mark hat mir ein Offizier in bar zurückgegeben.«

»Du warst auf Entzug in der DDR?«

»Der Ardenne hat gesagt, sie würden mich erst mal in Tiefschlaf versetzen.«

»Die haben dich festgesetzt?«

»Ach was. Als die hörten, dass mein Vater mit ihrer Regierung Geschäfte macht, wollten die erst mal Zeit gewinnen. Und ich hab wirklich achtundvierzig Stunden gepennt. Währenddessen haben die vorgefühlt bei der Ständigen Vertretung, ob jemand aus West-Berlin vermisst wird.«

»Und?«

»Niemand hat mich vermisst. Also hab ich den Affen geschoben. Die kannten sich nicht aus mit Typen wie mir. Drogenhilfe wie bei uns gab's da nicht. Später sagte mir eine Krankenschwester, Morphinismus gab's gelegentlich bei Ärzten und Krankenpflegern. Und so 'n paar Künstlertypen mit Kontakt in den Westen, die kannten Joints und Acid, es gab 'ne Szene in Prag, Warschau und Budapest. Aber ein Drogenproblem außer Suff hatten die nicht. Speed, Kokain und H waren reine Importprodukte.«

»Wäre ein gigantischer Markt gewesen. So wie die Frust geschoben haben.«

»Welcher Dealer wäre das Risiko eingegangen, dort drüben in den Bau zu gehen, um einen Sack voll Ostmark oder Forumschecks im Kofferraum nach Hause zu fahren? Nee, für Drogen waren die nicht gerüstet.«

»Ich hab mich das auch mal gefragt, ob die alle nur saufen.«

»Außer Bier und Schnaps gab's Fliegenpilz, Lösungsmittel und Psychopharmaka, gemischt mit Korn, Faustan-Cola wurde gern verkostet oder Rondo-Kaffeepulver und statt Wasser Rotwein in die Kaffeemaschine, hat getörnt und betäubt zugleich.«

»Arme Schweine. Nicht mal vernünftiges Dope.«

»Geraucht wurde auch: schwarzer Tee und Muskat.«

»Woher weißt du das alles?«

Rupert hechelt, schnüffelt an meinem Fuß, rennt schwanzwedelnd zu Georg, schnüffelt an seinem Herrchen, schaut abwechselnd Georg und mich an und beginnt herzerweichend zu jaunern. Ich streichele Ruperts Kopf.

»Soll ich uns einen Tee kochen?«

»Also, ich hätt lieber noch ein Bier.«

Georg erhebt sich, gefolgt von Rupert, geht er wieder zu der halb offenen Küchenzeile, die in den großen Wohnraum überleitet.

»Was ich aus meinen anderthalb Jahren im Osten mitgenommen habe, ist tatsächlich diese eigenartige Teekultur. Die haben das richtig zelebriert mit ihrem Jasmintee-Zinnober.«

»Anderthalb Jahre warst du da drüben? Da waren Herr Blümchen, Kurtchen und ich schon in Hamburg. Was haben sie dir denn eineinhalb Jahre lang entzogen?«

»Entzogen? Du meinst mein Drogenproblem. Damit war ich nach drei Monaten durch.«

»Und dann haste drüben 'ne Punkband gegründet?«

»Das war eher so eine Art Geben und Nehmen. Die haben mich wieder auf die Beine gebracht, und ich habe ihnen vorgeschlagen, sie mit frischem Geld zu versorgen.«

»Ach ja. Deine fünfundzwanzig Westmark.«

»Toni. Ich wollte das so. Und die haben mich runderneuert, westdeutsches Wirtschaftsrecht, Bankenwesen, Valutensaldo, Soll und Haben ... theoretisch wussten die genau Bescheid. Ich bekam zwei Maßanzüge vom Ku'damm und eine hieb- und stichfeste Legende, Papiere, Empfehlungsschreiben einer Bank in Helsinki und einer in Wien, beide waren im Ostgeschäft tätig, und 1987 bin ich zurück nach Frankfurt, da stand der verloren geglaubte Georg in der Privatbank Wirling vor seinem Vater.«

»Was hat dein Vater gesagt?«

»Mein Vater hat sein Glück kaum fassen können. Er hatte Tränen in den Augen, dreiundsechzig war er zu der Zeit, und plötzlich steht sein einziger Sohn vor ihm im Büro. Du musst wissen, was Wirling bedeutet. Unabhängige Privatbank seit 1867. Ununterbrochen in Familienbesitz.«

»Das wär so, als würde ich wieder ins Kaff zurückgehen und meinem Alten sagen, Papa, ich will jetzt doch Saunas mit dir bauen. Allerdings würde er sich dann an die Stirn tippen wegen der zwei linken Hände, die ich hab.«

»Nur eine Woche später hatte ich ein eigenes Büro und eine Sekretärin.«

»Und was hat das alles mit der DDR zu tun?«

»Ein halbes Jahr später, am 10. September 1987, besuchte der Staatsratsvorsitzende Erich Honecker seinen Geburtsort Wiebelskirchen im Saarland.«

»Das erinner ich noch schwach, war auf jeden Fall im Fernsehen.«

»Während des Empfangs mit Neunkirchens Oberbürgermeister am Abend im Rathaus saßen mein Vater und ich mit Erich Honeckers Wirtschaftsdelegation zusammen und haben Kreditlinien vermessen.«

»Du hast Geschäfte mit dem Osten gemacht.«

»Wir haben der DDR etwa zwei Monate das Überleben gesichert, aber dann kam der 9. November 1989 und ...«

»Du meinst, ohne dich hätten die schon am 9. September die Grenze aufgemacht?«

»Ja, vielleicht schon im Sommer.«

»IM ... IM Georg Wirling.«

»Jedenfalls hatte sich mein Dienst für den Arbeiter-und-Bauern-Staat damit erledigt.«

»Georg, was willst du von mir?«

»Was ich von dir will, Toni?«

»Warum erzählst du mir das alles?«

»Das erfährst du noch früh genug. Bis dahin ...«

»Mann, Georg, ich will dich verstehen, warum ...«

»Dann hör mir gefälligst zu!«, herrscht Georg mich an, so laut, dass Rupert leise zu winseln anfängt.

Vielleicht hat Papa Punk ja einen an der Marmel, denke ich,

ziehe es aber vor zu schweigen. Georg schaut mich fragend an, ich nicke.

»Nach dem Tod meines Vaters übernahm ich die Bank«, fährt Georg fort, »das lukrative Immobiliengeschäft hatte ich ›in house‹ an Daniel, einen fähigen Jungbanker, delegiert. Du musst wissen, ich habe 1998 als eines der ersten deutschen Geldhäuser damit begonnen, Mikrokredite zu vergeben, Indien, Bangladesch ... Privatanleger konnten sich durch Erwerb einer Inhaber-Teilschuldverschreibung beteiligen.«

»Du musst schwerreich sein, Georg.«

»Das dachte ich auch. Am 15. September 2008 ging Lehman den Bach runter, der fähige Jungbänker war mit sämtlichen Einlagen verschwunden. Bevor Dani ging, verriet er mir noch sein Credo: ›Haste Glück im Spiel, haste Geld für die Liebe.‹ Dann war er weg, und gegen mich liegen mittlerweile acht Haftanordnungen zur Abgabe eines Offenbarungseides vor.«

»Offenbarungseid?«

»So heißt das in der Amtssprache.«

»Das heißt, du bist ...«

»Papa Punk ist bankrott, abgebrannt, Pleite, Pech und Pannen. Daniel wird per internationalem Haftbefehl gesucht. Das Bankhaus wurde stillschweigend von einer deutschen Großbank übernommen, mein Restvermögen ist eingefroren. Nicht nur dieses Haus hier wird verkauft, auch der Jaguar-E kommt unter den Hammer. Aber ich will nicht klagen ...«

»Wie kannst du hier so ruhig sitzen, wenn du ...?«

»Anton Hornig, das ist der Lauf der Welt. Dir wird gegeben, und es wird dir genommen. Nächste Woche muss ich die Liegenschaft in Frankfurt abwickeln, und dann geht's in die Privatinsolvenz. Das wäre ihr Preis gewesen ...«

»Mann, Georg. Deine Ruhe möchte ich haben.«

»Sieh es mal so, Toni. Ich bin vielleicht das erste Mal in meinem Leben wirklich ein freier Mann.«

Georg prostet mir mit seiner Bionade zu. »Oder meinst du, ich trink diese Plörre hier zum Vergnügen?«

»Ich versteh nicht«, wundere ich mich, »was hat Bionade mit Freiheit zu tun?«

»No drugs, milk, no alcohol: die Freiheit des klaren Gedankens und der Sieg des freien Willens. Bankrott heißt nämlich auch frei sein, no more Rattenrennen, und das Allerbeste ist ... seit gestern hege ich keine Rachegefühle mehr.«

»Rachegefühle, was meinste damit?«

»Ich lerne zu vergeben, Toni.« Georg reißt eine Tüte Gummibärchen auf und reicht sie mir.

»Ist das ein Friedensangebot?«

»Wenn du so willst? Ja, vielleicht, bestimmt ...«

Ich greife in die Tüte.

»Wenn's geht, lass mir die Grünen übrig, ich ess am liebsten die Grünen.«

»Komisch«, sage ich ein wenig verwundert, »meine Kinder essen nur gelbe und rote Goldbären.«

Georg lacht los: »Und Daniel mochte nur weiße Bärchen.«

»Kannst du dir deine Gummibärchen in Zukunft überhaupt noch leisten, ich mein ...?«

»Toni, ganz so heftig wird's nicht kommen. Mir bleibt ja Rupert, den kann mir niemand nehmen, und Goldbären kosten nicht die Welt, es gibt noch ein Zinshaus in Hamburg, 'nen Musterhauspark in Holstein, die laufen auf den Namen meiner Mutter ... und ich hab ja jetzt offenbar meinen alten Bandkumpel wieder.« Georg lächelt verschmitzt.

»Und dieser Jungbanker, der dir das eingebrockt hat, was ist aus dem ...?«

»Der ist ... er war mein Freund ... ich mein ...«

»Ist ja 'n toller Freund, Georg.«

»Tja, damit habe ich wohl Erfahrung ... ich will bloß sagen, Dani ist, Daniel und ich ... er war mein Mann ... wir waren verheiratet: Georg und Daniel Geritsen. Ich habe seinen Namen angenommen.«

»Leck mich ...«

»Bitte nicht.«

»Tut mir leid, Georg, fuck, ich mein ... echt sorry, wenn du willst, kannste in Hamburg gerne ein paar Tage bei mir pennen. Ada und die Kinder sind ja …«

»Toni, das dicke Ende kommt erst noch. Lass uns morgen zusammen nach Hamburg fahren.«

»Holgi und Kurtchen werden vom Glauben abfallen, wenn sie dich sehen. Ich brauch jetzt dringend noch ein Bier, Georg.«

»By the way: Rupert muss eh vor die Tür, die Sonne scheint, lass uns …«

»Georg. Ich kann nicht Gassi gehn mit meinem Klumpfuß.«

»Wir fahren zum Strand. Ist nicht weit, Wenningstedt. Hast du Hunger? Bei Wonnemeyer gibt's die besten Steaks auf der Insel.«

Rupert springt auf die Jaguar-E-Rückbank, ich wuchte meine Krücken zu ihm nach hinten und lasse mich auf den Beifahrersitz fallen. Georg startet den Wagen. Augenblicklich vergräbt Rupert wieder seine Schnauze in meinem Nacken, während wir den Wattweg hinunter zur Hauptstraße fahren.

Georg gibt Gas, wir fahren auf den Wenningstedter Weg, backbord fliegt der Sylter Golfclub vorbei, steuerbord sehe ich das Hinweisschild auf einen Campingplatz.

Dann biegen wir ab und halten in einer Parkbucht neben der Rezeption, ich wuchte mich aus dem Sportwagen, lasse die Krücken Krücken sein. Wir folgen einem Schild, das auf einen Hundestrand verweist. Mein Fuß pocht, ob's da auch Buhnen im Wasser gibt, denke ich, denn Hunde können ja nicht lesen. Und dann fällt mir ein, ich müsste mal Ada und die Kinder anrufen.

»Meinen Geburtsnamen trage ich erst seit einem Monat wieder«, unterbricht Georg meine Gedankengänge.

»Ihr seid geschieden, ich mein, dieser Daniel und …?«

»Lass uns von guten Zeiten reden, Toni.«

»Du meinst *unsere* guten Zeiten?«, vermute ich.

»Ja, Monika Döring, das ›Loft‹ am Nollendorfplatz, PVC, Lilli Berlin, die Vibrators, das ›Glühwürmchen‹ in Moabit, die ›Rote Harfe‹.«

»Stimmt, das war gut«, schnaufe ich, das Gehen fällt mir

schwer, mein Fuß schmerzt, in der Ferne höre ich die Wellen, und die Luft riecht nach Meer.

»Was bedeutet eigentlich HimbeerToni?«

»Woher kennst du diesen Spitznamen?«, will ich wissen.

Georg zuckt mit den Schultern.

»Mann, Georg, du machst mir echt Angst. Du kannst den Namen eigentlich gar nicht kennen.«

Ich überlege kurz. »Oder hast du ...? Du warst auf Adas Facebook-Account, du bist mit ihr ›befreundet‹ und hast ihre Fotos angeklickt, da ist ein Bild von mir mit HimbeerToni als Bildunterschrift.«

»Toni, mach dir nichts draus. Ich hab auch so 'nen bescheuerten Spitznamen, den ich nicht mag.« Georg bleibt stehen und schaut mich auffordernd an. »Rate mal!«

Ich denke nach: »Papa Punk isses ja wohl nich, vielleicht Schorsch, ja, Schorschi Wirling?«

»Schorsch ist gut, HimbeerToni. Kleiner Tipp: Mein Ex hat mich so genannt, wenn er ...«

Rupert wedelt mit dem Schwanz, dann rennt er los, schlägt Haken, offenbar hat er in den Dünen ein Kaninchen gewittert, das jetzt das Weite sucht.

»Schorsch, hm, ... Schorschi.«

»Häng mal eine Frucht davor.«

Ich überlege, 'n i hintendran und 'ne Frucht davor. »Gurki, nee, ich hab's, Gurkenschorschi«, rate ich.

»Kein i hinten dran und kein Gemüse.«

Ratter, ratter, denk, denk: Schalottenschorsch, ich mein Schorsch, kein Gemüse, nee, Spargelschorsch wär Stangengemüse, Steckrübenschorsch, Zucchinischorsch, Möhre, Maiskolben, warum fällt mir eigentlich immer nur so 'n schwuler Scheiß ein, los, Toni, streng dich an, 'ne Frucht davor ... ich erstarre.

»Bananenschorsch!«

Georg schüttelt zum Glück den Kopf.

»Noch ein Tipp: Daniel sagte mal, etwas an mir erinnere ihn an die berühmteste Ballade von Klaus Kinski.«

Mit Daumen und Zeigefinger formt Georg jetzt offenbar die gesuchte runde Fruchtform und leckt sich die Lippen.

»Nee?!«, sag ich.

»Doch, Anton, das stimmt schon …« Und dann sagt Georg ein Wort, das sich anhört wie … Erdbierschorf … ich nicke verstehend, dann sage ich leise und mitfühlend: »Ich will dir nicht zu nahetreten, Georg … aber warum nannte er dich Erdbierschorf?«

»Nein! Nicht Erdbierschorf … und auch nicht Erzbischof.« Georg lacht. »Er nannte mich ErdbeerSchorsch!«

Ich nicke dann noch mal, bevor die Info bei mir gesackt ist: »ErdbeerSchorsch«, wiederhole ich, »dein Spitzname ist ErdbeerSchorsch«, und denke dabei, tolle Wurst, denn nun heißt es: Voilà, guckt mal her, da kommt das neue Dreamteam: ErdbeerSchorsch und HimbeerToni … auf dem Weg zum Hundestrand.

Georg sieht mich an und rezitiert mit bedeutungsschwerer Stimme: »Ich bin so wild nach deinem Erdbeermund …«

»Was bist du?«, rufe ich erschreckt.

»Kennst du das etwa nicht?«

»Nein«, sage ich entschieden und denke es auch: HimbeerToni ist nicht wild nach deinem Erdbeermund.

»Mann, Toni, kennst du nicht Klaus Kinski?«

Ich nicke, mir fällt ein Stein vom Herzen, und Georg erhebt wieder die Stimme: »Ja, ja, im tiefen Erdbeertal, ich bin so wild nach deinem Erdbeermund … nur … du musst wissen … Daniel meinte damit meine Rosette.«

»Deine was …?«

»Meinen Erdbeermund: ErdbeerSchorschs Rosette.« Georg setzt sich schweigend in Bewegung, den Blick geradeaus gerichtet, und mir wird jetzt brühwarm klar, was Daniel genau damit gemeint hat – und dann sage auch ich erst mal nichts mehr.

Georg vor mir bleibt stehen, ich folge ihm auf dem Bohlenweg, erschnuppere die Nordsee und lausche der Brandung.

»Ich kann das Meer sehen«, ruft Georg. Ich humpele zu ihm, er lächelt mich an, ich lächele zurück, und dann blicken wir beide hinaus auf die azurblaue See.

»Das da unten ist Wonnemeyer.« Georg weist auf ein Holzgebäude zu unseren Füßen, als Rupert – ohne Beute – hechelnd auf uns zugestürmt kommt.

»Jetzt schön ins Meer«, freut sich Georg, »das wär's.«

»Weiter als Wonnemeyer kriegen mich keine zehn Pferde«, höre ich mich sagen, obwohl, wäre ich gesund, würde ich mich jetzt auch gerne in die Fluten stürzen. Aber für meinen Fuß und mich ist das Thema Meer dieses Jahr abgehakt, höchstens noch zum Angucken geeignet, Sand und Meerwasser, dazu diese heimtückischen Buhnen – pures Gift für meinen Zeh, dieses Sylt. Zum Glück ist mein Bierdurst jetzt so groß, dass ich meinen beinahe abgetrennten Zeh gut verdrängen kann.

Die Terrasse ist gefüllt mit Badegästen. ErdbeerSchorsch, HimbeerToni und Rupert nehmen am letzten freien Sechsertisch Platz ganz am Ende der riesigen Aussichtsplattform. Ein Kellner, der aussieht wie auf dem Surfbrett geboren, heißt uns freundlich willkommen und reicht die Speisekarten.

»Zwei kalte halbe Helle«, ordere ich, Georg ein weiteres bourgeoises Modegetränk. Dann liest er aus der Speisekarte vor: »Gegründet auf einhundert starken Douglasienstämmen direkt am Strand von Wenningstedt, steht jetzt Wonnemeyer in der ersten Reihe mit freiem Blick nach England. Auf der großen Terrasse, mit garantierter Meeresaussicht, gibt's an einfachen Holztischen und Bänken das große ABC: A-ustern, B-ier & C-urrywurst!«

Der Kellner kommt mit unseren Getränken an den Tisch und verrät uns: »Steak ist aus.«

Nach kurzem Blick in die Karte ordert Georg einen halben Hummer auf Spaghetti, ich nehme Currywurst mit Pommes für neun Euro, dafür ist aber Rot-Weiß im Preis inbegriffen.

»Litschi-Schorsch würd auch passen«, kommentiere ich Georgs Getränkebestellung, wir prosten uns zu. Das eiskalte

Bier tut mir gut. Rupert ist wieder schnüffelnd an meinem Fuß zugange, den ich vor mir auf der Sitzbank abgelegt habe.

Ich überlege, ob Rupert wohl den Geruch von dieser desinfizierenden roten Jodtinktur mag, egal. Wir schauen aufs Meer, und mir fällt plötzlich mein Fiebertraum wieder ein: »Letzte Nacht habe ich von dir geträumt, Georg.«

»Wie schön«, sagt Georg.

»Nicht so, wie du vielleicht denkst, nix Erdbeermund und so. Ich hab geträumt: Du warst der Rockgott, du lagst in Ketten, und Janis Joplin, John Lennon und ich haben dich befreit.«

»Danke, Toni, das war sehr nett von euch.«

»Mach dich nicht lustig, Georg, der Traum war einerseits absolut irrsinnig, aber irgendwie auch total real. Na gut, ich hatte Fieber, aber dieser Rockstarhimmel, also das war *dein* Reich, das bestand aus echt guten Kneipen, ich meine, es gab einen Punkschuppen, 'nen Jazzladen, einen Klub für tote Soulstars und einen Rock-Pub, der hieß ›Rock's Inn‹.«

»Klingt ganz gut. Aber einen Haken hat dein Traum.«

»Was für 'nen Haken?«

»Wurde in deinem Traum getrunken? Ich meine, waren der Rockstarhimmel und dieses ›Rock's Inn‹ so eine Art Säuferparadies?«

»Kann man so sagen.«

»Gesetzt den Fall, ich wäre der leibhaftige Rockgott im Rockstarhimmel, dann würde es – und das ist dein Denkfehler –, dann würde es dort oben auf Wolke sieben nur Saftläden geben, Bionade-Buden, Sprite statt Sprit, absolutes Alkoholverbot. Und deine toten Rockstars im Himmel hätten mich zum Teufel gejagt.«

»Machst du eigentlich noch Musik, Georg?«

»Die Stromgitarre hab ich damals ad acta gelegt, wenn du das meinst.«

»Und ... fehlt dir das Mucken gar nicht?«

»Was meinst du?« Georg guckt verdutzt.

»Mucken. In einer Band spielen.«

»Band ist vorbei. Ich spiele Klavier. Alleine.«

»Oh là là. Caprice des dieux!«

Irgendwoher kenne ich diese Stimme. Ich wirbele herum.

Franzmann Christophe, Arm in Arm mit Wiebke und Ada, steuert auf unseren Tisch zu. Ich versuche aufzuspringen, habe aber mein hochgebocktes Bein verdrängt: »Oah ... Auaau!«

Ada starrt mich verdutzt an, Rupert beginnt unterm Tisch zu knurren.

»Ich denk, du bist in Hamburg«, entfährt es meiner Liebsten.

»Wo sind Anniki und Max?«, frage ich und ignoriere den wehen Fuß.

»Willst du uns nicht erst mal vorstellen, Toni«, regt Wiebke augenzwinkernd an – mit Blick auf Georg und Christophe.

»Wo sind die Kinder?«, sage ich.

»Krieg dich ein, Liebster, alles easy, die beiden spielen am Strand, wir haben Ferien, Toni.«

Ich hieve mein gepeinigtes Bein von der Sitzbank runter, erhebe mich andeutungsweise und sage: »Wiebke, Christophe, mein alter Freund Georg Wirling. Ada, Georg, ihr kennt euch ja schon.«

Georg erhebt sich, nickt freundlich in die Runde und geht über die Terrasse offenbar Richtung Klo ab.

»Ach ja, und das hier ... ist Rupert«, sage ich.

Rupert zögert kurz, ob er Georg folgen soll, beschnüffelt dann aber lieber ausgiebig die nackten Füße der Ankömmlinge. Ada und Wiebke nehmen gegenüber von mir und Georgs Bionadeflasche Platz, Christophe lässt sich am Kopfende nieder.

»Toni, das ist ja schlimm mit deinem Fuß, Ada hat's mir vorhin erzählt, was du auch für Sachen anstellst.«

Was du auch für Sachen anstellst.

Höre ich jetzt schon doppelt oder was? Hab wohl doch einen an der Marmel, wundere ich mich. Als wäre nichts gewesen, schaue ich prüfend Ada, Wiebke und Christophe an, die aber betont gelangweilt aufs Meer hinausblicken.

»Hast du das nicht gehört?«, frage ich vorsichtig.

»Was meinst du, Toni?«, sagt Ada. Ich schaue zu Christophe und Wiebke, die mit den Achseln zucken.

Hast du das nicht gehört?

Da ist es wieder. Blitzschnell fixiere ich Ada, Wiebke und den Franzosen, aber ihre Lippen sind versiegelt, dafür knurrt Rupert drohend, und ich glaube jetzt wirklich, ich hab einen an der Waffel. Möglicherweise Nachwirkungen der Fieberattacke von letzter Nacht. So was geht nicht vollkommen spurlos an einem vorbei.

»Toni, guck nicht so grimmig, es ist alles in Ordnung … bis auf dein Nervenkostüm.«

Ich glaube, nicht richtig zu hören. Was soll das denn jetzt? Mein Nervenkostüm? Ada tätschelt beruhigend meine rechte Hand, die auf dem Holztisch ruht.

»Toni, Schatz, sei keine Spaßbremse.«

»Spaßbremse, das find ich nicht witzig, Ada, ich hör schon Stimmen, wo keine sind, ich träume den letzten Scheiß, mein Fuß ist im Arsch …«

Der Kellner, gefolgt von Georg, kommt mit unserem Essen an den Tisch.

»Einmal die Currywurst und der Hummer, lassen Sie es sich schmecken.«

»Drei Campari-Orange«, sagt Christophe.

»Bon appetit«, wünschen Ada und Wiebke.

»Danke«, sagen Georg und ich.

›*Lassen Sie es sich schecken*‹, sagt der kleine postfiebrige Mann in meinem Ohr … aber diesmal blickt auch Georg verdutzt drein – und Rupert jault auf.

»Äh. Danke«, wiederholt Georg und schaut noch verblüffter in die Runde. Ich zucke mit den Schultern, wir beginnen zu essen.

›*Guten Hunger*‹, höre ich und gleich darauf: ›*Drei Capari-Orange.*‹

Georg und ich schauen uns fragend an. Ada und Christophe prusten los, bevor Wiebke in schallendes Gelächter ausbricht.

»Alles nur eine Sache der Übung«, freut sich Ada.

»Was für eine Übung?«

»Kein B, M, F, P oder W … und den Kiefer schön still halten, oder?«

Oder?, echoen zwei Stimmchen.

»Ada und Christophe kennen sich von früher«, erklärt Wiebke freundlich, »aus dem Bauchrednerkurs von diesem, wie heißt er noch gleich, Urdu, Ouzo?«

»Radulescu Ursu«, sagt offenbar Adas Bauch.

»Oh là là. Carice des dieux«, antwortet der Bauch des Franzosen.

Der Kellner, diesmal gefolgt von meinen Kindern, bringt die Longdrinks an den Tisch.

»Max, Anniki. Wollt ihr auch was trinken?«, fragt Ada.

»Eis«, frohlockt Anniki.

»Papa, was machst du hier?«, will Max wissen. »Du bist doch krank?«

Ich lege die Gabel aus der Hand und deute auf meinen Banknachbarn.

»Ich bin verletzt, nicht krank, Kinder. Das hier ist Georg, ein ganz alter Freund von Papa, wir fahren morgen zusammen nach Hamburg.«

»Wie gut kennst du Papa?«, will Max wissen.

»Eine interessante Frage, Max«, sagt Georg.

»Kennt ihr euch schon lange?«

»Ziemlich lange«, sage ich.

»Über ein Jahr?«

»Sehr viel über ein Jahr«, sagt Georg und spendiert Max und Anniki je einen Euro.

»Komm mit uns, Papa, bitte!«, quengelt Anniki.

»Papa kommt nicht mit, er fährt nach Hamburg«, erklärt Ada.

»Eis essen«, sagt Anniki, und ich wundere mich darüber, wie fremd mir Ada gerade vorkommt.

Ich schiebe meinen leer gegessenen Teller beiseite und erhebe mich mühsam.

Georg steht vor mir auf. »Lass mal, Toni, ich mach das.«

Mit Rupert im Schlepptau, der an Max und Anniki hochspringt und dabei mit dem Schwanz wedelt, geht Georg Richtung Verkaufskiosk. Ich meine zu sehen, wie Ada ihr Gesicht verzieht, irgendwas stimmt hier nicht, aber ich kann mir nicht erklären, was es ist.

Ich rappele mich hoch, nicke Ada, Wiebke und Franzmann zu und humpele Richtung Klo.

»Lass uns gleich zahlen«, sage ich zu Georg, der mit Max und Anniki bei der Kioskschlange steht und das Eispapier meiner Kinder entsorgt, die gierig an ihren Flutschfingern lecken. Ich gehe in die Hocke und drücke Anniki und Max einen dicken Kuss auf die verschmierten Münder, spüre die Kühle ihrer wunderbaren Eislippen.

»Papa muss los«, sage ich, »wir sehen uns bald wieder.«

»Tschüsi, Papa«, sagt Anniki leise, sie reibt ihren süßen Kleinmädchenkopf an meinem Bein, und auch Max schmiegt sich an mich.

»Ich liebe euch, ich liebe euch immer, von ganzem Herzen, das wisst ihr.«

Meine Kinder nehmen meine Hände, ziehen mich zurück an den Tisch und setzen sich, ihr Eis schleckend, neben Ada. Ich erhebe meine Linke und verabschiede mich von Wiebke und Christophe.

Ada steht auf und gibt mir einen Kuss, nimmt meine Hände in ihre: »Anton, das wird schon wieder«, sagt sie aufmunternd.

Ich sage: »Ja, Ada, das wird schon wieder«, ich wende mich ab und gehe.

»Du bist allen Ernstes beleidigt, Hornig, dass Ada dich so einfach fahren lässt und nicht sofort ihren Urlaub abbricht?«, bohrt mein Schlechtes Gewissen.

»Alles klar avec toi?«, unterbricht Georg meinen trüben Gedankengang.

»Äh … *Alaska*«, sage ich, »*Alaska.*«

Auf dem Weg zum Parkplatz beginnt mein lädierter Fuß wieder zu pochen, ich denke an Ada und meine Gehhilfen im Auto, die ich jetzt gut gebrauchen könnte.

Georg erwähnt, dass vom Strand in Wenningstedt früher die Sachsen und die Angeln mit einer Armada von Schiffen aufgebrochen sind, um England zu erobern.

»Die waren jedenfalls erfolgreich«, sage ich. »Remo Smash wollten von Berlin aus die Welt erobern, vielleicht wären wir besser nach Wenningstedt gegangen anstatt in die alte Frontstadt.«

»In Wenningstedt hätten wir zur Bundeswehr gemusst.«

»Hab ich ganz verdrängt«, räume ich ein, »wenigstens der Kelch ist an uns vorbeigegangen.«

18. Blue Monday – New Order

Georg, Rupert und ich starten am späten Vormittag. Vor unserer Abfahrt google ich noch *Dr. Mehmann Ausländerrecht* auf Georgs Laptop und mache gleich telefonisch einen Radu-Abschiebestopp-Beratungstermin für Donnerstagmittag in dessen Anwaltskanzlei in der Goernestraße aus.

Georg lässt alle Rollläden herunter, verschließt die Haustür zweimal und dreht sich auf dem Weg zum Carport nicht mehr um. Er, der aus dem Haus auszieht, hat, genau wie ich, nur kleines Gepäck und seine Laptoptasche dabei.

Mit dem roten Sylt-Shuttle-Zug setzen wir eine Stunde später huckepack über den Hindenburgdamm aufs Festland über. Ich habe Dose Nummer eins und Georg die erste Fruchtgummibärentüte des Tages aufgerissen, wir hören laut *Blue Monday* von New Order und stellen übereinstimmend fest, dass man eine Woche schlechter beginnen kann.

Georg erklärt mir, dass Gummibären seit Jahr und Tag seine Ersatzdroge seien, er sei heute unheilbarer Goldbärenjunkie. Von Niebüll aus fahren wir gemächlich auf der B5 über Husum in Richtung Hamburg und zählen uns Songs auf, die mit dem Kacktag der Woche zu tun haben. Ich habe die Bangles, *Manic Monday,* die Boomtown Rats, *I don't like Mondays,* und die Mamas & the Papas auf der Uhr, Georg nennt Jimmy Buffett, *Come Monday,* die Stereophonic, *Bank Holiday Monday* und Wilco, *Monday*. Ich kenn keines seiner Stücke.

Wir überqueren den Nord-Ostsee-Kanal und legen eine Pause ein, damit sich Rupert die Füße vertreten kann. Ich klingele bei Holgi durch, dann bei Kurtchen und kündige mich und einen Überraschungsgast an. Treffen in zwei Stunden bei

Pamu Kalle. Kurtchen will gleich wissen, wen ich mitbringe, Holgi dagegen kündigt Neuigkeiten in puncto Simple Demolition und Smash Palace an.

Als wir kurz darauf Wacken passieren, spielt Georg mir seine drei Montag-Songs vor, die er bei unserem Halt eben auf seinen iPod gesaugt hat. Jimmy Buffetts *Come Monday* ist Geschmackssache, netter Sommersong, aber *Monday* von Wilco und vor allem die Stereophonics sind genau mein Fall. Ich lausche der ersten Strophe:

Woke up with the shakes on the bathroom floor,
The sun is shining, I felt like drinking some more.
Sunday's takeaway welded on my Elvis tray;
It's a pound a can in the garden all day.

Den zweiten Refrain singen Georg und ich lauthals zusammen:

»Out of those Mondays,
Yes, some say,
They were the best days
Out of our minds.«

Wir fahren vorbei an Itzehoe, passieren Horst und Elmshorn. Als wir die Stadtgrenze erreichen, haben wir den Song bestimmt fünfmal hintereinander gesanglich begleitet. Rupert winselt leise … und ich bin ab sofort Stereophonics-Fan.

19. *A.C.A.B. – Slime*

Auch in Hamburg ist Bank Holiday Monday. Ferienzeit. Summer in the City. Jetzt fällt's mir wieder ein: Scheiß Waschmaschine, ich hab Holgi nicht angerufen, ob ich das Wasser abgestellt habe, und ich habe vergessen, die Wäsche aufzuhängen. Ich verziehe die Nase beim muffigen Geruch, der mir gleich aus dem Badezimmer entgegenschlagen wird. Zum Glück kriegt Ada davon nichts mit. Ich rechne kurz nach: Freitag gewaschen, Samstag nach Sylt, Sonntag, heute ist Montag ... vier Tage in der Trommel. Bestimmt lebt die Buntwäsche schon.

Die Luft steht vor Hitze, die Stadt scheint wie ausgestorben. Ich schwitze. Meinen geschwollenen Fuß habe ich die letzten Kilometer aus dem Beifahrerfenster gereckt, hat aber auch nicht wirklich geholfen. Ich stopfe ihn wieder in die Birkenstock-Sandale, als wir an Pamu Kalles Imbiss vorbei rechts in die Barmbeker Straße einbiegen und vor dem ehrenwerten Smash-Palace-Haus zum Stehen kommen.

»Georg, woher kennst du meine Hausnummer?«, sage ich und dirigiere Georg durch die Toreinfahrt auf den Hinterhof. Er parkt den Jaguar neben Holgis VW-Bulli.

Ich quäle mich aus dem Coupé. »Ich meine, woher weißt du, dass ich hier wohne?«

»Ich, ich weiß auch, dass Holger hier wohnt«, antwortet Georg.

»Holgi wird Augen machen ... und Kurtchen auch.«

Georg steigt aus, geht um seinen Wagen herum, hält mich am Arm fest und schaut mir in die Augen: »Ich muss dir was sagen, Toni.«

»Schieß los.«

»Die ... diese ... ›TransInvest‹ – von denen habt ihr sicher Post gekriegt?«

»›TransInvest‹, Spekulanten, Aasgeier. Was ist mit denen?«

»Ja, diese ›TransInvest‹, das bin ich ... oder das, was davon übrig ist.«

Ich erstarre, drehe mich weg von Georg.

»Du meinst, diese Wohnungsgesellschaft, diese ›TransInvest‹ ... Ich versteh nicht ganz, Georg ...«

»Das hier ist mein Haus.«

»Das ist dein ...?«

»Ich habe die Immobilie vor einem halben Jahr gekauft.«

»Aber ...«

»Ich habe lange nach euch gesucht, nach dir und Holger, ich habe eine Melderegisteranfrage gestellt, und dann hab ich das Zinshaus gekauft.«

»Ich versteh nicht, warum hast du ...?«

»Ich ... ich wollte, dass ihr bezahlt.«

»Bezahlen ... wofür bezahlen?«

Georg schweigt, senkt den Blick vor mir, und mir geht ein Licht auf.

»Das meintest du also mit Rache? Du wolltest uns hier raushaben?«

»Als ich wusste, dass es mich zerreißen wird, ich hatte mir geschworen, ich wollte ... euch ... mitnehmen.«

»Scheiße, du kaufst unser Haus, weil du uns richtig einen mitgeben willst? Bravo. Das ist dir gelungen. Vielen Dank, Papa Punk.«

»So ist es nicht mehr. Es tut mir leid.«

»Tut dir leid? Unsere Wohnungen werden verkauft, wir müssen raus ...«

»Hör auf, Toni. Von mir aus könnt ihr hier wohnen bleiben.«

»Wenn Holgi das hört, kriegt er 'nen Anfall. Du kannst gleich wieder ins Auto steigen und abfahren.«

»Toni, deshalb sag ich's dir doch, ich will keine Rache mehr. Vergeben, vergessen. Es ... tut ... mir ... leid ... okay?«

Ich schüttele den Kopf. Nichts ist okay, mein Fuß schmerzt. Warum muss ausgerechnet immer mir so ein Scheiß passieren? Ganz klar: das Pech des Glücklosen! Und warum muss ich an Wiebke denken und an Ada, die mich nicht heiraten kann oder will, und Christophe, wie sie mich mit ihrer bekloppten Bauchrednereinlage verarscht haben, an Dr. Präg, meinen Enddarm, an Radus drohende Abschiebung, an Buntwäsche und die nicht aufgebauten *Kura*-Hochbetten? Ach, leckt mich doch alle.

Rupert beginnt zu winseln, er schaut mich mit seinen lustigen Augen an und wedelt mit dem Schwanz. Ich lächele schwach, beuge mich herab und streichle sein Fell.

»Okay, Toni, Grübeln bringt nix«, meldet sich Schlechtes Gewissen, »das kennst du doch zur Genüge, denk lieber an was Positives«, ... also denke ich an Max und Anniki, wie sie sich an mich schmiegen, und ich denke an Georg, wie er in der Fiebernacht im Krankenhaus vor meinem Bett steht.

»Georg, das ist die totale Scheiße.«

»Es tut mir leid, Toni.«

Rupert jault, schmiegt sich an mein Schienbein und schnüffelt an meinem Mullverband.

»Okay, ich werde mit Holgi sprechen, aber er wird ...«

»Danke, Toni.«

»Du brauchst mir nicht zu danken. Ich geh jetzt allein rein zu Pamu Kalle. Und entweder ...«

»Entweder?«

»Kurtchen wird das auch nicht verstehen. Entweder komme ich gleich mit Holger und Kurt hierher zurück... oder ... du fährst ab.«

Ich ziehe die beiden Gehhilfen aus dem Jaguar und humpele voran Richtung Straße. Uuups, das kitzelt. Ich schaue an mir herab, Rupert trottet neben mir und schnuppert an meinem Fuß. Ich drehe mich um und sehe, wie Georg meine Reisetasche neben sich abstellt und den Wagen abschließt.

»Das gibt's ja nich!«

Ich wirbele herum. Vor mir in der Toreinfahrt stehen Kurtchen und Holgi, besser gesagt, Kurtchen steht, während Holgi durch die Einfahrt an Rupert und mir vorbeirennt, wie vom Schlag gerührt stehen bleibt, dann langsam, in Ehrfurcht erstarrend, niedersinkt:

»Jaguar XK-E-Type-Coupé, 4,2 Liter, 2 plus 2, 1968, azurblau, 5-Gang-Getrag-Getriebe ...«

Holgi rutscht auf Knien näher zu der Karosse, er berührt die Beifahrertür, dann faltet Holgi andächtig die Hände, schaut nach oben und scheint eine Art Stoßgebet gen Himmel zu schicken: »4198 Kubikzentimeter, 232 PS, null auf hundert circa 7,5 Sekunden, Vmax über 200 k ... m .../... h.«

Kurtchen zuckt mit den Schultern, während Holgi aufspringt und versucht, mich mit flackernden Augen zu fixieren: »Keine Spinne: Ich sach eben noch zu Kurtchen ... Original. Ich steh ganz friedlich am Tresen, trink mein Bier, erst hör ich nur das Geräusch, *brroomm*, und dann seh ich ihn – bloß 'ne Millisekunde ausm Augenwinkel heraus –, was macht dieses azurblaue Prachtstück auffer Gertigstraße, ich sach also zu Kurtchen. ›Das glaubst du jetzt nicht, 68er E Type Coupé 4.2 Serie mit ... Anton Hornig am Steuer!‹«

Kurtchen, Georg und ich schauen sprachlos auf Holgi, der jetzt in der Hocke wild mit seinen Armen schlenkert. Dann stutzt er kurz, schaut zu Rupert, der ihn mit dem Schwanz anwedelt und jault, denn so einen langhaarigen Mann mit Eidechsen-T-Shirt und schwarzer Lederhose im Hochsommer, der vor dem Auto seines Herrchens am Boden kauert und unentwegt gestikuliert, sieht auch Rupert sicher nicht alle Tage.

»Hornig und Rechtslenker, haha, weil natürlich geh ich davon aus, englisches Fahrzeug, gleich Rechtslenker, bin ja nicht bekloppt, also sag ich zu Kurtchen: ›Du trinkst jetzt dein Bier aus, und wir schaun uns das an: Hornig-im-Jaguar.‹ Aber meinst du, Kurtchen trinkt sein Bier aus? Örg ... örg, Bier abstell, wart, wart, schlabber, schlabber, nipp, ›mach ma hinne‹, sag ich.«

Kurtchen grinst Georg und mich an: »Ja, und ich sag zu

Holgi noch: ›Mach mal halblang, wenn das am Steuer eben Anton Hornig war, dann steht der Jaguar jetzt auf dem Hinterhof, und wenn's Horny Hornig nicht war, dann ist der Wagen jetzt weg.‹

»Wo Kurtchen recht hat, hat er recht, aber schau dir das Fahrzeug an: Das war gar nicht Hornig am Steuer, das Lenkrad sitzt links.«

»Rechts, links! Ich stürze trotzdem nicht mein Bier runter, bloß weil Anton Hornig gerade vorbeifährt, egal, in welchem Auto«, klärt Kurtchen auf, während Georg auf Holgi zugeht, den Jaguarschlüssel in der Hand.

»Ich sag dir, Holger: Mit *dem* Auto bist du ganz schnell per Du, der lässt sich hundertprozent ruck- und lochfrei aus *jeder* Drehzahl in *jedem* Gang herausbeschleunigen.«

Holgi starrt Georg an wie eine Art automobile Heiligenerscheinung.

»Echt ... aus *jeder* Drehzahl? ... Ich, ich hab den Originalprospekt, 1-a-Zustand, Jaguar, 1968.«

»Aus jeder Drehzahl und *jedem* Gang«, wiederholt Georg.

»Darf ich vorstellen, das ist old Holgi Helvis, Kurtchen Reich ... Holgi, Kurtchen: Das ist Georg Wirling alias Papa ...«

»Punk ...? Pa-pa Punk!«, heult Holgi auf. Ich kann seine Reaktion nicht genau einschätzen, entweder fällt er gerade vom Glauben ab oder findet gerade dazu.

Georg schließt den Jaguar auf und deutet Holgi mit einem Kopfnicken an, dass er am Steuer Platz nehmen soll. Holgi lässt sich behutsam auf den Fahrersitz gleiten, schaut Georg dabei unverwandt an und legt beide Hände auf dem Lenkrad ab.

»Prachtstück«, hören wir Holgi flüstern.

Rupert, Kurtchen und ich gehen zu Georg. Kurtchen reicht Georg die Hand, die beiden schauen sich lange an.

»Schön, dich zu sehen, Kurt«, sagt Georg sichtlich ergriffen.

»Echtes Prachtstück«, schallt es derweil aus dem Jaguar.

»Wer hätte das gedacht. Du glaubst gar nicht, wie froh ich bin, dich zu sehen«, freut sich Kurtchen.

»Also ... ich habe Anton bloß hier abgesetzt ... ich muss noch mal weiter«, sagt Georg stockend.

»Ja, ist wohl besser so«, sage ich zustimmend.

»Ich, ich muss noch was Geschäftliches abwickeln, in Frankfurt, also dann, es war schön, euch zu sehen ...« Georg blickt runter in den Sportwagen zu Holgi, der plötzlich wie von der Tarantel gestochen aus dem Sportwagen springt und Georg innig umarmt.

»Frankfurt? Nee. Kommt gar nich infrage. Das muss gefeiert werden. Ich denk, du bist seit Jahren tot, und kaum biste da, willste schon wieder weg, aber nich mit Holgi. Ich werd dir den Jaguar-Prospekt zeigen, ach was, schenken tu ich dir den, aber vorher vertellst du haarklein, wie's dir ergangen ist.«

»Äh ... na ja, also ...«, sagt Georg.

»Also wenn Georg dringend nach Frankfurt muss, da können wir ihn nicht aufhalten«, wende ich ein.

»Hallo? Nicht aufhalten, piep, piep, Hornig, was ist denn mit dir los? Geht's noch?«

»Du siehst doch: Mein Fuß ist kaputt, und wir haben hier mit dem Haus genug um die Ohren, da wollen wir doch Georg nicht behelligen.«

»Nicht behelligen? Du meinst die verdammte Hausverkaufsscheiße. Das läuft alles wie geschmiert«, freut sich Holgi, »chirurgische Eingriffe in die Bausubstanz ›Parole Simple Demolition, viva Smash Palace, A. C. A. B., fick das System, fick die ›TransInvest‹.«

»Fick die ... was?«, fragt Georg erstaunt.

»Wir ham hier ein wenig Ärger, aber ist alles planmäßig angelaufen«, erklärt Holgi.

»Was is planmäßig angelaufen?«, frage ich. »Hast du etwa schon ...?«

»Der Hütte geb ich *so* kein halbes Jahr mehr«, freut sich Holgi.

»Was habt ihr gemacht mit ...?« Georg schaut mich fragend an.

»Im Vertrauen, Georg. Kennste den Pilz des Jahres 2004?«, strahlt Holgi.

»Pilz des Jahres?«, fragt Georg irritiert.

»Hat Old-Holgi persönlich besorgt. Original. Von 'ner Studentin, Freundin von DJ-Löllie. Biologisches Institut, frisch vonne Quelle sozusagen und direktemang verpflanzt.«

»Wie, verpflanzt?«, fragt Georg unsicher.

»Der Pilz des Jahres 2004 – der Echte Hausschwamm«, erläutert Holgi nicht ohne Stolz.

»Hast du verpflanzt? In meinem, äh, eurem Haus?«

»Direkt inne Bausubstanz.«

Georgs Gesicht verliert weiter an Farbe. »Du meinst, du hast Serpula lacrymans ...?«

»Wenn ich's doch sage: Fachmännisch injiziert inne Bausubstanz.« Holgi tätschelt Ruperts Kopf. »Das ist aber noch nicht alles. Old-Holgi macht ungern halbe Sachen.«

»Du machst ungern halbe Sachen?«, wiederholt Georg noch schwächer, woraufhin Holgi eine kleine Tupperdose aus der Hosentasche zieht: »Ich hab noch was Lebendiges besorgt, zur Sicherheit. Eine echte biolgische Seltenheit in Deutschland.«

»Eine biologische Seltenheit«, repetiert Georg.

Holgi nickt, drängt Georg zur Seite und nimmt dessen Reisetasche vom Notsitz.

»Ist das deine?«

Georg nickt erneut.

»Du bleibst jetzt erst mal schön bei uns in Hamburg, du bist mein Gast. Keine Widerrede. Wir gehen jetzt gemütlich hoch, und dann erzähl ich dir mal, wie es Old-Holgi ergangen ist. Hat Toni dir erzählt? Ich verfüge über eine der attraktivsten Autoprospektesammlungen, weltweit. Hat er natürlich nichts von erzählt, stimmt's, oder hab ich recht?«

Georg nickt benommen und zeigt auf die Tupperdose, die jetzt wieder Holgis Hose ausbeult: »Du sagtest, du hast da noch was Lebendiges?«

»Nicht der Rede wert. Du nimmst mir das doch nicht mehr

krumm von damals – oder? Papa Punk! Nee, klar, das weiß Old-Holgi doch.«

Georg wankt wie paralysiert neben Kurtchen, Rupert, mir und Holgi durch die Toreinfahrt in Richtung Barmbeker Straße.

Vor dem Haus hält Georg unvermittelt inne, seine Stimme ist gefasst: »Versteh ich das richtig, Holger, du zerstörst systematisch die Bausubstanz dieser Immobilie?« Georg schaut Holgi fragend an. Ich zucke entschuldigend mit den Schultern.

»Seit ein paar Tagen ist das Raumklima im Haus optimal. Ich denk mal, ist erstens der heiße Sommer und zweitens geschätzte einhundert Prozent Luftfeuchtigkeit. Pilze lieben das.« Holgi ist nicht zu bremsen.

»Hundert Prozent Luftfeuchtigkeit?«, wiederholt Georg mit gebrochener Stimme.

»Georg, nix für ungut, nur dass ich das klar seh: Du lebst die ganze Zeit, und wir dachten all die Jahre, du seist tot. Könnte es sein, dass du wie Jim Morrison …?«

»Hör auf mit dem Jim-Morrison-Scheiß, Holgi«, fauche ich.

In meinem Fuß pocht es jetzt wieder heftig, und ich überlege, wie ich gleich unbeschadet die sechs Stockwerke nach oben kommen und die Gesamtsituation mit Hausbesitzer Georg und Immobilienzerstörer Holgi überstehen soll – und ich spüre, wie das Pech des Glücklosen immer weiter in mir emporsteigt.

20. Burning down the house – Talking Heads

Wir betreten das Treppenhaus. Die Luftfeuchtigkeit hier drin ist tatsächlich wie im Dschungel oder am Äquator.

»Moment«, ruft Holgi und wirft sich vor der Treppe im Hausflur zu Boden. Georg schaut mich fragend an.

»Hier, seht ihr das Loch im Holz? Angebohrt, Boschhammer, ruck, zuck, Pilzkultur rein, Nährflüssigkeit auf Wattebausch und ab dafür, macht mal zwölf Treppen exakt drei Stunden knüppelharte Sonntagsarbeit.«

»Du meinst, da stecken jetzt Pilzkulturen drin?« Georg bückt sich und berührt den Wattebausch, der in der kreisrunden Öffnung im Holz der untersten Treppenstufe steckt. »Also, da ist jetzt Hausschwamm drin?«

»Echter Hausschwamm. Sechzig Zentimeter tief. Die Holzwürmer werden sich nicht lange über den Besuch freuen.«

Georg spricht leise und konzentriert, als ob er aus einem Lehrbuch zitiert: »Holgi, du weißt vielleicht nicht: Hausschwamm ist der gefürchtetste Schädling in alten Gebäuden, er ist unberechenbar, selbst dann noch, wenn man denkt, man habe ihn weggekriegt.«

»Den kriegste nicht mehr weg! Holgi hat Recherchen gemacht. Dat Sanne ist ja Studentin, ich mein die Freundin von Löllie, sie sagt, der Pilz greift das Holz an und lässt es als bröckeliges Etwas zurück.«

»Braunfäule«, bestätigt Georg schwach.

»Ich sag mal so, in ein paar Monaten ist es um die Belastbarkeit des Holzes geschehn: Dielenbretter brechen ein, die Balken knicken weg. Am Ende zerfällt die ganze Butze zu braunem Staub.«

Georg schnappt nach Luft: »Zu braunem Staub …«

»Alles im Lot aufm Boot, Georg?«, erkundigt sich Holgi.

Kurtchen, Georg und ich schweigen uns an, nur Rupert schnuppert interessiert an dem Hausschwammloch und an Holgis Hose.

»Warum sagt ihr alle nix?«, echauffiert sich Holgi. »Von Kurtchen kenn ich das, der hat ja die Ruhe weg. Stimmt's, Kurtchen?«

Holgi erhebt sich und haut Kurtchen kräftig auf die Schulter: »Oder hab ich recht, Kurt, du alte Kartoffel.«

Dann zückt Holgi die Tupperdose, kniet erneut nieder und hält das geöffnete Behältnis vor die Öffnung im Holz. Auf einem feuchten Streifen rosa Löschpapier sehe ich etwas herumkrabbeln.

»Um den ganzen Prozess abzukürzen, hat dat Sanne mir vier Hamburger Termiten mitgegeben.«

»Hamburger Termiten?« Georg erbleicht und verdreht die Augen, während Rupert mit der Pfote nach den circa ein Zentimeter großen Krabblern tatzt, die eilig in der armdicken Öffnung unter der Treppe verschwinden.

»Hamburger Termiten«, erläutert Holgi, »außer verpilztem Holz brauchen die bloß Temperaturen ab zwanzig Grad aufwärts und eine gewisse Feuchtigkeit.«

Georgs Mund klappt zu und wieder auf, Holgi greift beherzt auch nach meiner Reisetasche, die Georg bis eben getragen und gerade vor Schreck fallen gelassen hat, dann tapert er mit beiden Gepäckstücken hinter Kurtchen treppan.

»Unser Gast soll sich schließlich wohlfühlen bei uns, stimmt's, oder hab ich recht?«, freut sich Holgi.

Georg schüttelt den Kopf, schaut runter zu Rupert, der immer noch aufgeregt schnüffelt und nach den übergroßen Ameisen Ausschau hält.

»Mann, Georg, wo bleibste denn?«, ruft Holgi das Treppenhaus runter, als wir Stockwerk drei erreichen und Rupert mich japsend überholt.

»Georg, keine Spinne, Alter. Dass du wieder da bist, ich fass es nicht. Dabei hab ich den Jungs erst letzte Woche erklärt, wie Jim Morrison damals seinen Tod inszeniert hat, bevor er sich seelenruhig in Richtung Seychellen abgesetzt hat.«

»Hör auf mit dem Verschwörungsscheiß«, zische ich Holgi an, der ist aber nicht zu bremsen.

»Wenn ich jetzt – nur mal aus Spaß – eins und eins zusammenzähle, dann hört sich das für mich bei Jim Morrison an wie bei dir, Papa Punk, versteh mich nicht falsch, Georg, mit dem Unterschied, dass du jetzt hier in unserem Treppenhaus stehst, und Jim Morrison ist auf 'ner Insel im Indischen Ozean.«

»Apropos Indischer Ozean«, ruft Kurtchen von Stockwerk fünf herunter, »ist das eigentlich normal bei euch mit dem vielen Wasser im Flur?«

»Wie Wasser im Flur?«, sage ich, wische mir Schweißperlen aus dem Gesicht und nehme gleichzeitig mehrere Rinnsale wahr, die meine Sandale umspielen. Ich schaue empor zu Kurtchen. Ein dicker Wassertropfen ploppt auf meine Nase.

Indischer Ozean, tropische Schwüle, einhundert Prozent Luftfeuchtigkeit. Kalter Schweiß tritt mir auf die Stirn, und ich denke nacheinander: Buntwäsche ... sechzig Grad ... Contenance ... Simple Demolition ... chirurgische Eingriffe in die Bausubstanz ... Pilz des Jahres und Hamburger Termiten ... Und dann noch, ob ich eigentlich haftpflichtversichert bin.

Ich hüpfe einbeinig die Stufen empor, vorbei an Rupert, der nicht weitergehen will, und aufgehört hat, mit dem Schwanz zu wedeln.

»Mich fragt wieder mal keiner, wie's mir geht«, empört sich Kurtchen von oben. »Meinen Job bin ich los, unser Kino macht nächste Woche dicht.«

»Das tut mir leid«, sagt Georg.

»Scheiße«, rufe ich, als ich Kurtchen humpelnd überhole. Auch Holgi und Georg erreichen Stockwerk fünf, wo beide bestürzt das Rinnsal unter dem Rahmen von Holgis Wohnungstür betrachten und ich mich frage, ob man Tausende durchgeweichte Autoprospekte eigentlich per Föhn wieder in Form bringen kann.

»Macht euch mal keinen Kopf«, sagt Kurtchen lapidar, »zum Glück ist ja Sommer, das trocknet alles bestimmt ratzfatz.«

Holgi verschwindet in seiner Wohnung, aus der Sekunden später wildes Fluchen ertönt. Georg, Kurtchen und ich erreichen Stockwerk sechs. Ich schließe die Wohnungstür auf, moosig-schwüler Modergeruch schlägt mir entgegen.

Die Türen von Küche, Kinderzimmer, Bad und unserem Schlafwohnzimmer sind geschlossen. Ich betätige den Lichtschalter im Flur, mein Blick fällt auf feucht glänzende Holzdielen.

Ich öffne vorsichtig die Badezimmertür, schalte auch dort das Licht an und rechne mit einer Flutwelle, die sich über mich ergießen wird, doch statt einer Überschwemmung sehe ich bloß die drei roten Kontrollleuchten der Waschmaschine und kleine Wasserpfützen auf dem Fußboden.

Scheint doch alles halb so wild. Aber so wie es hier riecht, habe ich auf jeden Fall vergessen, die gewaschene Buntwäsche zum Trocknen aufzuhängen. Ich sehe, der Abwasserschlauch ruht vorbildlich unter der Klobrille, den Hauptwasserhahn fürs Badezimmer drehe ich sicherheitshalber zu. Trotzdem: Irgendetwas stimmt hier nicht.

Kurtchen und Georg schauen mir vom Türrahmen aus dabei zu, wie ich mit spitzen Fingern die Trommel der Waschmaschine öffne und ob des mir entgegenschlagenden muffigfauligen Geruchs gleich wieder schließe.

»Macht die Fenster auf, lasst Luft herein«, rufe ich Georg und Kurtchen zu.

Die beiden rühren sich aber nicht von der Stelle. Ich gehe zur Toilettenschüssel, öffne den Deckel. Ein tiefes Knarzen lässt mich innehalten.

Das Knarzen wird lauter, erfüllt binnen Sekunden den Raum. Ich spüre, wie der Boden unter mir zu arbeiten beginnt, dann vernehme ich ein ungesund saugendes Gluckern, gefolgt von einem Ächzen im Gebälk, gefolgt von einem üblen Grollen der Gefache zu meinen Füßen. Ich denke noch, Jugendstil, gebaut um die Jahrhundertwende, ist ja so ziemlich alles hier aus Holz und Lehm, danke, Holgi, danke, Simple Demolition, dein echter Hausschwamm wird sich wohlfühlen.

»Pass auf!«, brüllt Kurtchen, als ich auch schon intuitiv auf die Toilettenschüssel zuspringe. In der nächsten Sekunde throne ich auf der Klobrille und sehe dabei zu, wie die Waschmaschine mit einem ohrenbetäubenden Krach aus meinem Gesichtsfeld verschwindet.

Jetzt neigt sich der eben noch intakte Boden rechts zu meinen Füßen, alles scheint in Bewegung geraten. Es knarrt und knirscht, Dielen biegen durch ... rings um mich gibt der Boden mit einem berstenden Geräusch nach ... RRRRRROOOOUMMMPP.

Danach herrscht Stille. Ich schaue mich um. Waschmaschine, Badewanne, Waschbeckenunterschrank, Wäschespinne, alles weg.

Ich kauere auf der Klobrille, schließe meine Augen. Absolute Ruhe. Nichts rührt sich, Resignation und Leere umhüllen mich. Und mein Fuß schmerzt.

Ich öffne die Augen und wundere mich einen Moment darüber, wie dunkel es unter mir ist. Kein Staub, nichts, es riecht nach modrigem, altem Fachwerk und feuchtem Lehm.

Im Türrahmen rechts von mir steht Georg mit offenem Mund neben Kurtchen.

Das Atmen fällt mir schwer, ich hänge meterhoch im luftleeren Raum, auf der an der Wand befestigten Klosettschüssel, die im Zuge des Dachgeschossausbaus vor ein paar Jahren installiert worden ist und mich jetzt davor bewahrt hat, ins Bodenlose zu stürzen.

Zweieinhalb Meter unter mir erkenne ich Holgi, wie er bis zu den Knien eingesunken, ein glubschendes Geräusch hinter sich herziehend, durch braungrauen Matsch watet.

»Bleib, wo du bist«, ruft Kurtchen, »wir holen Hilfe«, während Holgi eine Etage unter mir jammernd den Verlust seiner Autoprospektesammlung beklagt.

»Das wär's«, brabbelt er vor sich hin, »das wär ihr Preis gewesen.« Unermüdlich zieht er unter mir kreiselnd und barmend Bahnen durch den Morast.

Was soll ich jetzt tun? Ruhe bewahren? Runterspringen? Mit *dem* Fuß? Hat Ada eigentlich 'ne Hausratversicherung, oder ist das ein Fall für die Haftpflicht? Was weiß ich. Jedenfalls bin ich eindeutig vom Pech begünstigt. Nur gut, dass Ada und die Kids nicht hier sind. Was Ada wohl sagen wird, wenn sie das hier sieht? Auf jeden Fall: Wäscheaufhängen dürfte sich für längere Zeit erledigt haben.

Holgi unter mir ist nicht mehr zu sehen, ich ruckele ein wenig auf dem Klodeckel herum ... drehe mich ein Stück und überlege, ob ich trotz meines Fußschadens doch besser springen sollte.

Stattdessen betätige ich probehalber die Wasserspülung.

In Erwartung eines gewaltigen Wasserstrahls, der hinter oder neben mir aus der Wand tritt und nach unten prasselt, achte ich peinlich genau auf jedes Geräusch. Doch außer Ruperts Winseln, dem typischen Gluckern und Rauschen, als sich das Wasser unter meinem Hintern in die Schüssel ergießt und der Wassertank in der Wand sich wieder füllt, ist nichts Ungewöhnliches zu vernehmen. Na bitte. Wenigstens das Klo funktioniert noch.

Ein paar Minuten später erscheinen in der Moorlandschaft unter mir Kurtchen und Georg, gefolgt von Rupert sowie Pamu Kalle und Radu. Kurtchen richtet die mitgebrachte Stehleiter auf. Georg, der hinter Kurtchen steht, zieht sie aus, dann bringen sie die Leiter vor meinem Klosetthochsitz in Stellung.

Nachdem ich von meiner Aussichtsplattform mit eingebauter Wasserspülung herabgestiegen bin, erscheinen auch schon die alte Frau Menzel aus dem Vierten und zwei von ihr herbeigerufene Polizeibeamte. Beide erkenne ich sogleich vom letzten *Alaska*-Abend in Pamu Kalles Imbiss wieder, der Ältere ruft die Zentrale an, die informiert wiederum irgendwelche Baubehördenvertreter und setzt diese über einen aufgetretenen Wasserschaden in der Barmbeker Straße in Kenntnis.

Der muskulöse Jungbulle mustert uns. Dabei bleibt sein Blick an Radu hängen. Wie hieß der noch gleich – POW Lennart, Lennartz oder so. Einen Moment scheint er über das südländische Gesicht vor ihm nachzusinnen, wendet sich dann aber seinem gezückten Notizbuch zu und spricht mit fester Stimme zu der versammelten Runde: »Ist der Hausbesitzer schon informiert?«

»Der Hausbesitzer … Das bin ich«, sagt Georg.

Holgis Kinnlade klappt herunter: »D-d-du, d-d-as ist *dein* Haus?«

»Das tut mir leid für Sie«, sagt der ältere Polizist, macht sich eine weitere Notiz und wirft von Holgis Flur aus einen mitleidigen Blick in das geschrottete Morastbadezimmer.

»G-Georg? Das ist d-d-dein Haus!«, stammelt Holgi.

»Ich bräuchte dann mal Ihren Ausweis«, sagt POW Lennart oder Lennartz.

»Die Decke ist durchgebrochen … Nein, niemand verletzt«, erklärt der ältere Kollege derweil am Telefon.

»D-d-das hab ich nicht gewusst«, stottert Holgi entgeistert.

»Ich habe das Zinshaus vor drei Monaten gekauft«, erklärt Georg mit gefasster Stimme dem Jungpolizisten und reicht ihm seinen Perso.

Holgi schüttelt jetzt ohne Unterlass den Kopf und blubbert wie ein Idiot abwechselnd »Termiten, Pilz des Jahres« und »Das kann nicht sein« vor sich hin.

Der Polizist notiert Georgs Daten.

»Verfügen Sie über eine Ersatzunterkunft, wo die betroffenen Mieter heute nächtigen können?«, erkundigt sich der telefonierende Kollege.

»Ja, könn alle bei mir schlafen«, versichert Pamu Kalle.

Ich schaue mich um, Radu ist verschwunden, und Holgi sinkt immer mehr in sich zusammen.

»Unterkunft, ist für gesorgt ... Telefonnummer des Hausbesitzers, Moment ...«, sagt der Polizist. Georg nimmt seinen Ausweis wieder entgegen.

»Herr Wirling, der Kollege braucht noch Ihre Mobilnummer.«

Daraufhin diktiert Georg dem anderen Polizisten seine Handynummer, die dieser dem Vertreter der Baubehörde durchgibt.

»Wirling, ja, Georg Wirling, der Hausbesitzer, die Nummer haben Sie? Dann hätten wir das ... Ja, das mache ich ... genehmen Abend noch.«

Der Polizist verabschiedet seinen Gesprächspartner und steckt sein Mobiltelefon wieder ein.

»Herr Wirling. Die Kollegen von der Baubehörde werden sich zeitnah bei Ihnen melden.«

»Was heißt das?«, will Georg wissen.

»Entweder heute Abend oder morgen früh wird ein Statiker Ihr Haus in Augenschein nehmen.«

Rupert bellt und wedelt mit dem Schwanz. Die Polizisten wünschen auch uns einen »genehmen Abend« und geleiten die alte Frau Menzel treppab zu ihrer Wohnung in Stockwerk vier.

Dann bestimmt Georg, dass alle Fenster geöffnet und wir sofort mit dem Aufräumen beginnen werden. Holgi schafft Eimer herbei, Pamu Kalle bietet an, eine Schaufel, weitere Eimer und Radu mitzubringen, der beim Anblick der Polizisten Reißaus genommen hat.

Bevor ich nach oben gehe, um Ada telefonisch ins Bild zu setzen, was passiert ist, vernehme ich laut und deutlich Holgis fordernde Stimme: »Papa Punk, ich will jetzt alles wissen!«

»Lass Georg doch Zeit, vielleicht ist ihm gerade nicht nach reden«, beschwichtigt Kurtchen.

»Sagt euch der Name Manfred von Ardenne was?«, beginnt Georg, und irgendwie kommt mir das bekannt vor. »Schon mal gehört? Charité?«, bohrt Georg nach.

»Ich kenn nur Chantrée«, höre ich Holgi blöken, während ich lächelnd treppauf humpele.

Nachdem sie die Waschmaschine runtergeschafft und vor dem Haus abgestellt haben, finden sich Kurtchen, Holgi und Georg in meiner Küche in Stockwerk sechs ein. Ich hab Getränkekisten vom Balkon in die Küche gehievt und das Eisfach mit Astra-Rotlicht-Knollen und Bionadeflaschen bestückt.

Holgi, der in einem löchrigen Blaumann steckt, Kurtchen und Georg, der seine Gummibärentüte herumgehen lässt, nehmen auf dem Sofa Platz, und ich frage mich, ob Georg auch ihnen erzählt hat, warum sein Ex ihn eigentlich Erdbeer-Schorsch genannt hat.

Pamu Kalle erscheint mit fünf ineinandergestellten Eimern, einer Schaufel und Radu im Schlepptau, der vier in Alufolie verpackte Döner auf dem Küchentisch ablegt. Pamu Kalle hat für heute dicht gemacht, an Montagabenden ist, wie eigentlich auch an anderen Tagen, eh nicht viel los, außerdem ist sein Imbiss ab Ende der Woche nur noch Geschichte.

Ich süffel mein Bier und betrachte die glorreiche Runde: Georg bankrott, Radu droht die Abschiebung, Kurtchen ist seinen Kinovorführerjob los, Pamu Kalle seinen Imbiss und Holgi seit eben seinen Autoprospekte-Versandhandel. Tonnenweise bunt bedruckte Kraftfahrzeugbroschüren sind nicht mal mehr als Klopapier zu gebrauchen.

Einzig Brotteufel alias Waldemar Schangeleidt, unser Bandbulle, bleibt, bislang jedenfalls, von Ungemach verschont … und ich? Wie steht's eigentlich bei dir, Horny Hornig? Meine Miene hellt sich innerlich ein wenig auf, denn bis auf die Abfuhr von Ada, meinen geschredderten Zeh und das nicht mehr vorhandene Badezimmer in unserer Wohnung geht's mir – sonst gerne Depp im Dauerdienst – ausnahmsweise gold. Genau wie Rupert, der fühlt sich offenbar auch ganz wohl in seiner Haut.

Georg, Holgi, Kurtchen und ich lassen es uns schmecken.

Holgi – immer noch untröstlich – verspricht Georg, den von ihm verpflanzten Pilz des Jahres 2004 morgen aus den Bohrlöchern in den Treppen zu entfernen und Ameisenfallen aufzustellen, was Georg als unnütz abtut. Georg, Radu und Pamu Kalle erheben ihre Bionaden, Kurtchen und ich die Flaschen mit dem bekömmlichen Hamburger Starkbier.

Holgi nestelt am Rotlicht-Etikett seiner Flasche herum und mustert Georg von der Seite: »Georg, sag mir noch eins, dass du keine Drogen mehr nehmen tust nach deinem Entzug, das leuchtet mir ja noch ein, aber was sagste denn dazu?«

»Wozu?«

Holgi reckt ihm seine Astra-Knolle entgegen, steckt sich eine Kippe an, dann steht er auf und hüstelt: »Alkohol und Nikotin …«

»… raffe halbe Menschheit hin«, ergänzt Pamu Kalle.

Und Holgi vervollständigt: »… aber ohne Schnaps und Rauch stirbt die andere Hälfte auch.«

»Mann, Holgi, lass Georg in Frieden, ich kann gut verstehen, dass er die Finger vom Alk lässt, nach dem, was er durchgemacht hat«, verteidigt ihn Kurtchen.

»Kurt hat recht, aus gutem Grund trinke ich nicht mehr.«

»Also lass Georg in Ruh«, beschwert sich Kurtchen.

Holgi zieht 'nen Flunsch, grummelt: »Ein Bierchen in Ehren kann niemand verwehren«, dann saugt er demonstrativ heftig an seiner Filterlosen und ext seine Knolle. »Ich für meinen Teil, ich werde lieber genussvoll sterben.« Holgi hält mir die leere Flasche hin und guckt Georg durchdringend an: »Denk mal drüber nach Georg: Auch wer gesund stirbt, ist definitiv tot.«

Nachdem ich mir Holgis küchenpsychologisches Statement mal rasch durch den Kopf gejagt habe, reiche ich ihm ein neues Bier, und Georg beschließt, dass wir eine Morastentsorgungskette von Stockwerk fünf treppab ins Erdgeschoss bilden sollten.

Und während Georg, Holgi, Kurtchen, Radu und Pamu Kalle die nächsten Stunden hart arbeiten, sorge ich, Rupert stets dicht auf den Fersen, für einen nicht abreißenden Nachschub an Getränken.

Eimer um Eimer, gefüllt mit schlickartigem Müll, der mal zu Holgis Hausstand gehört hat, wandert treppab und landet vor der Haustür auf dem Bürgersteig, der als eine Art Zwischenlager dient. Jedenfalls solange, bis ein Bauschuttcontainer eintrifft, den Georg nach Rücksprache mit dem bislang von ihm bezahlten Hausverwalter geordert hat.

Holgis Badezimmer sieht auch nach vier Stunden Schlammentsorgung nicht aus wie vorher, aber wie sollte es das auch – mit nunmehr geschätzten sechs Metern lichter Deckenhöhe.

Ganz oben stehe ich, leicht schwankend auf der ausziehbaren Stehleiter, und reiche gerade so an das Medizinschränkchen an der Wand neben dem Waschbecken in unserem ehemaligen Badezimmer heran. Auf Anhieb finde ich die gesuchte Heilsalbe, klettere mit der Traumeel-Tube wieder runter, nehme auf Holgis Klosett Platz, schmiere die Wunderpaste auf meinen Zeh ... und meine zusehen zu können, wie die Schwellung an meinem Fuß zurückgeht.

Zum Duschen gehen wir um Mitternacht rüber in Adas alte Wohnung, in der Radu nach wie vor inoffiziell wohnt. Die *Kura*-Betten kommen gleich mit, bestimme ich, denn Ada wird sich weigern, in einer Wohnung ohne Badezimmer zu leben. Seit der fehlgeschlagenen Abschiebeaktion ist der alte Kosovare nur noch ein- oder zweimal zum Wäschewechsel in die Wohnung rübergeschlichen.

Wer geduscht hat, hilft beim Aufbau der beiden Kinderbetten. Bevor Ada nächste Woche aus den Ferien zurückkehrt, werden wir noch die zwei Zimmer durchstreichen und wohnlich machen für sie und die Kids. Dann schwächelt Radu, und wir geleiten ihn zu seiner Schlaftüte ins Getränkelager von Pamu Kalles Imbiss.

Georg spendiert noch einen Kasten Bionade, ich eine Kiste Pils, die Pamu Kalle, Georg, Kurtchen und Holgi zu mir nach oben in Stockwerk sechs wuchten und auf dem Balkon abstellen, bevor auch uns die Müdigkeit überfällt.

Holgi verzieht sich in seine Kemenate, Pamu Kalle macht es sich auf dem Sofa in unserer Küche bequem.

Ich vermisse Ada und meine Kinder und habe nichts dagegen, als Rupert mir leise winselnd ins Schlafzimmer folgt und sich dankbar schnaufend vor dem Fußende des Doppelbetts niederlässt. Ich mache mich lang, während Georg und Kurtchen nebenan versuchen, ihre Erwachsenenkörper in die dafür nicht ausgelegten Gitterbettchen zu quetschen.

Ich höre sie leise miteinander reden, rappele mich noch mal hoch und gehe, gefolgt von Rupert, rüber, um Gute Nacht zu sagen. Im fahlen Schein des Tigerenten-Nachtlichts liegen verstreut ihre Klamotten auf dem Verkehrsteppich. Dahinter die Kopf an Kopf stehenden Kinderbetten von Anniki und Max. Ich erkenne im Halbdunkel die Physiognomien von Georg und Kurtchen, die sich als Schattenrisse an der Zimmerdecke abzeichnen, und ihre weißen Füße, die links und rechts zwischen den Gitterstäben herausragen.

21. *Morning glory – Oasis*

Mein Kopf schmerzt und die Blase drückt. Ich blinzele zum Wecker. Gerade mal sieben Uhr, die Sonne bescheint unser Schlafzimmer. Ich gähne, rolle rüber auf Adas Seite, such den Duft von meiner Liebsten in mir aufzunehmen, indem ich ihr Kopfkissen in mein Gesicht presse und tief inhaliere.

»Fiiiiiiiieep ...«

Das Kopfkissen riecht nach Hund und macht erstickende Geräusche. Vor Schreck springen Rupert und ich gleichzeitig aus dem Bett.

Harndrang treibt mich in Richtung Bad, im letzten Moment nehme ich den Abgrund wahr, klettere vorsichtig die Leiter hinunter in Holgis Bad, mache mich frisch, wecke dann Holgi und Pamu Kalle, klopfe sachte ans Kinderzimmer und brühe Kaffee auf.

Eine Stunde später beratschlagen sich Georg, ein junger, ebenso adrett gekleideter Mann von der Hausverwaltung, zwei Beamte der Baubehörde sowie zwei Installateure der Vertragsfirma »Kniefke Sanitär«.

Die Leckage ist rasch ausgemacht und beseitigt. Auch die Schuldfrage scheint schnell geklärt. Während der eine Klempner ein poröses Bleirohr entfernt und durch eine Kupferleitung ersetzt, steht fest, dass es ein »mit bloßem Auge nicht feststellbarer Rohrschaden nahe dem Waschmaschinenanschluss« gewesen sein muss, so jedenfalls haben es die Baubehördenvertreter protokolliert. Das Wasser muss wochenlang tröpfchenweise ins Mauerwerk gesickert sein, ehe sozusagen das Fass übergelaufen ist und den Badezimmerfußboden zum Einsturz gebracht hat.

Gemäß geltender Landesbauordnung kann weder Holgi noch mir, noch Georg als Hausbesitzer schuldhaftes Verhalten nachgewiesen werden. Zumal Georg glaubhaft versichert, die entstandenen Schäden umgehend beheben zu lassen.

Die »Kniefke«-Leute haben vier Luftentfeuchter mitgebracht, die jetzt in Holgis Tropfsteinhöhle leise vor sich hin gurgeln. Holgi hat definitiv weder Haftpflicht- noch Hausratversicherung, dafür ersetzt Adas Haftpflichtversicherung wohl den Gebrauchtwert aller bei Holgi entstandenen Schäden. Bei seiner aufgeweichten Autoprospektesammlung wird er jedoch leer ausgehen, schließlich seien keine Vergleichswerte vorhanden, und ob Holgi denn keine Belege und Quittungen für seine Sammlung habe. Hat er natürlich ebenso wenig wie Geld. Dafür kündigt er Georg, Kurtchen, Pamu Kalle, Radu und mir an, er werde jetzt mal richtig in sich gehen, um neue Einkommensquellen für uns alle aufzutun – schließlich hätte ja wohl keiner von uns mehr etwas auf der Tasche.

Georg sagt, sofern er denn Geld hätte, würde er die Badezimmerdecke gleich wieder einziehen lassen, aber aufgrund der laufenden Insolvenz hat er auch keins.

Adas Versicherungsagent vertröstet mich auf ausstehende Gutachten, und Ada kehrt, ob der telefonisch übermittelten Hiobsbotschaften, nun doch schon vorzeitig am Freitag Abend mit Max und Anniki von Sylt zurück.

Die nächsten zwei Tage streichen wir Adas alte Zweizimmerwohnung im Glindweg, die sie bislang menschenfreundlicherweise Radu überlassen hat, einmal komplett weiß durch, Möbel, Klamotten und persönlichen Kram von Ada tragen wir aus unserer Wohnung rüber, und auch die *Kura*-Hochbetten für Max und Anniki sind montiert, wobei die Holzlatten des Blitzampelrammbetts doch ein wenig gelitten haben. Am Mittwoch schippen wir den Abraum vor unserem ehrenwerten Haus in der Barmbeker Straße in den angelieferten Bauschuttcontainer. Und dann ist auch gut.

Georg kommt dann auf die gloriose Idee, das Smash-Palace-Haus einfach im jetzigen abgewrackten Zustand loszuschlagen, erstens um flüssig zu bleiben, wie er es ausdrückt, und um die nötige Renovierung zu umgehen. Auch ein Bankrotteur müsse schließlich leben. Und da das Gebäude auf dem Papier seiner alten Mutter gehört, werde er sich gleich im Anschluss an einen Banktermin am Nachmittag in Frankfurt noch heute mit ihr im Pflegeheim im Taunus treffen.

Beim Abstieg aus Stockwerk sechs nehmen Pamu Kalle, Holgi, Radu und Kurtchen Leergutkästen mit runter, Georg trägt seine Reisetasche und eine ausgetrunkene Biolimonadenkiste, er wirkt ein wenig wehmütig und nachdenklich.

Ich will bloß hoffen, dass ihn unsere Simple-Demolition-Aktion und das abgesackte Badezimmer nicht zu sehr demoralisiert haben. Vielleicht ist er ja bloß traurig, weil er nach Frankfurt muss und nicht bei uns bleiben kann.

Ich merke, auch mir fällt der Abschied von Georg nicht leicht. Wir haben drei Tage lang hart zusammen gearbeitet und die Abende bei reichlich Döner, Bier, Bionade und Goldbären durchgequatscht, Holgi, Kurtchen, Radu, Pamu Kalle, HimbeerToni und ErdbeerSchorsch ... und nicht zu vergessen Rupert, der netteste Mischlingsrüde der Welt.

Unten angekommen, stellt Holgi seine Getränkekisten ab und versucht zum wiederholten Mal, den Pilz des Jahres 2004 zu entfernen. Die gebohrten Öffnungen zwischen den Treppenstufen haben sich jedoch als zu klein erwiesen, als dass er die eingeführten Pilzkulturen einfach mittels ausgestreckter Hand wieder entfernen könnte. Sogar Rupert hilft mit, kratzt mit seiner Pfote am Holz und jault die Hausschwammkulturen an.

Die Sonne steht hoch, als wir aus dem Haus treten, es ist nach wie vor brütend heiß in der Stadt. Pamu Kalle, Kurtchen und Radu parken das Leergut neben dem Bauschuttcontainer.

»Ich krieg diesen Scheißpilz des Jahres schon noch raus, Georg«, verspricht Holgi auf dem Weg zum Auto. Selbst im schattigen Hinterhof drückt die Mittagshitze. Georg bugsiert seine Reisetasche auf den Rücksitz seines Sportwagens.

Dann nimmt einer nach dem anderen Georg in die Arme: Pamu Kalle und Radu drücken ihn nur kurz, Holgi und ich dafür umso inniger.

Georg umschließt mit beiden Händen meine Rechte, und sein Ton klingt beinahe feierlich: »Toni, würde es dir was ausmachen, Rupert bis Freitag bei dir zu behalten?«

Ich schaue Georg an, seine Hände auf meiner, und dann seinen Hund, der sich an mein Bein schmiegt und mit dem Schwänzchen wedelt.

»Geht klar, Georg. Ist ja nur bis morgen. Hauptsache, Rupert macht mit«, sage ich, und dann sehe ich Kurtchen an der Beifahrertür stehen, wie angeflanscht.

Ich überreiche Georg eine Tüte Haribo-Goldbären: »Als Wegzehrung.«

Georg lächelt mich an, nimmt die Gummibärchen und tätschelt Ruperts Kopf: »Mach's gut, mein Kleiner, und sei schön brav, verstanden?« Aus Rupert entweicht ein herzerweichender Jaulton.

Georg steigt ein, startet den Motor und kurbelt das Seitenfenster runter. Kurtchen nimmt auf dem Beifahrersitz Platz, woraufhin Holgi erst Georg, dann unseren Gitarristen und Exkinovorführer fragend anstarrt.

»Kurtchen zeigt mir jetzt den Bären-Treff.«

»Bären-Treff ... ist das wieder was Versautes?«, sagt Holgi erstaunt.

»Das ist ein Fruchtgummiladen in der Mönckebergstraße«, entgegnet Kurtchen. »Und vielleicht gehen wir sogar noch rüber in die Europapassage zur ›Bären Company‹«, setzt er schnippisch hinzu.

»Bären-Company ... seit wann interessierst du dich für Gummibären?«, setzt Holgi nach.

»Keine Sorge, Holgi, wenn ich morgen Abend zurück bin, darfst du ans Steuer, versprochen!« Georg setzt mit dem Sportwagen zurück, er gibt Gas, der Motor dreht hoch, und ich meine zu verstehen, dass Georg ruft: »Sollte ich nicht da sein, dann geb ich mir die Kugel.«

Derweil braust der Jaguar-E vom Hinterhof. Ich merke, wie sehr Georg mir ans Herz gewachsen ist, und grübele nach über die Prophezeiung von Georg, die Holgi aber ebenso nicht gehört haben will wie Radu und Pamu Kalle. Die beiden gehen voraus, der Imbiss öffnet gleich. Rupert trottet gemächlich neben Holger und mir zur Straße. Vielleicht hab ich mich eben nur verhört, und Georg hat gemeint: »Sollte ich nicht da sein, gebt euch mal die Kugel«, so als eine Art Aufforderung, auf Georg anzustoßen.

Was Holgi und ich verstanden haben: Georg wird in Frankfurt seinen Insolvenzberater treffen, die Reste seiner Firma abwickeln und seine Mutter im Pflegeheim besuchen. Für Freitag haben wir uns wieder in Hamburg verabredet. Wir werden bei Pamu Kalle feiern, der gibt eine Abschiedsparty im Imbiss, und darauf freue ich mich richtig.

»Was hältste davon, wenn wir Georg am Freitag mit Livemusik überraschen?«

»Wie, Livemusik?«, erkundigt sich Holgi.

»Wir fahren mit Georg in den Übungsraum und mucken, bis uns die Finger bluten«, schlage ich vor, »anschließend zu Pamu Kalle, Closing Down feiern, Reste vernichten, und dann machen wir die Nacht zum Tag.«

»Du glaubst doch nicht ernsthaft, dass Georg noch mal zurückkommt?«, sagt Holgi erstaunt.

Mir klappt der Mund runter: »Ich versteh nicht ganz, Holgi.«

»Erinnert dich dieser Abschied nicht an was?«

Ich schüttele den Kopf.

»Hat Papa Punk sich damals in Berlin etwa noch einmal blicken lassen?«

»Wie jetzt ... Meinst du ... Du glaubst, er ...?«

»Déjà-vu. Ick hör dir trapsen, Toni, denk mal zurück, damals, Kottbusser Tor, Dead Kennedys, Charité ... und Duplizität der Ereignisse, guck mal, wer jetzt hier vor dir sitzt.«

Ich schaue runter zu Rupert.

»Das ist allerdings wahr, Holgi«, sage ich traurig.

»Versetz dich doch mal in Georgs Lage. Villa auf Sylt –

w-e-c-h, wech, Bankhaus in Frankfurt – auch weg, schwuler Gatte. An dir und mir wollte er sich eigentlich rächen, nur dass er jetzt sieht, wir sind genau solche Loser wie er, und die will Georg nicht noch tiefer reinreißen. Verstehst du? That's it. Der kommt nicht wieder.«

»Scheiße, Holgi, ich mein ... aber es würde zu Georg passen.«

»Wie Arsch auf Eimer. Was denkste, Toni, welche Optionen bleiben dem Mann? Georg ist pleite, hat 'nen sackstarken Bankrott hingelegt, und er ist allein.«

Ich überlege kurz: »Unser Haus erlöst jetzt wohl auch nich mehr viel Geld.«

»Den Hausverkauf kann er auch von Frankfurt aus organisieren, und dank echtem Hausschwamm löst sich die Immobilie zeitnah in Wohlgefallen auf. Aber weißt du, was ich am allerwenigsten verstehe?«

»Meinste seinen Musterhauspark, der keine Häuser mehr verkauft?«

»Nee, Toni, viel schlimmer finde ich, dass Papa Punk jetzt Orgel spielt und nicht mehr Gitarre. Also mit Punk hat Georg so gar nichts mehr am Hut, haste das nicht auch bemerkt?«

»Guck dich selbst mal an, quatschst andauernd von Jim Morrison«, wende ich ein, »außerdem, denk mal an die Stranglers: *Hanging around, Peaches,* sehr geile Orgelarbeit.«

»Na gut, aber was ich echt bedenklich finde, sind seine ewige Bionadesüffelei und das Gummibärchengekaue.«

»Irgendein Laster muss der Mensch ja haben«, wende ich ein.

Holgi verzieht das Gesicht: »Bionade und Gummibärchen, das wär kein Leben für mich.«

»Georg ist eben Alkoholiker, er kann sich nicht locker mal wegballern, so wie wir es handhaben, um auf andere Gedanken zu kommen.«

»Überleg mal, bei dem ganzen Scheiß, den Georg anne Hacken hat, und dann immer nur Bionade.«

»Die Kugel geben ...«, sage ich nachdenklich. »Vielleicht habe ich Georg vorhin einfach falsch verstanden, vielleicht meinte er mit ›die Kugel geben‹ gar nicht, sich das Leben zu nehmen«, mutmaße ich.

»Du meinst tatsächlich, Georg könnte sich was antun?«

»Er ist Säufer aufm Trockendock, hat niemanden zum Quatschen und obendrein ganz schön Stress.«

»Toni. Zähl doch mal eins und eins zusammen. Damals in Berlin ist Papa Punk auch verschwunden und Jahrzehnte später als Georg Wirling auferstanden – wie Phönix aus der Asche. Verstehst du nicht? Reset, Neustart, alles auf Anfang. *Das* ist Georg.«

»Du meinst, er fängt woanders neu an?«

»Ich garantier dir jedenfalls, den sehen wir nicht wieder.«

»Ich glaub's trotzdem nicht, Holgi.«

»Wirst schon sehen, Toni. Old-Holgi kennt die Menschen.«

»Du bist ziemlich negativ in letzter Zeit.«

»Ich negativ? Komm mal runter von deinem hohen Ross, Hornig. *Ich* bin pleite, *meine* Wohnung ist 'ne Müllhalde ohne Badezimmerdecke, *meine* Autoprospekte, meine Existenz, alles im Arsch. Lass ich mich jetzt hängen oder was?«

»Nein, Holgi, du lässt dich nicht hängen, tut mir leid.«

»Toni, du hast immer noch Ada und deine Kids.«

»Aber ich werde über kurz oder lang aus der Stadt rausziehen müssen mit Ada, denn erstens verdiene ich kein Geld, die Kinder wird sie mitnehmen, und wenn Ada sich was in den Kopf gesetzt hat ...«

»Wart's mal ab, Toni, wir müssen nicht arm bleiben, schließlich liegt das Geld doch auf der Straße, man muss es nur aufheben. Und wie gesagt, Old-Holgi ist nicht von gestern.«

Holgi fixiert unsere Leergutkisten, die gestapelt neben dem Abraumhaldencontainer stehen: »Du müsstest langsam wissen, Old-Holgi hat immer 'nen Plan B in der Hinterhand!«

In dem Moment hebt Rupert sein Bein und pinkelt an die gestapelten Getränkekisten. Ich betrachte Ruperts Rinnsal und die Kästen gefüllt mit Pfandflaschen. Holgi rüttelt an dem Stapel: »Zähl spaßeshalber mal zusammen, was uns allein das Leergut hier einbringt.«

»Ist das deine neue Geschäftsidee? Plan P würd's dann wohl eher treffen«, sage ich, »hoch lebe Holgi, der Pfandpapst, lass mich dein Leergutlehrling sein!«

»Alter, ich hab echt 'nen Plan B – nicht P ... und 'nen Plan G gibt's auch noch, aber Plan G ist echt der Notfallplan.«

Zum Glück geht es meinem Fuß viel besser, und so beschließe ich, mangels Alternativen, bei Holgis künftigem Flaschenpfandimperium und anderen Notfallplänen aktiv mitzuwirken.

Während Holgi nebenan bei Pamu Kalle eine Sackkarre zum Leerguttransport besorgt, treffe ich eine Maßnahme zur Steigerung meines Wohlbefindens und stelle die verhasste Birkenstock-Sandalette im Hausflur ab, dann streife ich den Puma-Treter vom gesunden Fuß, postiere ihn neben der Sandale unter den Briefkästen. Fortan werde ich, jedenfalls solange die Sonne knallt, die Leergut-Karriereleiter barfuß erklimmen.

Ich weiß aus Erfahrung, dass Holgi sich nicht leicht unterkriegen lässt, aber diesmal hege ich doch meine Zweifel, ob er als aufstrebender Pfandflaschenfürst genug Umsätze tätigen kann, die ihm ein Schicksal als Hartzer ersparen.

Wenn ich so drüber nachdenke, dann wird Georg tatsächlich irgendwo irgendwas Neues anfangen. Reset. Alles auf Anfang, wie Holgi sagt.

Kurtchen hat immerhin Anspruch auf ein Jahr ALG 1 als Filmvorführer a. D., Pamu Kalle wird sicher in Bälde 'nen neuen Imbiss auftun ... mit Radu als Aushilfe.

Und ich? Wenn Holgi recht hat, bin ich jetzt Hundebesitzer, ohne Festanstellung die letzten Jahre, und weil ich mit Ada zusammenlebe, kann ich mir jedwede Staatsknete sowieso abschminken. Aber was wäre, wenn Ada mit den Kids dauerhaft zurück in den Glindweg zieht, dann würden wir schließlich nicht mehr zusammen in einer Wohnung wohnen, und ich und Rupert könnten glatt 'nen Antrag auf Stütze beim Amt stellen.

Ich humpele neben Holgi, der auf der Sackkarre die neun leeren Getränkekisten vor sich herschiebt und an der Ecke Gertigstraße vor Pamu Kalles Imbiss abrupt innehält.

»Mal unter uns, Toni«, Holgi spricht mit verschwörerischem Unterton, »hat Georg dir eigentlich erzählt, warum er Erzbischof genannt wird?«

»Jepp«, sage ich, »du meinst die Sache mit der Rosette?«

»Genau, wegen der Rosette, schon seltsam, mir geht ErdbeerSchorsch, ich mein, seine Rosette gar nicht mehr aus dem Kopp.«

»Geht mir genauso. Wenn ich an Erdbeeren denk, muss ich auch an Georgs Rosette denken.«

Wir verharren schweigend, dann räuspert sich Holgi: »Toni, unter uns, warum heißt du eigentlich HimbeerToni?«

»Wie meinste das?«

»Ich mein ja bloß. Hat das auch was mit deinem Arsch zu tun?«

»Ach, leck mich«, sage ich.

Die Glastür von Pamu Kalles Imbiss öffnet sich, und ich nehme von Musti fünf mit Leergut gefüllte Plastiktüten entgegen. Während er gleich zum viertletzten Mal zwei neue Fleischdrehspieße aus der Kühltruhe im Keller oben auf den Döner-Grill packen wird, schieben Holgi, Rupert und ich rüber zum tristesten Einkaufszentrum der Welt. Hilft ja nix, Job ist Job. Also Augen auf und durch.

Die fünf Leerguttüten stelle ich neben der Sackkarre im Sky-Markt ab. Wenigstens ist es angenehm kühl hier.

»Ich muss gleich noch Curry-King, Brokkoli und 'ne Backkartoffel kaufen«, sagt Holgi und hantiert am Pfandautomaten herum. Ich wundere mich, dass Holgi Brokkoli braucht, und schlurfe, gefolgt von Rupert, auf dem die überhitzten Füße schmeichelnden Shopping-Mall-Steinfußboden rüber zum

Kiosk, vis-à-vis von Aldi gelegen. Am Zeitschriftenregal blättere ich erst mal durch den neuen Rolling Stone.

»Hallo, Anton! Schön, dich zu sehen.«

Ich drehe mich um. Wiebke kommt mit ihrem Einkaufswagen hinter mir zum Stehen.

»Hi, Wiebke, seid ihr auch zurück von Sylt?«

»Ja, nein, weißt du, ich und …«

»Wo hast du denn Christophe gelassen?«

»Christophe hat sich sehr gefreut, Ada wiederzusehen, du weißt ja, die beiden haben mal zusammen diesen Bauchrednerkurs besucht, bei diesem … wie heißt er noch gleich, er wohnt in Adas alter Wohnung, Ada hat erzählt, ihm droht jetzt die Abschiebung, wie war noch mal sein …«

»… Ursu, Radulescu Ursu.«

»Genau. Und weißt du das Neueste?«

Ich schüttele den Kopf.

»Christophe will auch bei den Gospeltones mitsingen, und dann werde ich wohl oder übel aufhören.«

»Warum das denn, euer Chor ist doch echt klasse.«

»Christophe und ich sind seit gestern getrennt.«

»Oh, das tut mir leid«, sage ich.

»Ada und ich haben gestern Abend lange geredet, und Christophe war so nett, währenddessen mit Max und Anniki auf den Spielplatz zu gehen. Er hat ganz toll Fußball gespielt mit den Kindern.«

»Ach«, sage ich.

»Ada meint übrigens auch, ich müsse mich zwischen Christophe und Gregor entscheiden.«

»Was hat Ada denn damit zu tun?«, will ich von Wiebke wissen.

»Ada hat absolut recht, Gregor und ich sind schließlich nicht umsonst verheiratet, und ich kann das Kira unmöglich antun, ohne Vater aufzuwachsen.«

»Das wird Gregor sicher freuen.«

»Gregor weiß nichts davon.«

»Gregor weiß nichts davon«, wiederhole ich, ziehe beide

Augenbrauen hoch und sehe Holgi dabei zu, wie er mit der leeren Sackkarre im Anschlag an der Kasse den finanziellen Grundstock unseres Flaschen-Recycling-Imperiums in Empfang nimmt.

»Tja, vielleicht ist es das Beste, einfach zu schweigen und nichts zu erklären«, sage ich und denke an Ada, die mir auch nicht sagt, warum sie mich nicht heiraten kann.

»Christophe muss auch mich verstehen. Letzte Woche war ich bei unserem Anwalt, und der sagt, Kira und ich hätten einen Unterhaltsanspruch von gerade mal elfhundert Euro im Monat, wenn ich mich von Gregor trenne – und *das* kann ich dem Kind unmöglich antun.«

»Wiebke, kannst du mir vielleicht sagen, warum Ada mich nicht heiraten kann?«

»Anton, ich bin gestern allein zurückgefahren.«

»Was soll das heißen?«

Wiebke schüttelt den Kopf, dann senkt sie den Blick und sagt überrascht: »Seit wann hast du denn einen Hund?«

»Ich hüte den nur ein.«

»Wie heißt denn der Hübsche?«

»Rupert«, sage ich und beschäftige mich gedanklich mit der Frage, ob Christophe etwa bei Ada und den Kids geblieben ist und wie viel Unterhalt mir zustünde, wenn Ada sich von mir trennen würde.

Papperlapapp ... Fakt ist: Eifersucht ist eine Leidenschaft, die mit Eifer sucht, was Leiden schafft, und dass die Kassenlage von Leergutkönig Hornig in spe es erforderlich macht, den Rolling Stone zurück ins Regal zu stellen.

»Grüß Gregor von mir«, sage ich.

»Kira und Gregor sind zu Besuch bei seinen Eltern im Allgäu.«

»Na, dann bis wahrscheinlich nach den Sommerferien in der ›Rasselbande‹.«

»Anton, weiter gute Genesung für deinen Fuß. Und genieß noch deine Zeit als Strohwitwer.«

Was bitte soll ich da jetzt noch genießen, frage ich mich, als

Wiebke mit ihrem Einkaufswagen Richtung Parkplatz abschiebt. Und es wundert mich, dass Ada mir nichts von Wiebkes Trennung von Christophe gesagt hat und sowieso offenbar seit Sonntag nicht mit Wiebke telefoniert hat, um ihr davon zu berichten, dass unser Badezimmer weggesackt ist und Ada wieder in den Glindweg ziehen wird. Auch egal. Alles egal und vom Pech begünstigt.

Ich humpele rüber zu Sky, schaue mich um, an der Kasse ist Holgi nicht mehr. Ich kaufe zwei Dosen Chappy Kräftige Brocken und eine Packung Frolic Complete mit Rind, Karotten und Getreide und ärgere mich darüber, wie sehr es mich stört, dass der Franzmann Christophe mit meinen Kindern so lang und so toll Fußball gespielt hat.

Ich humpele mit Rupert den Weg vom EKZ zurück Richtung Gertigstraße. Vor der Tür von Pamu Kalles Imbiss steht die Sackkarre. Durch die Glastür erkenne ich Holgi am Tresen, dahinter Pamu Kalle beim Gläserspülen und Radu, wie er den Schankraum fegt. Wohin sollte Holgi auch sonst verschwunden sein? Ein Kalbfleisch- und ein Hühnerfleischspieß drehen ihre Runden.

»Anton Hornig, dein Lohn.« Holgi freut sich und legt zwölf Euro auf die Theke. »Pamu Kalle, zapf mal 'n Bier für Hornig an«, bestimmt Holgi, »das hält ja kein Mensch aus bei der Gluthitze.«

Ich setze mich auf den Hocker neben Holgi, stecke das Geld ein. Radu stellt den Besen zur Seite und nimmt neben mir Platz.

»Toni, bis wann Ada kommt mit Kinder zurück?«

»Morgen kommen sie. Was wird denn aus dir, Radu, wenn Pamu Kalle hier zumacht?«

»Ich hab Radu gesagt, ich kein Arbeit für ihn, weil kein neue Laden in Sicht«, sagt Pamu Kalle.

Vor dem Imbiss hält ein Polizeiwagen auf dem Kantstein, Radu lässt sich im selben Moment zu Boden gleiten und verschwindet unter der Theke.

Ich sehe, wie PM Waldemar Schangeleidt auf der Beifahrerseite aussteigt. Am Steuer sitzt der ältere Polizist vom letzten Besuch hier im Imbiss. Er macht keine Anstalten, Waldemar in den Imbiss zu begleiten.

»Kannst wieder hochkommen, Radu«, entwarne ich, »ist bloß Brotteufel Schangeleidt.«

Radu kiebitzt misstrauisch über den Rand der Theke, wie immer, wenn er der Staatsgewalt ansichtig wird.

»Wenn Pamu Kalle zumacht, kannst du erst mal bei mir oder Toni unterschlüpfen«, bietet Holgi an, »aber irgendwann kriegen sie dich eh an die Eier, Radu. Dann isses nicht der uniformierte Waldemar, der in der Tür steht. Brauchst bloß mal beim Schwarzfahren dumm auszusteigen oder auf der Straße 'nem Cop ins Auge fallen. Die sind nicht alle so wie Brotteufel.«

Waldemar Schangeleidt trägt heute keine Uniformjacke und keine Dienstmütze, die vernarbte Stirn ist schweißnass: »Radu, such dir schnell 'nen Anwalt, die Ausländerpolizei hat dich auf dem Kieker, die wollen dich loswerden.«

»Wie kommst du darauf?«, frage ich.

»Ich weiß bloß: Morgen Nacht geht ein Abschiebeflug von Fuhlsbüttel in den Kosovo. Und ich hab mitgekriegt, die suchen Radu, weil er ihnen letzte Woche durch die Lappen gegangen ist.«

»Ich werd zu Sozialamt gehen und erklärn, ist alles Missverständnis, ich brauch gar nich Stütze von euch, und tschüs, Sozialamt«, schlägt Radu vor.

»Tolle Idee«, sagt Waldemar und schüttelt seinen Kopf. »Du gehst noch heute zu 'nem Anwalt für Ausländerrecht, und du bleibst so lange in der Versenkung verschwunden, bis ich Entwarnung gebe. Und ihr alle haltet die Klappe, von mir habt ihr das nicht.«

»Danke, Waldemar«, sagt Radu.

»Reich mal zwei Coke rüber«, sagt der Angesprochene.

Pamu Kalle entnimmt der Kühltheke zwei Coladosen: »Geht auf Haus.«

»Kein Wort zu niemandem ... und tschö.«

»Brotteufel, halt dir morgen Abend frei.«

»Was los?« Waldemar presst eine Coladose an seine Stirn.

»Morgen ist Pamu Kalles Ausstand ... und Georg ... also vielleicht kommt Papa Punk ja doch aus Frankfurt zurück, und wenn er kommt, haben wir 'ne Überraschung für ihn im Weidenstieg geplant.«

»Freitag Morgen hab ich Dienst, ruf einfach an, wenn Georg auftaucht.«

»Abends ist Kehrausparty hier im Laden, Mini-Rita kannste gerne mitbringen«, sage ich.

»Im Ernst, Toni, findest du, Mini-Rita passt zu mir?«

Ich nicke Brotteufel zu, woraufhin er ein scheues Lächeln andeutet.

Wir schauen Waldemar nach, wie er einsteigt, seinem Kollegen eine Coladose reicht und der Peterwagen davonbraust.

»Ich hab für dich einen Anwalt für Ausländerrecht«, sage ich zu Radu gewandt, »und wir fahren da heute hin.«

Bevor wir zum VW-Bulli gehen, um zu dem Abschiebejuristen zu fahren, der in der Goernestraße im Haus von meinem Allround-Mediziner Dr. Präg seine Kanzlei betreibt, gehe ich an dem Morastcontainer vorbei, hinein in unseren Hausflur, um flugs meine Birkenstock-Sandale und den Puma-Schuh zu holen, denn barfuß zum Rechtsanwalt, das muss ja nicht sein.

Prompt treffe ich auf den jungen Anzugträger von der Hausverwaltung, der heute Morgen die Schäden in Holgis und meiner Wohnung begutachtet hat. Er steht neben den Briefkästen und pinnt einen Info-Zettel mit Tipps für optimale Raumlüftung bei Wasserschäden ans Schwarze Brett.

Holgi erscheint zusammen mit Radu und teilt dem Schlipsmann mit, dass er nicht mehr bereit sei, künftig irgendeinen wie auch immer gearteten Mietzins an ihn oder sonst wen zu entrichten, woraufhin der Verwalter uns leidenschaftslos auffordert, dieses Ansinnen ihm und der Wohnungsverwaltung schriftlich mitzuteilen. »Und machen Sie sich mal nicht zu große Hoffnungen, dass Sie damit durchkommen. Die Instandsetzung der Schäden wird die nächsten Tage in Angriff genommen.«

Holgi baut sich mit verschränkten Armen vor dem Jungmakler auf: »Zieht sich bei mir im Bad 'ne neue Decke von selber ein, oder wie wollt ihr mir das bezahlen? Die ›TransInvest‹ ist doch pleite, bankrott, nullinger, am Arsch.«

»Da wissen Sie mehr als ich. Von einem Liquiditätsengpass der Firma ›TransInvest‹ ist mir nichts bekannt«, antwortet der Anzugmann und tritt beherzt auf ein etwa anderthalb Zentimeter großes Krabbeltier zu seinen Füßen, bevor er forschen Schrittes abdampft.

»Meine Freundin ist im Mieterverein«, rufe ich ihm drohend nach und schnappe mir meine ungleichen Schuhe.

»Hundert Prozent kommt *der* nicht zurück«, sagt Holgi.

»Wer?«, will ich wissen.

»Papa Punk, ich meine, Georg. Der wird sich hier nicht mehr blicken lassen. Da garantier ich dir dafür.«

»Wie kommst du jetzt darauf?« Ich hebe den zermatschten Torso auf und betrachte die Überreste der toten Hamburger Termite zwischen meinen Fingern.

»Das mit dem maroden Haus hier wird von Tag zu Tag teurer für ihn. Ich sag doch: Déjà-vu, Toni, genau wie damals in Berlin ...«

Ich schlüpfe in meine Sandalette und den Puma-Turnschuh, dann gehen Radu, Holgi, Rupert und ich zum Hinterhof. Ich freue mich, dass mein Fuß kaum noch schmerzt, und mir fällt auf, dass Rupert schon lange nicht mehr an meinem derangierten Gehwerkzeug herumgeschnüffelt hat. Braver Hund.

»Mietfrei bleib ich gerne hier wohnen«, freut sich Holgi, »sollen die mich doch rausklagen, wenn sie nix Neues anbieten können, kriegen die uns hier nicht raus aus unserem Smash Palace.«

»Der Name passt«, sage ich, nachdem Radu vorn im Bulli neben Holgi und einer blau-weißen Kühlbox Platz genommen hat, die per Ladekabel mit dem Zigarettenanzünder verbunden ist.

Rupert kuschelt sich auf der Rückbank dicht an mich, im Fußraum liegen ein Campingtisch, vier Klappstühle und ein großer Stapel gewellter Autoprospekte. Holgi startet den VW-Bus.

»Ada wird nicht im Smash Palace wohnen wollen«, befürchte ich, »und in ihrer Butze im Glindweg höchstens für den Übergang.«

»Wo ist das Problem? Ihre alte Wohnung ist doch wieder hübsch, Radus Klamotten sind bei mir, du bist im Nu drüben bei ihr, und oben im Smash Palace hast du wenigstens Ruhe vor deiner Ada-Schreckschraube.«

»Hör auf damit, Holgi«, sage ich, »das ist nicht witzig.«

Rupert erhebt seine Nase und schnüffelt unruhig.

»Ada wird jetzt ganz schnell nach einer angemessenen Bleibe im Speckgürtel der Stadt Ausschau halten. Und was meinste, wer da mitziehen muss?«

»Deine Lütten, ist doch klar.«

»Mann, Holgi, ich werde Anniki und Max nicht alleine lassen.«

»Ist ja gut, hab's bloß nett gemeint.«

»Außerdem ist Ada keine Schreckschraube.«

»Ich sag doch, dann eben nicht.«

Radu legt seine Hand auf meinen Arm: »Ada ist tolle Frau, und du bist Vater und gehörst zu Kinder und dein Frau. Schluss, aus.«

Tja. Wo Radu recht hat, hat er recht, denke ich.

»Was machste eigentlich jetzt mit den restlichen Autoprospekten, die nicht durchgeweicht sind, Holgi?«, frag ich meinen alten Kumpel.

»Auch dieser Kreis wird sich schließen, Toni. Wie sang einst Marianne Rosenberg anno 1972?«

1972? Ich überlege, denn *Marleen* und *Er gehört zu mir* waren später.

Ich hab's, denke ich und intoniere: »*Jeder Weg hat mal ein*

Ende, jedes Glas bricht mal entzwei. Doch die Liebe, die uns beide bindet, ist unendlich, sie geht nie vorbei.«

»Gott bewahre!«, sagt Holgi. »Aber wisst ihr was? Ich hab heute Nacht meinen eBay-Account gelöscht.«

»Nee. Von was willst du denn jetzt leben?«, frage ich.

»Tja, DreamKarl-Powerseller is nich mehr, zur ARGE kriegen mich keine zehn Pferde hin, und Miete werde ich auch keine mehr zahlen.«

»Mach's nicht so spannend, Holgi. Was hast du am Start?«

»Gemach, Freunde, wenn wir alle sparsam wirtschaften, werden wir nicht viel Geld brauchen«, verspricht Holgi, während wir in Richtung Innenstadt brausen, und drückt Radu ein in Folie eingeschweißtes gebundenes Buch in die Hand. Ich beuge mich nach vorn, sehe auf dem Einband das Konterfei des Rolling-Stones-Gitarristen und sage: »Life.«

»Ganz richtig«, entgegnet Holgi, tippt auf das aufgeklebte Barcode-Preisschild. Dann durchqueren wir die Lange Reihe, halten an der Ecke Gurlittstraße und lassen Kurtchen hinten zu Rupert und mir in den Bulli einsteigen.

Weiter geht die Fahrt in Richtung Hauptbahnhof. Rupert und Kurtchen beschnüffeln jetzt beide mit ihren Nasen die Raumluft.

»Irgendwie riecht das hier drin nach totem Fleisch!«, wundert sich Kurtchen naserümpfend.

»So alt sind wir nun auch nicht«, entgegne ich. »Aber mal im Ernst, Holgi, seit wann kaufst du Bücher?«

Holgi lenkt mit seiner Linken und stupst mit seinem rechten Zeigefinger Radu in die Hand.

»Lies mal laut, was da steht.«

»Äh … sechsundzwanzig Euro neunundneunzig«, sagt Radu mit Blick auf das Preisschild.

»Kurtchen, lies du mal das hier, was steht da drauf?« Holgi wedelt mit einem Kassenbon nach hinten vor Kurtchens Kopf herum.

»*Life,* Keith Richards, sechsundzwanzig Euro neunundneunzig«, liest Kurtchen von dem Kassenzettel ab, während wir an der Binnenalster vorbeisausen und Radu das Keith-Richards-Buch nach hinten reicht.

»Meine Herrn, das genau ist meine Geschäftsidee – mein Plan B … B wie Buch! Versteht ihr?«

»Du handelst mit Büchern von Keith Richards?«

»Der Autor ist mir piepegal, Hauptsache, er steht auf der SPIEGEL-Bestsellerliste.«

»Und was bitte ist deine Geschäftsidee?«

»Toni. Mein Businessplan ist simpel und klar.«

»Willst du jetzt Bücher verlegen oder was?«

»Das könnte man so nennen, Toni, wenn man es so betrachtet, dann bin ich tatsächlich Buchverleger.«

»Aber du liest doch nur Comics«, merke ich an und nehme die Keith-Richards-Biografie in die Hand.

»Ignorantenpack. Ich les auch Rock Hard, das Plastic-Bomb-Fanzine, Pankerknacker, Eclipsed, Ox, Visions und manchmal Metal Hammer.«

Holgi wendet sich um, entreißt mir das Buch, der Wagen schlingert, wir biegen ab in den Neuen Wall und halten nach weiteren zweihundert Metern in einer Parkbucht vor der Filiale einer großen Buchhandelskette.

»Iste hier Ausländeranwalt?«, fragt Radu.

»Nee, Buch-Plan-B ist hier to stay«, erklärt Holgi, krallt den Kassenbon und wirft die Keith-Richards-Biografie in den Fußraum, derweil Rupert interessiert die Kühlbox beschnüffelt.

»Aussteigen, ihr Spacken.«

Radu, Kurtchen, Rupert und ich folgen Holgi in den Buchhandlungssupermarkt. Unser Plan-B-Boss strebt zielsicher in den Laden, eilt an der Bestseller-Regalwand vorbei, erreicht die Abteilung Biografie. Sein Blick bleibt hängen an einem Schildchen, auf dem die Buchstabenfolge *Ra – Rich* prangt.

»Wer sagt's denn. Da isser ja.« Holgi zieht ein eingeschweißtes Exemplar von Keith Richards' Lebenserinnerungen für sechsundzwanzig Euro neunundneunzig aus dem Regal, rückt die danebenstehenden Biografien wieder zusammen, macht auf dem Absatz kehrt und steuert den Kassenbereich an, wo wir Buchverleger Holgi Helvis dabei zusehen, wie er der Verkäuferin das eben aus dem Regal genommene Buch in die Hand drückt, keine dreißig Sekunden später eine Unterschrift leistet und siebenundzwanzig Euro in bar entgegennimmt, weil er der Frau zuvor eine Eincentmünze mit den Worten: »Bringt Glück« in die Hand gedrückt hat.

Dann bedankt Holgi sich höflich und verlässt zügigen Schrittes die Filiale. Ich bleibe ein paar Schritte zurück, sondiere die Lage und beobachte die Verkäuferin dabei, wie sie mit dem gerade eben von Holgi entnommenen Buch in der Hand das Biografie-Regal ansteuert und das Werk wieder an seinen angestammten Platz bei *Ra – Rich* einordnet.

»Genialisch«, flüstere ich Kurtchen ins Ohr, »Holgi überrascht mich immer wieder.« Wir folgen unserem Buchverlegergenius nach draußen, sehen ein wenig ehrfürchtig dabei zu, wie er den VW-Bus aufschließt und mit seinem »Life«-Exemplar aus dem Fußraum vor unseren Nasen herumwedelt.

»Bei Momox, ReBuy oder den Amazonen bringt der Schinken gut und gerne zwölf Tacken«, prahlt Holgi, »nicht schlecht für 'ne Minute Arbeit, oder?«

»Aber«, frage ich prüfend, »du hast doch gestern deinen eBay-Account gelöscht?«

»Der virtuelle eBay-Dream-Karl ist tot, es lebe B-Plan-Holgi.«

B-Plan-Holgi reicht mir und Kurtchen ein DIN-A4-Blatt, eng bedruckt mit kompliziert aussehenden Excel-Tabellen sowie allerhand Namen und Anschriften von Hamburger Kaufhäusern und Buchhandlungen.

»Einer allein schafft das Handling natürlich nicht, Männer. Dafür braucht B-Plan-Holgi Helfer ... Männer, die ehrliches Geld verdienen wollen, und da hab ich natürlich gleich an euch gedacht. Plan is, ich werd das Ganze auf Franchisebasis aufziehen – hamburgweit, später in ganz Deutschland.«

»Superidee, Holgi«, sage ich anerkennend. Holgi lächelt stolz.

»Schade nur, dass spätestens bei der nächsten Inventur dein Geschäft auffliegen wird.«

»Defätistenpack. Dafür hab ich doch die Tabellen angelegt. Dank Excel is das gar keine Thema.«

»Das glaubst du doch selber nicht, wenn du jeden Tag hier mit demselben Titel ankommst, kannste dir deine Excel-Papiere innen Arsch schieben«, wende ich ein, »und dein Franchise gleich hinterher.«

»Hab ich alles längst bedacht: Wenn meine Franchisepartner, ich nenn euch mal meine B-Plan-Club-Kollegen, also, wenn ihr meinen ausgeklügelten Systemanweisungen exakt folgt, dann kauft ihr ausschließlich hochpreisige Hardcover aus den Bestseller-Listen, die bei Online-Auktionshäusern stark nachgefragt werden. Ihr liefert die Ware bei mir ab, kassiert cash auf Kralle, sagen wir mal drei Euro pro Buch – ehrlich verdiente Provision, versteht ihr, ich bin schließlich kein Ausbeuter ...«

»Also, ich mach da nicht mit, da leb ich lieber von ALG 1«, stellt Kurtchen klar, der als Einziger von uns Anspruch hat auf Stütze vom Amt.

»Ich mach auch nicht«, schließt sich Radu an, »iste Betrug, und ich werd abgeschoben.«

»Leute, überlegt doch mal, null Steuern zahlen, alles bar auf Tatze – das ist untopable.«

»Untopable, Holgi, dann sag mir bitte, warum sollte ich mich als dein B-Plan-Holgi-Buchclub-Partner mit mageren drei Euro begnügen? Ich bin doch nicht blöd, geh mit der Schwarte ins nächste Antiquariat und sack die volle Kohle ein ... und deine Excel-Tabelle kannste untopable in deinem Shillum rauchen.«

»Also, ich würde es mir billig als Taschenbuch kaufen«, wendet Kurtchen ein.

Holgi blickt uns entgeistert an: »Das würdet ihr tun?« Rupert klettert derweil nach vorn in den Fußraum und kratzt mit einer Pfote an der Kühlbox.

»Jetzt bist du dran, Holgi!«, sage ich.

»Das hätte ich nicht von euch gedacht«, empört sich Holgi und hebt das »Life«-Buch drohend in die Höhe, als wolle er mich gleich damit attackieren.

»So geht das nicht!«, keift eine Stimme in unsere Richtung.

Unsere Köpfe fliegen herum. Wir sehen eine biedere Frau mittleren Alters derwischartig aus der Buchhandlung auf uns zustürmen, in den Händen, genau wie Holgi, eine Ausgabe von Keith Richards' *Life*.

Jetzt erkenne ich in ihr die Frau an der Kasse, die eben Holgi die siebenundzwanzig Euro ausgehändigt hat und jetzt an der Bordsteinkante wie eine Furie auf- und abspringt. Dann hält sie inne, zögert, dreht sich um zu ihren hinzugeeilten Kolleginnen, neugierigen Kunden und interessierten Passanten.

»Polizei, Bücherdiebe, zu Hiiiilfe!« Ihre Stimme schrillt sirenenartig, woraufhin Rupert ein bedrohliches Geheul anstimmt.

»Abflug«, sagt Holgi und kickstartet seinen VW-Bus, nachdem Radu, Kurtchen und ich durch die Seitentür in den Bulli gesprungen sind und die Buchverkäuferin brüllend auf uns zustürzt.

Die Frau gestikuliert mit der Richards-Biografie, während sie neben dem rasch beschleunigenden Bulli herläuft, das Buch gegen die Seitenscheibe schlägt, wo Rupert nach ihr schnappt.

»Ich zeige Sie an«, kreischt die Frau, die immer weiter hinter uns zurückfällt, währenddessen Radu fast gleichzeitig immer mehr in sich zusammensinkt: »Was, wenn Polizei kommt? Ich jetzt noch Bücherdieb!«

22. *Supper's ready – Genesis*

»Prima Geschäftsidee, Holgi«, lobe ich, als wir am Springer-Gebäude vorbei Richtung Fernsehturm fahren.

»Schwund is normal, Toni, aber hast ja recht, auf einem Bein kann der Mensch nicht stehen.«

»Auf einem Bein? Du meinst, von dieser Geschäftsidee sollen wir alle leben? Das ist nicht dein Ernst!«, echauffiere ich mich.

»Ich sach ja. Deshalb hab ich Plan G entwickelt, und voilà: Das ist meine Geschäftsidee Nummer zwei.«

Holgi fährt in Höhe der Messehallen rechts ran, nimmt den Deckel der Kühlbox ab, greift hinein, hantiert mit einer mit Alufolie überzogenen Zigarrenkiste herum, woraufhin Rupert ein freudiges Winseln anstimmt.

»Was ihr hier seht, ist Holgis mobiler George-Foreman-Grill für unterwegs«, erklärt Holgi schon wieder gänzlich euphorisiert und befüllt die beklebte Alufolienkiste mit dem Inhalt zweier Schalen Curry-King, bettet traurig anzusehende, leicht angetaute Brokkoli-Röschen dazu, befreit eine gekaufte Backkartoffel aus der Plastikfolie und legt sie obenauf.

»Holgi, du spinnst«, attestiere ich meinem Wohnungsnachbarn.

»Von wegen!« Holgi schnappt sich die Alukiste und fordert uns auf auszusteigen. Er rennt um den Wagen herum, öffnet die Heckklappe und fingert mit der Schale im Motorraum herum.

»Ab dafür, jetzt ordentlich Gas geben, und in 'ner halben Stunde is Essen fertig.«

Ich bücke mich und bestaune das offenbar selbst gemalte

Logo, das Holgi auf die Grillschale geklebt hat: »Was bedeutet denn das Eidechsenemblem?«

»Nur original mit der Eidechse, hab ich selbst entworfen. Ist mein Branding, Leute.«

»Dein Branding?«, sage ich.

»Die Eidechse liebt die Wärme und repräsentiert den typischen Single-Mann von heute.«

»Tolle Idee, Holgi«, attestiert jetzt auch Kurtchen, während Radu den Kopf schüttelt.

»Mit 'ner gegrillten Eidechse identifiziert sich eigentlich jeder Single-Mann gerne«, lobt Kurtchen und grinst lakonisch.

»Ich nenn Holgi ab jetzt Lurchi, und wir sind deine Helfer vom Salamander-Grill. Ich bin ab sofort Zwerg Piping, Radu ist Mäusepiep und Kurtchen Unkerich.«

»Wie du damit willst Geld verdienen?« Radu scheint nicht restlos überzeugt.

Holgi setzt die Alukiste in eine improvisierte Aufhängung im Motorraum, schließt die Klappe und bittet uns, wieder einzusteigen.

»Unter dem Banner ›Ungenutzte Mobilitätsenergie grilltechnisch voll Rohr genutzt‹ habe ich meiner Plan-G-Geschäftsidee das Motto vorangestellt: ›Heute bleibt die Küche kalt – und morgen auch.‹«

»Tolles Motto«, sage ich anerkennend.

»Ich hab noch ein Leitmotiv: ›Kochen auf Rädern – mit Automotorkoch Holgi, nur original mit der Eidechse.‹«

»Automotorkoch Holgi, du hast echt einen an der Marmel«, befindet Kurtchen.

»Seht das doch mal pragmatisch. Die Energiepreise steigen ins Unermessliche, und ein jeder fragt sich, wie bitte soll ich das bezahlen: Sprit fürs Auto, zu Hause Gas und Strom zum Heizen und Kochen. Wie, frage ich euch, kann man heutzutage vernünftig Geld sparen?«

»Weniger saufen und nicht dauernd bei Pamu Kalle Döner essen«, empfehle ich.

»Das sind Grundbedürfnisse, an denen kann ich nicht sparen«, erwidert Holgi.

»An Leute mit Geld kommst du mit deinem Autogrill jedenfalls nicht ran«, stellt Kurtchen fest.

»Hab ich alles bedacht, Kurt. Ein luftgekühlter Porsche zum Beispiel hat bekanntermaßen im Heckflügel seinen Kühlergrill, und der wird bei Vollgasfahrt so heiß, dass man perfekt darauf grillen kann.«

»Mann, Holgi. Dein Porschefahrer geht essen ins Sterne-Restaurant, und bei Besitzern von Hybrid- und Elektroautos guckst du auch in die Röhre. Die müssten sich extra 'nen Oldtimer ausleihen, um ihre Currywurst heiß zu kriegen!«

Holgi zieht einen Flunsch und schweigt.

»Lass den Kopf nicht hängen. Der urbane Mensch von heute fährt eh Rad, Bus oder Bahn. Besorg dir wieder 'n Stapel Autoprospekte, und melde DreamKarl wieder bei eBay an«, empfehle ich.

Nach fünf Minuten wortloser Fahrt hält Holgi an der Krugkoppelbrücke in einer Parkbucht bei Bobby Reich, er öffnet die Kühlbox und belegt das Innere einer weiteren Eidechsen-Grillschale mit drei vorgebratenen Fertigfrikadellen. Radu, Kurtchen und ich schauen den weißen Segelbooten und der stampfenden Susebek, einem betagten Alsterdampfer, zu.

»Frikadelle braucht nur fünf Kilometer«, sagt Holgi zu sich selbst und springt mit seiner Grillschale aus dem Wagen.

»Also, ich hätt schon Appetit auf 'ne Bulette«, sagt Kurtchen neben mir, als Holgi wieder einsteigt und den Wagen startet.

»Ignoranten. Meine *main target group* ist Besitzer eines älteren Gebrauchtwagens und ausgewiesener Kochmuffel«, erklärt Holgi dem neben ihm sitzenden Radu und beachtet Kurtchen und mich gar nicht mehr. »Wenn Feierabend ist, fährt der Mann mit knurrendem Magen in seinem Auto nach Hause und schiebt sich in seiner Zweizimmerwohnung vorm Fernseher noch 'ne Backofenpizza rein.«

»Könnte du und Kurtchen sein«, stellt Radu fest.

»Fakt ist: Unser Mann sitzt jeden Abend 'ne Stunde Stau in der Rushhour ab und müsste zu Hause für ein pappiges Schnellgericht extra den Herd anwerfen, um was zwischen die Zähne zu kriegen.«

Schaurige Vorstellung, denke ich, doch Grill-Holgi ist nicht zu bremsen.

»Was meint ihr, wird unser Peergroup-Mann als Nächstes machen? Na?«

»Biergrub-Mann?«, sagt Radu.

»Na, was wird er machen?«

»Er steckt den Scheiß in die Mikrowelle ... oder fährt gleich zu Pamu Kalle«, vermutet Kurtchen.

»Nein, denn jetzt kommt Old-Holgis USP ins Spiel«, freut sich unser Fahrer.

»Holgis was?«, frage ich.

»Wann wir fahrn zu Anwalt?«, sagt Radu.

»Unique selling point, ihr Flachpfeifen.« Holgi richtet sich auf: »Anlassen, losfahren, Essen fassen!«

»Du bist ein Fuchs«, sage ich.

»Eine Stunde Feierabendverkehr, Tempo fünfzig, rote Ampeln – ideal für Roastbeef, 'n schnelles Huftsteak, einhundertachtzig Gramm, medium, gerne auch Maiskolben dazu. Ab und an mal ein bisschen Zwischengas geben. Fertig.«

»Ich mag's ja eher nicht so blutig«, befindet Kurtchen.

»Richtig durchgebraten musst du fünfzehn Minuten Stau oder stockenden Verkehr draufschlagen, das gilt übrigens auch für Frühlingsrollen, Forelle blau und Ente süßsauer an Ingwer im Reismantel.«

Holgi stupst Radu in die Seite: »Wie wär's, du und ich, wir zwei beide machen mal 'ne Spritztour und dann machen wir schön Couscous.«

»Spritztour? Machen schön Kuss-Kuss? Nixe Kuss-Kuss mit Radu, wann wir endlich fahrn zu Anwalt?« Radu, der alte Kosovare, zieht ein Zitronengesicht. »Frag doch Toni, ob er wolle machen schön Kuss-Kuss mit dir.«

»Mann, Radu, Essen, Couscous, nicht küssen«, erklärt

Holgi. »Du kriegst von mir lecker Couscous und ’nen halben Hahn unter die Haube geklemmt, schön mariniert, wenn du magst, gern auch Gänsekeule, die braucht aber drei Stunden Vollgas auffe Autobahn.«

23. *Sheep – Housemartins*

Wir erreichen Eppendorf, biegen ein in die Goernestraße und halten vor dem prächtigen Jugendstilgebäude mit der urologischen Praxis von Dr. Präg in Stockwerk eins und Ausländerrechtsanwalt Dr. Mehmann im Parterre.

Holgi stellt den Motor aus, kurbelt das Seitenfenster herunter und reckt, ebenso wie Rupert, schnüffelnd den Kopf ins Freie.

»Mann, riecht lecker«, befindet Holgi. Aus dem geöffneten Fenster im Erdgeschoss dringt leise der Refrain des nach Sonne, Sommer und Ferien klingenden Housemartins-Songs:

And when you see a can I see a crook,
And when you see a crowd I see a flock.
It's sheep we're up against,
Sheep we're up against …

Wir steigen beschwingt aus, halten schnuppernd die Nasen in den Wind. Holgi und ich singen den Refrain mit: »*Sheep we're up against …*«

Rings um Holgis Bulli riecht es nach Frittenbude. Kurtchen und ich postieren die vier Klappstühle neben dem Bus, entfalten einen Klapptisch, Radu deckt ihn mit Pappteller und Plastikbesteck und entnimmt der Kühlbox drei Dosen Bier. Holgi, mit Rupert im Schlepptau, ist am Motorraum seines Bulli zugange.

Der Duft von gegrillter Bratwurst und Frikadellen umweht uns, als Holgi mit einem Ofenhandschuh bewaffnet die erste dampfende Alugrillschale vor uns auf dem Tisch abstellt. Ich löse den Aludeckel und teile Frikadellen, Backkartoffel und Brokkoli zwischen Holgi, Kurtchen, Radu, Rupert und mir auf – wobei Rupert ausschließlich Frikadelle und Radu nur Kartoffel und Brokkoli kredenzt bekommt.

Holgi verteilt derweil Currywurststücke aus der zweiten Grillschale, wir prosten uns zu und wünschen guten Hunger.

»Schmeckt lecker«, sage ich.

»Nix für ungut, Holgi«, sagt Kurtchen kauend, »meinst du ernsthaft, wir alle können von dieser Geschäftsidee leben?«

Holgi scheint ungerührt, zieht aber sicher innerlich wieder 'nen Flunsch, denn er blökt: »Mir fällt schon noch was ein.«

»Ihr wenigstens könnt machen Plan A«, sagt Radu wehmütig und lutscht an einem zerkochten Brokkoliröschen.

»Plan A?«, fragt Kurtchen.

»Ihr könnt gehen zu Arbeitsamt und kriegte Geld, ohne abgeschoben werden.«

»Aber nur weil ich als Filmvorführer fest angestellt war, Holgi und Toni schieben die auch ab.«

Nach dem Essen falten wir Tisch und Stühle wieder zusammen, Kurtchen und Radu entsorgen Pappteller, Dosen, Plastikbesteck und Grillschalen. Rupert bewacht bei halb geöffnetem Fahrerfenster den Bulli, während Radulescu Ursu, Holgi, Kurtchen und ich das glänzende Metallschild an der Hauswand betrachten, auf dem zu lesen steht: *Dr. Mehmann – Notar – Rechtsanwalt Ausländerrecht und Asylrecht.*

»Mehmann, seltsamer Name, erinnert mich irgendwie an Sensenmann«, sagt Holgi.

»Hauptsache, er kennt sich aus mit Abschiebungen«, entgegne ich. Wir durchqueren den marmorgefliesten Hausflur.

Radu sagt nichts, guckt aber sparsam, als wir die Kanzlei betreten, die einen gediegenen Eindruck macht. Statt der Housemartins wabert uns gedämpfte klassische Musik entgegen. An der Rezeption gucke ich mich um. Nein, nicht alles ist hier gediegen, ein gerahmtes Bild zeigt ein bekanntes Jungschaf aus einer Zeichentrickserie.

»Das ist ja Timmy«, sage ich zu Kurtchen, der das Bild auch entdeckt hat.

»Gute Tag, Timmy«, sagt Radu freundlich mit ausgestreckter Hand zu der Vorzimmerdame, die gerade auf ihn zugekommen ist.

»Mein Name ist Retschoch, nicht Timmy. Sie haben einen Termin?«, sagt die Frau mit abschätzigem Blick.

»Schon klar, wir meinten bloß Timmy aus *Shaun das Schaf*«, erklärt Holgi.

»Ich kenne Timmy«, sagt Frau Retschoch scharf, »sehr gut sogar.«

»Hornig mein Name«, stelle ich mich vor. »Wir haben am Montag telefoniert, es geht um unseren Freund Radulescu Ursu, der abgeschoben werden soll.«

Frau Retschoch mustert mich und mein Schuhwerk und bittet uns, im Wartezimmer Platz zu nehmen.

Wir tun wie uns geheißen. Eine Sopranstimme, unterlegt von Streichern, Bläsern und Klavier, umschmeichelt unsere Ohren aus zwei an der Decke montierten Lautsprechern mit lieblichem Ariengesang: *Schafe können sicher weiden, wo ein guter Hirte wacht …*

Neben zwei Pflanzkübeln mit buschigem Lampenputzergras entdecke ich an den Wänden mehrere gerahmte Fotodrucke, auf denen ausschließlich Schafmotive – einzeln oder herdenweise – abgebildet sind.

Schafe können sicher weiden, Schafe können sicher weiden,
wo ein guter Hirte wacht, wo ein guter Hirte wacht …

»Dr. Mehmann hat gleich Zeit für Sie.« Frau Retschoch bedeutet uns, ihr zu folgen. An der Rezeption vernehme ich eine Stimme, die mir bekannt vorkommt.

»Harhar, der ist gut«, höre ich. Zwei ältere Männer, offenbar bester Laune, stehen von uns abgewandt neben dem Bild von Timmy, dem Babyschaf.

Wo Regenten wohl regieren, kann man Ruh und Frieden spüren, und was Länder glücklich macht.

»Harhar. Kennen Se den? Kommt ein Mann zum Urologen. Sagt der Urologe nachdenklich: ›Also, Sie sollten aufhören mit dem Onanieren.‹ Sagt der Mann: ›Wieso das denn?‹ Darauf der Urologe: ›Weil ich Sie sonst nicht untersuchen kann!‹ Harhar.«

Den kenn ich. Das kann nur Hulk-Hoden, mein Urologe, sein. Und der andere Mann? Auahau. Da haben sich offenbar zwei gefunden. Ich sehe, wie Dr. Präg seinem Gegenüber die Hand reicht.

»Verehrter Präg, machen Sie sich man keine Sorgen, das kriegen wir in den Griff. Mäh.«

»Danke, Mehmann.«

Dr. Präg verlässt die Kanzlei, Dr. Mehmann wendet sich uns zu: »Frollein Retschoch, wen haben wir denn als Nächstes?«

»Radulescu Ursu, Kosovo, vermutlich fehlendes Abschiebehindernis.«

Radu streckt dem Anwalt seine Hand entgegen und sagt: »Ursu, Radulescu.«

»Ursu. Prägnanter Name. Mehmann, angenehm, lassen Sie mich raten: kosovarisch mit fehlendem Abschiebehindernis.«

Radu nickt. Dr. Mehmann mustert jetzt Holgi, Kurtchen und mich, fordert uns auf zu folgen.

»Radu ist unser Freund«, erkläre ich, als wir ein geräumiges Arbeitszimmer mit Blick auf den begrünten Hinterhofgarten betreten.

»Freunde sind gut«, freut sich Dr. Mehmann, »noch besser sind Frau und Kind, viel besser, jedenfalls wenn ein Abschiebehindernis fehlt. Mäh. Nehmen Sie Platz. Kaffee, Tee, Wasser?«

Wir nicken.

»Frau Retschoch, bitte Kaffee, Tee, Wasser.«

Wo Regenten wohl regieren, kann man Ruh und Frieden spüren, und was Länder glücklich macht ...

»Heutzutage sollten wir statt *Länder* besser *Menschen* singen ... oder Schafe«, erklärt Dr. Mehmann. »Hören Sie: *Und was Schafe glücklich macht.* Jagdkantate, Johann Sebastian Bach, 1731, großartiges Stück Musik.«

Wir nicken ehrfürchtig und bewundern zwei Drucke mit weidenden Schafen an der Wand.

»Sie merken schon, ich hab's ein wenig mit den Tieren. Sehr schön übrigens ist die Arie in Englisch, *Sheep May Safely Graze,* BWV 208, *Hunt Cantata* oder von mir aus auch *Er weidet seine Herde* aus dem Messias.«

Wir nicken noch mal. Dr. Mehmann tippt vor sich auf dem Schreibtisch ganz sachte auf ein Shaun-Plüschschaf, dessen Kopf sanft hin- und herpendelt.

Dann nimmt Dr. Mehmann Stift und Schreibblock zur Hand: »Ganz von vorn, Herr Ursu, erzählen Sie mir bitte die ganze Geschichte, ich muss jedes Detail wissen.«

Neben dem kopfnickenden Schaf bewundere ich derweil eine Porzellanschaf-Spardose und im Wandregal die Shaun-das-Schaf-DVD-Staffeln eins und zwei.

Dr. Mehmann macht sich Notizen, nachdem ich damit begonnen habe, Radus Werdegang zu referieren. Mein kosovarischer Freund sagt die nächste Viertelstunde nichts, während ich von Radus künstlerischer Karriere berichte, dem fatalen Sturz auf die Menora und der daraus resultierenden Arbeitsunfähigkeit, dass sein Asylantrag schon vor Jahren abgelehnt wurde, er gleichwohl letzte Woche zum Sozialamt gegangen ist, ohne in Hamburg gemeldet zu sein, und dass er die Anschrift von Adas alter Wohnung als seinen Wohnsitz angegeben hat. Ganz zum Schluss radebrecht Radu in eigenen Worten über den Polizeieinsatz und den gescheiterten Abschiebeversuch am letzten Freitag.

Dr. Mehmann stoppt per Fernbedienung die Hintergrundmusik, wir vernehmen leises Blöken. Und tatsächlich, auf der Wildrasenfläche im Hinterhof grast ein einzelnes Schaf und schaut uns neugierig an.

»Morgen Nacht geht wieder ein Sammelflug in den Kosovo

von Fuhlsbüttel ab. Höchste Eisenbahn, dass Sie mich aufgesucht haben, Herr Ursu. Wie Sie vielleicht wissen, ist nach §1a Nr. 2 AsylbLG entgegen der Ansicht des Antraggegners sicherzustellen, ob ohne das dem Antragsteller zur Last gelegte Verhalten einer Abschiebung nichts entgegenstünde. Nicht ausreichend ist es, wenn der Antragsteller, in diesem Falle Sie, Herr Ursu, nur eines von mehreren Abschiebehindernissen setzt. Das vorwerfbare Verhalten muss Conditio sine qua non für den Nichtvollzug *aufenthaltsbeendender Maßnahmen sein.* Das ergibt sich bereits aus dem Wortlaut der Vorschrift. Mäh.«

»Mäh?« Radu räuspert sich.

»Mäh«, sagt Dr. Mehmann, »nichts als ein kleiner Tick, mäh ... Tick.«

»Was kann unser Freund denn tun, damit er hier in Hamburg bleiben kann, und zweitens, wie können wir ihm dabei helfen?«

»Schauen Sie, anhand der Aktenlage und der vorliegenden Angaben könnte im Fall Ursu sogar eine erleichterte Abschiebung vorliegen. Was sind Sie noch mal von Beruf, Herr Ursu?«

»Puppespieler.«

»Puppenspieler? Sie sind Puppenspieler von Beruf?«

»Puppe Milo, Elvis, Mario Barth ... was Sie wolle.«

»Puppenspieler, ohne Festanstellung nehme ich an?«

»Aber Bauchreden nicht mehr geht.« Radu klopft auf seine Wampe: »Kaputt seit Sturz auf Menora.«

»Schöne Insel, mäh, schöne Insel, und seit dem Sturz Berufsunfähigkeit, und wenn ich das recht sehe ... sind Sie Moslem?«

Radu nickt: »Aber nixe fasten, Ramadan und so ...«

»Dass Sie Geld beim Sozialamt beantragt haben, war ein Irrtum, ein gewichtiger Fehler, damit haben Sie ein Fass ins Rollen gebracht.«

Radu nickt einsichtig.

»Ach ja. Radu kannte übrigens bin Laden«, ergänzt Holgi.

»Ich nixe macht hab, das war rein Zufall ...«

»Aber als dein Anwalt muss Dr. Mehmann auch das wissen«, erkläre ich.

»Sind Sie Hassprediger?«, fragt Mehmann prompt.

»Nixe Hassprediger! Iche Künstler«, sagt Radu empört.

»Eine Abschiebungsanordnung kann sonst nämlich aufgrund einer tatsachengestützten Gefahrenprognose verfügt werden. Sie wissen schon, Ermessensausweisung bei geistigen Brandstiftern. Mäh?«

»Nixe Brandstifter.«

»Ich will Ihnen nichts vormachen. Das sieht nicht gut aus, Herr, äh, Ursu. Wir brauchen hochnotwendig ein Abschiebehindernis, am besten wäre natürlich ein schweres.«

»Schweres?«

»Folter, Todesstrafe ...«

»Nixe Folter. Ich gute Mann.«

»Haben Sie vielleicht eine deutsche Frau, hier geborene Kinder?«

Radu schüttelt den Kopf.

»Tja, das wird dann ganz schwer, Herr, äh ...«

»Können wir denn etwas tun für Radu?«, frage ich.

»Besorgen Sie Ihrem Freund eine Frau mit deutscher Staatsbürgerschaft. Oder noch besser: Machen Sie Ihrem Freund ein Kind. Mäh.«

»Ja, dann erst mal vielen Dank, Herr Doktor, dann werden wir uns mal gleich ans Werk machen.«

»Merken Sie sich eines, Herr Ursu: Eine Ehefrau ist ein gewöhnliches Abschiebehindernis, ein eigenes Kind ein schweres Abschiebehindernis – das ist wie Folter und Todesstrafe. Mäh.«

»Todesstraf! Was ich soll mache?«

»Was Sie machen sollen? Sie sind Puppenspieler. Spielen Sie *Shaun das Schaf*, das ist ohne Worte, und sie werden viele Kinder froh und glücklich machen ... und ... nicht nur die.«

Dr. Mehmann zwinkert Radu aufmunternd zu und gibt jedem von uns seine Visitenkarte. »Halten Sie sich bedeckt,

Herr Ursu, die Polizei wird Sie suchen, und im Notfall rufen Sie mich umgehend an.«

»Ich brauche noch eine Anschrift für die Gebührenrechnung«, sagt Frau Retschoch.

Am Empfangstresen diktiere ich Adas Adresse und sage dann leise: »Mäh«, woraufhin Frau Retschoch pikiert eine Braue hochzieht und mich anzischt: »Leiden Sie etwa auch unter Schaf-Tourette?«

»Tourette *und* Koprolalie.«

Frau Retschochs Kopf fliegt herum. Dr. Mehmann steht neben ihr in der Tür: »Sagt das Schaf: ›Mäh!‹ Antwortet der Rasenmäher: ›Du hast mir gar nichts zu befehlen! Mäh.‹ Harhar. Und Herr Ursu, sagen Sie mir umgehend Bescheid, sollten Sie demnächst verheiratet sein, gefoltert oder zum Tode verurteilt werden. Harhar.«

Wir schauen wohl etwas zu belämmert drein, denn Dr. Mehmann fragt: »Wollen Sie zur Abwechslung einen Katzenwitz hören?«

Wir zucken mit den Achseln, Frau Retschoch verdreht die Augen.

»Ein Mann, eine Frau und eine Katze. Sagt der Mann zu der Frau: ›Kann ich mal Ihre Muschi streicheln?‹ Darauf die Frau: ›Ja, wenn Sie die Katze so lange halten.‹ Miau.«

»Auf Wiedersehen«, sagen wir und gehen zum Ausgang.

»Miau ist gut. Katze halten. Mäh. Wen haben wir denn als Nächstes, Frollein Retschoch? Ach ja, bestellen Sie mir doch bei Joey's einen griechischen Salat mit …«

»Schafskäse«, sagt Frau Retschoch, »viel Schafskäse.«

Auf dem Gehweg schaut mich mein kosovarischer Kumpel mit treuem Hundeblick an.

»Was los?«, sage ich.

»Willst du mich heirate?«, fragt Radu.

»Du meinst … du und ich … heiraten …« Ich lege den Kopf schräg. »Oder meinst du einfach so … pro-forma-mäßig?«

»Pro-forma-mäßig«, wiederholt Radu und nickt eifrig.

Holgi staunt uns an: »War das jetzt 'n Antrag?«

Auch Kurtchen stutzt: »Wie jetzt: Scheinehe oder echte Heirat unter Männern, so richtig mit allem Drum und Dran?«

»Wie Elton John?«, ergänzt Holgi.

»Mit Adoptivkindern?«, vermutet Kurtchen.

»So wie Patrick Lindner«, freut sich Holgi.

»Glaubt ihr im Ernst, ich heirate Radu, nur damit er nicht abgeschoben wird?«, sage ich.

»Bist echt 'n toller Kumpel«, setzt Holgi nach.

»Schluss mit lustig, Leute. Kennt vielleicht einer 'ne Frau für Radu für 'ne hieb- und stichfeste Scheinehe?«, frage ich.

»Das ist immer mit viel Geld verbunden. Und wer bitte würde Radu freiwillig für lau heiraten? Also, da kenn ich keine, die so 'n großes Herz hat.«

Radu zieht 'nen Flunsch.

»Wie wär's mit Mini-Rita?«, grätscht Kurtchen dazwischen.

»Das lass mal nich Brotteufel hören«, sage ich.

»Sag mal, Toni, mir kommt da so 'n Gedanke. Radu hat doch drei Jahre in der alten Wohnung von Ada gehaust.«

Radu nickt.

»Und Ada und du, ihr seid nicht verheiratet.«

»Was willst du damit sagen?«

»Wie gesagt, ist nur so 'n Gedanke, aber dieselbe Adresse haben sie ja schon mal.«

»Du meinst, Ada soll Radu heiraten?«

»Wie du selber schon sagst, wär ja rein pro forma. Ich meine ...« Holgi schaut Radu fragend an, der auch prompt mit dem Kopf nickt.

Wenn die Jungs wüssten: Nicht mal mich kann Ada heiraten. Warum dann Radu? Also sage ich: »Super Idee, Männer. Und was wäre, wenn Ada mich irgendwann mal heiraten will? Immerhin ist sie die Mutter meiner Kinder.«

»Mit Radu wäre das aber für 'nen guten Zweck. Ada sieht das bestimmt weniger eng als du, sie hat schließlich ein großes Herz«, sagt Holgi.

»Contenance, Holgi«, sag ich, »Contenance.«

»Warum so spießig, Toni?«

»Spießig?«, pöbele ich. »Ich liebe Ada, und sie ... Ada würde da nie mitmachen.«

Radu hat wieder seinen Hundeblick aufgesetzt: »Vielleicht wär gar nicht schlecht, wenn ich geh freiwillig zurück in Kosovo«, räsoniert er, »alle nur haben Ärger mit Radu.«

»Spinn nicht rum, du bist unser Kumpel, wir schleppen dich zum Ausländeranwalt, wir machen uns Gedanken ohne Ende, um dich vor 'ner Abschiebung zu bewahren, und jetzt kommst du und sagst, ist vielleicht gar nicht schlecht, wenn ich geh zurück in Kosovo, du Spacken«, belfert Holgi.

»Ihr alle nur noch streiten wegen mir. Außerdem: Kosovo is freies Land und ...« Radu wendet sich von uns ab, kratzt sich den schrundigen Haaransatz und blickt vollends entgeistert, als ich langsam vor ihm auf die Knie sinke, die Hände falte und in seine geweiteten Augen schaue. Schorfige Hautpartikel rieseln wie Schneeflocken sachte auf mich herab.

»Radulescu Ursu, willst du mich, Toni Horny Hornig, zum HimbeerToni vom Dienst machen ... in guten wie in schlechten Tagen?«

»Nixe mich verarsche, Toni«, schreit Radu und rennt davon, »ich nixe Schwulettemann, müsse jetzt zu Pamu Kalle arbeite.«

Ich rufe bei Ada durch und berichte ihr von unserem Besuch mit Radu bei Dr. Mehmann und dass die Gebührenrechnung an sie ginge. Ada bittet mich um die Telefonnummer von Dr. Mehmann und sagt, dass sie und die Kinder sich sehr auf mich freuen. Dann gibt sie mir noch eine Einkaufsliste mit Dingen durch, die ich bis zu ihrer Ankunft morgen Abend besorgen oder rüber in die alte Wohnung schaffen soll. Ich sage, dass es schade ist, dass Christophe und Wiebke getrennt sind. Ada sagt, das finde sie auch, und zum Abschied haucht sie mir noch einen Kuss durch die Muschel.

Auf der Rückfahrt gabeln wir nach ein paar hundert Metern Radu auf, den wir pünktlich zur Schicht bei Pamu Kalle absetzen.

Holgi, Kurtchen und ich fahren im Einkaufszentrum vorbei und hübschen bis zum Spätnachmittag Adas Wohnung komplett auf. Nachdem der Kühlschrank befüllt ist und uns alles schön wohnlich erscheint, begeben wir uns gemächlichen Schrittes zurück zu unserer Klause in der Barmbeker Straße. Holgi und Kurtchen tragen je einen halbvollen Eimer mit nicht mehr benötigter hochdeckender weißer Wandfarbe, ich habe eine Plastiktüte in der Hand mit einem noch sauberen Farbroller, dazu Abklebeband, einen Satz unbenutzter Pinsel sowie eine Dose Reinigungsbenzin. So klettern wir treppauf bis Stockwerk sechs und stellen die Malerutensilien vor der Wohnungstür ab.

Dann ist endgültig Feierabend, und wir erklimmen die Kuppel unseres Smash Palace, legen drei Strandmatten auf dem von der Sonne aufgeheizten, mit Teerpappe beklebten Flachdach aus und genießen die wärmenden Strahlen der Abendsonne und den grandiosen Blick über die Dächer der Stadt rüber nach Steilshoop, über die gesamte City und linker Hand zum Planetarium. Rupert schlabbert Wasser aus einem Blumentopfuntersetzer, wir trinken kühles Bier aus Dosen, dösen die blaue Stunde weg.

Irgendwie fällt mir der Sinnspruch ein: ›Barmbek, Steilshoop, Hamm und Horn schuf der liebe Gott im Zorn.‹ Warum eigentlich im Zorn?, frage ich mich und lasse den Blick schweifen. Ich lebe gerne mitten in der Stadt. Und lieber würde ich in Hamm oder Horn leben als in irgendeinem verranzten Vorstadt-Speckgürtel, den der Herrgott in tiefster Tristesse und schwärzester Gemütsumnachtung erschaffen haben muss.

24. *Summer in the city – The Lovin' Spoonful*

Es war solch ein herrlicher Sommerabend vor ziemlich genau vier Jahren, als Ada und ich das erste Mal hier oben auf dem Dach waren. Wir kannten uns seit ein paar Tagen und konnten gar nicht voneinander lassen. Und heute könnte ich schwören, dass wir just an jenem Tag vor vier Jahren hier oben auf Adas kuscheliger Quilt-Überdecke unsere beiden tollen Kinder gezeugt haben und uns an diesem Sonnentag der Himmel geküsst hat.

Leider hatten wir damals nicht den ganzen Abend Zeit füreinander, weil du, geliebte Ada, losmusstest zu deinem Bauchrednerkurs. Ada, morgen kommst du endlich zu mir zurück, ich liebe dich, und ich liebe unsere Kinder Max und Anniki. Es ist so schön, dass es euch gibt.

Ich muss kurz eingenickt sein, blinzele in die untergehende Sonne, schicke im Halbschlaf ein stilles Gebet gen Himmel, und beinahe im selben Augenblick durchströmt mich tatsächlich ein tief empfundenes Gefühl von Glück und Dankbarkeit.

Hot town, summer in the city,
Back of my neck getting dirt and gritty …

Schluss mit Dösen. Holgi dreht am Volumeregler seiner iPod-Dockingstation.

Been down, isn't it a pity,
Doesn't seem to be a shadow in the city,
All around people looking half dead
Walking on the sidewalk hotter than a match head …

Danach hören wir Nada Surf, Teenage Fanclub, Wilcos *Yankee Hotel Foxtrot*, The Jam, *In the City*, Elvis und Holgis geliebte Doors.

Zwischendurch verlautbart Holgi, zwar fehle uns nach wie vor ein Organist für unsere Dors-Band, dafür habe er prophylaktisch ein altes »Casio-CTK-330-Keyboard geschossen«.

Als die Sonne endgültig untergeht, befeuert Holgi seinen Holzkohlegrill, den er aus dem VW-Bus aufs Dach gehievt hat, und wir – das definitive Hang-lose-Dreiergestirn – machen weiter nur das, was wir am allermeisten lieben: gute Mucke hören, kühles Bier trinken und saftige Grillwürste vom Salzbrenner verzehren, kurzum, korrektes Abhängen nach Maß. Und später in der Nacht, sozusagen zum Runterkommen, gibt's noch 'ne dicke Tüte.

Kurtchen erzählt, dass er Post von der Arbeitsagentur gekriegt hat, dass sie ihn anpissen, warum er nicht gerichtlich gegen seine Kündigung vorgegangen sei. Kurtchen, der ausgestreckt auf seinem Schlafsack verdaut, ist seit zwei Tagen mehr oder weniger bei Holgi und mir eingezogen. Zumal seine Tochter Berenike mit ihrer Mutter an die Ostsee gefahren ist und Kurtchen gerade eh nichts anderes auf der Uhr hat.

Nothing else matters, trotz angespannter Gesamtsituation geht es uns doch gold, resümiere ich. ›So ein Tag, so wunderschön wie heute …‹, schwirrt mir durch den Kopf, und dann lausche ich zufrieden den Lovin' Spoonful:

What a day for a daydream,
What a day for a daydreamin' boy …
And I'm lost in a daydream,
Dreamin 'bout my bundle of joy.

Ausgerechnet jetzt meldet sich Schlechtes Gewissen zu Wort: ›Na, Toni, *Dreamin 'bout my bundle of joy* … Alles im Lot bei dir? Wie schön! Hast keinen Job, kein Badezimmer mehr, dein Zeh ist Schrott, und mach dir nichts vor: Du wirst hier wegziehen, und Ada *kann* und wird dich nicht heiraten. Vielleicht ist das heute einer der letzten Abende zusammen mit deinen Freunden in der großen Stadt, hast du daran mal gedacht? Du wirst mit ihr rausziehen in die öde, graue Vorstadt.

Ach ja, ihr wollt die Abschiebung von Radu verhindern! Viel Glück dabei. Glaubst du, die Staatsgewalt lässt sich von euch Losern am Nasenring vorführen? Über kurz oder lang werden sie Radu aufgreifen und abschieben. Und was ist mit Papa Punk? Georg Wirling, dein neuer, alter Freund aus Berliner Zeiten, ist bankrott, ruiniert, und du glaubst allen Ernstes, dass du ihn noch mal wiedersiehst. Träum weiter, Toni, wenigstens hast du ja jetzt einen Hund. Und Pamu Kalle – steht ab morgen ohne Imbiss da, ach ja, ich vergaß: Dein Busenfreund Holgi hat ja noch seine Pläne B und G in der Hinterha…‹ Es ist genug, Schlechtes Gewissen, ich habe verstanden.

Statt einer dicken Tüte lässt Kurtchen einen bleistiftdünnen Spliff rumgehen. Holgi ruft bei Pamu Kalle und Radu durch, die uns zehn Minuten später unterm sternenglitzernden Firmament Gesellschaft leisten. Lebbe geht weiter, denke ich nach den ersten Zügen. Irgendwie ist es immer weitergegangen.

Es ist so gegen fünf, als ich an diesem Freitagmorgen der Sonne dabei zusehe, wie sie zentimeterweise als gelbroter Halbkreis über Steilshoop aufgeht. Unten auf der Barmbeker ist kaum Verkehr, die Stadt schläft noch.

Ich schaue mich um. Pamu Kalle und Radu sind wohl irgendwann gegangen, Rupert schlummert selig unter meiner Quilt-Decke, Holgi und Kurtchen röcheln leise in ihren Schlaftüten.

Heute Abend kommen endlich Ada, Anniki und Max zurück. Ich lasse Holgi und Kurtchen weiterschlafen, schnappe mir Rupert, nachdem wir uns beide an einem der Schornsteine erleichtert haben. Ich klettere mit dem Hund auf dem Arm durch die Dachluke hinunter in den Flur von Stockwerk sechs.

Erst mal Kaffee aufsetzen und wach werden. Dann kraxele ich über die Stehleiter runter in Holgis Kemenate, werfe mir

Wasser ins Gesicht und betrachte mein Antlitz im Spiegel. Ist denn wirklich alles so düster, wie mein degeneriertes Über-Ich mir weismachen will? Heute kommt Ada von Sylt zurück und Georg aus Frankfurt. Pamu Kalle feiert Kehraus in seinem Imbiss, und als Überraschung für Georg werden wir alle zusammen in den Übungsraum fahren und einmal noch zusammen Musik machen. Schade bloß, dass Herr Blümchen nicht dabei sein kann.

Ich betrachte meinen lädierten Fuß, löse den verdreckten Mullverband und lasse das erste Mal seit fast einer Woche Wasser darüberlaufen. Die Wunde ist gut verheilt, die Fäden beginnen sich aufzulösen. Heute Morgen trete ich die verhasste Ökosandale endgültig in die Tonne, weil barfuß laufen eh gesünder ist.

Ich klingele bei Holgi auf dem Dach durch und gebe Bescheid, dass der Kaffee fertig ist, gebe Rupert was zu futtern und rufe dann bei Pamu Kalle durch.

Holgi und ich haben uns richtig gut eingelebt auf unseren beiden Wasserschadenplateaus, die dank der vier vor sich hin röchelnden Luftentfeuchter und permanenten Dauerlüftens bei durchweg hochsommerlichen Temperaturen mittlerweile gut durchtrocknen.

»Habt ihr schon Video gesehn?«, will Pamu Kalle am Telefon von mir wissen.

»Was für ein Video?«

»Video mit wie er ausflippen tut.«

»Wie jetzt … ausflippen tut?«

»Guckma Youtube Blitzkilla.«

»Blitzkilla?«

»Blitzkilla, wie man sprecht.«

»Wie man sprecht«, wiederhole ich und lege auf.

Mir schwant nichts Gutes, als ich rüber ins Wohnzimmer zum Schreibtisch gehe. Ich höre, wie Holgi und Kurtchen die Leiter vom Dach herunterklettern und »Moinsen« sagen. Und während der Rechner hochfährt, betrachte ich die im Sonnenlicht glänzende bronzene Menora hinter dem Monitor, deren Metallspitzen Radulescu Ursu einst aufgespießt haben.

In den Sekunden, bis sich der Remo-Smash-Bildschirmschoner aufgebaut hat, fällt mir das unselige Wort wieder ein: Blitzkilla.

»Holgi, kannst du mal kommen?«

Laut YouTube heißt der Clip dann auch nicht Blitzkilla, sondern »Blitzkiller«, dauert knapp über eine Minute, hat bis jetzt 1204 Klicks und das Zeug dazu, mein Leben und das von Kurtchen und Holgi nachhaltig zu ändern.

Auf den ersten Blick erkenne ich auf dem Monitor bloß eine triste nächtliche Straßenszene in verschwommenem Schwarz-Weiß, dann jedoch erscheint im Hintergrund eine kleine, gepixelte Figur, die furienartig etwas Großes, Breites gegen etwas Schmales, Langes rammt. Dahinter wuseln zwei wichtelartige Figuren neben einem VW-Bus rum, sie vertreten sich augenscheinlich die Beine und halten Maulaffen feil.

»Das sind ja wir«, stellt Wichtel Kurt fest, der hinter mir steht und seine Hand, wie zur Beruhigung, auf meiner Schulter abstützt.

Die Pixelfigur vorn im Bild, offensichtlich jetzt im Zustand fortgeschrittener Tobsucht, hat den Mast erfolgreich niedergerungen, drischt jetzt verzweifelt auf einen Kasten ein, springt wie von der Tarantel gestochen auf, läuft an den Wichteln vorbei zum VW-Bus, hetzt mit etwas Kofferartigem zurück zu dem gefällten Mast. Kurz darauf verschwimmt das Bild in einer schlohweißen Stichflamme und einer bedrohlich aufsteigenden grauen Rauchsäule. Man kann Pixelkiller, die zwei Wichtel und das Zerstörungswerk nur noch erahnen, als ein Pkw neben der gespenstischen Szenerie abbremst, dann bricht das Bild ab.

»Leck mich am Heck.« Ich stampfe wütend mit dem gesunden Fuß auf den an dieser Stelle plötzlich ungewohnt weichen Parkettboden, woraufhin Rupert aufheult und aus dem Raum läuft.

»Was tun, wenn's brennt?«, fragt Holgi.

»Kühlkissen?«, überlege ich laut.

»Quatsch, Ruhe bewahren«, sagt Kurtchen.

»Wir müssen was tun«, sagt Holgi, er pirscht wie ein gefangener Tiger zwischen Wohnzimmertür und Menora hin und her. »Wir müssen was tun«, wiederholt er mantraartig, derweil jault Rupert im Flur und kratzt an der Wohnungstür. So schlimm war das aber auch nicht, oder müssen wir jetzt zum Tierarzt, überlege ich. Vielleicht ist die Pfote gebrochen, nee, wahrscheinlich muss Rupert bloß wieder Gassi. Ich fahre den Rechner runter.

Holgi hält sich den Zeigefinger an die Stirn: »Wo sind die Eimer von gestern?«

»Welche Eimer?«, sage ich.

»Die Farbeimer aus Adas Wohnung«, drängelt Holgi.

»Stehen vor der Tür«, jedenfalls erinnere ich mich, dass Kurtchen und Holgi die Wandfarbe gestern dort abgestellt haben, bevor wir aufs Dach geklettert sind.

»Worauf warten wir dann noch?«, ruft Holgi.

Zehn Minuter später bearbeiten Holgi und Kurtchen den VW-Bulli mit Farbrollern, die großen Flächen im hinteren Bereich strahlen uns bereits reinweiß an, während ich mit Klebeband die Frontscheibe abklebe und Rupert aufgeregt hin- und herhumpelt und ab und an herzerweichend aufjault.

25. *I live in a car – U.K. Subs*

Holgi und ich hören das satte Motorengeräusch erst, als Rupert längst vorn zur Straße gelaufen ist.

»Hätt ich nicht gedacht«, bekennt Holgi, als der blaue Jaguar mit Georg am Steuer auf den Hinterhof einbiegt und neben dem strahlend weiß getünchten VW-Bulli abbremst. Rupert freut sich ein zweites Loch in den Hintern, und auch Georg scheint entzückt, als sein Hund ihm schwanzwedelnd und vor Freude fast überschnappend auf den Schoß springt, kaum dass er die Autotür geöffnet hat.

»Welcome home, bedeutet das«, sagt Georg lächelnd mit Blick auf Holgi und mich.

»Welcome home«, sage ich, »welcome home, Georg.«

Danach sagt sekundenlang keiner was, nicht mal Rupert macht einen Laut, wir alle sind von dem Moment ergriffen.

Holgi vielleicht nicht ganz so sehr, denn er blökt: »Welcome home – aber für mich bist und bleibste Papa Punk.«

»Die Phase ist endgültig vorbei, Holgi«, erwidert Georg.

»Auch gut, dann, welcome home, ErdbeerSchorsch.«

Kurtchen geht auf Georg zu, der aus dem Wagen gestiegen ist, und nimmt seinen alten Gitarristenkollegen in die Arme: »Schön, dich zu sehen.«

»Das finde ich auch, Kurt, geht mir genauso.«

Georg hält Kurtchen eine frisch geöffnete Haribo-Tüte hin, Kurtchen bedient sich, ich telefoniere mit Waldemar Schangeleidt, unserem ständigen Ersatzdrummer, seitdem Herr Blümchen gen Borneo entschwunden ist, und bestelle ihn kurzfristig in den Weidenstieg ein.

Dann frage ich Georg, ob er schon was vorhat und eine

Überraschung abkann. Georg nickt: »Ab morgen bin ich ein freier Mann. Ich muss nur noch mal nach Horst.«

»Horst? ... Ach so?«, sagt Kurtchen, und das ›Ach so‹ klingt für meine Ohren ziemlich wehmütig.

»Bei Horst ... das heißt bei Horst, nicht nach Horst«, korrigiert Holgi.

»Bei Horst?«, fragt Georg.

»Es heißt: Ich muss noch mal *bei* Horst, nicht nach Horst ... Wer ist denn der Glückliche?«, freut sich Holgi.

»Moment mal«, mische ich mich ein, »ganz korrekt heißt das *zu* Horst. Ich muss noch mal zu Horst.«

»Leute, Horst bei Elmshorn, der Musterhauspark, morgen kommt ein Kaufinteressent, da muss ich noch mal hin.«

»Dann wird das heute tatsächlich unser Abschiedstag?«, wendet Holgi ein.

»Das muss nicht sein. Ich würde mich freuen, wenn ihr morgen mitkommt und mich begleitet.«

»Na loggen, mein ErdbeerSchorschi«, blökt Holgi und haut Georg freundschaftlich auf die Schulter, »immerhin sind wir ja jetzt fast wieder vollständig.«

»Lasst uns das als verspäteten Bandausflug sehen, Holger, und auf dem Rückweg nehme ich von dort die Telefonanlage und Computer mit. Das wär's dann gewesen.«

»Gebongt«, sagt Holgi, »aber jetzt kommst du erst mal mit nach uns.«

»Wenn ihr meint ... dann ... gebongt.«

Holgi hebt theatralisch die Arme, sagt: »Silencium«, so, als wolle er zu einer größeren Rede ansetzen, was er zum Glück nicht tut. »Männer, ich glaube, ihr habt mich eben falsch verstanden.«

»Warum das denn?«, sage ich.

»Na, das mit dem Abschied.«

»Was ist denn daran nicht zu verstehen, Holgi?«

»Morgen ist *mein* Abschiedstag.«

»Wie ... dein Abschiedstag ... Was soll das jetzt wieder ...?«, frage ich.

»Old-Holgi braucht Luftveränderung. Aus der Wohnung muss ich eh raus, jetzt das Blitzampelvideo, irgendein Arsch erkennt garantiert meinen Bulli und erzählt das den Bullen. Ich hau innen Sack, ab morgen bin ich weg.«

»Wo willste denn hin, ich mein, das kannst du nicht bringen, uns hier allein lassen.«

»Ab morgen is wieder Punk angesagt, Old-Holgi sacht dann: I live in a car. Ich werd mich 'ne Weile absentieren, verdrücken, abtauchen, vielleicht Lentas oder auf 'ne Kykladeninsel, bis der Winter kommt.«

»Scheiße, Holgi«, sage ich bedauernd und beneide meinen Lieblingsnachbarn in diesem Moment um seine Ungebundenheit. Währenddessen macht Holgi einen Buckel und imitiert gekonnt Charly Harper von den U.K. Subs, dabei springt er vor seinem schlohweißen VW-Bulli auf und nieder und singt:

»Yeah I live in a car,
well I ain't got no television set or stereo,
cos I live in a car.
Don't try to call me up on the telephone,
cos I won't be home.
I live in a car ...«

Die Sonne knallt uns aufs Dach. Ich sitze barfuß und nach wie vor betreten über Holgis Pläne bei geöffnetem Seitenfenster am Steuer des sicherlich auffälligsten VW-Busses der Stadt, dessen Weiß im grellen Sonnenlicht derart rein ist, dass einen beim Betrachten das Gefühl beschleicht, schneeblind zu werden.

Holgi hofft darauf, dass es im Falle einer Verkehrskontrolle den Polizeibeamten genau so ergehen wird, dabei ist er selbst gar nicht an Bord. Holgi sitzt, sicherlich von Glücksgefühlen adrenalisiert, am Steuer des Jaguar-E-Type und heizt vor uns durch Barmbek.

Nach einem ausgiebigen Frühstück im Schachcafé am Rübenkamp fühlen wir uns gestärkt, starten die Wagen und fahren einem Tag entgegen, der uns vielleicht noch lange in Erinnerung bleiben wird.

Ein paar Minuten später halten wir im Weidenstieg vor unserer Übungsraum-Doppelgarage, die zu dem dahinter befindlichen rot geklinkerten Endreihenhaus unserer Vermieterin gehört, der überaus liebenswürdigen und großherzigen Witwe Gähdes.

Heute lässt sie sich nicht blicken, wahrscheinlich ist sie in Ferien. Umso besser, denke ich mir, dann können wir richtig aufdrehen. Kurz darauf biegt auch schon Waldemar am Steuer eines Streifenwagens um die Ecke, Kurtchen und ich tragen einen Bionade-Kasten, Georg seine Laptoptasche, Holgi öffnet das Garagentor per Funkfernbedienung, und ich frage mich, was wohl Georg zu unserem Secret-Surprise-Live-Mucke-Rehearsal sagen wird.

Fünf Minuten später hängt Holgi, der Eidechsenkönig, am Mikrofon und sagt: »When the Music's over: Intro und Strophe, E-Moll, A, bei ›turn out the lights‹ D, Dis-Moll, E-Moll, raus mit Dis-Moll – erst mal bis dahin alles klar, Georg?«

Rupert lümmelt auf dem Schlagzeugteppich unter dem giftgrünen Band-Banner, auf dem steht in Riesenlettern unser Bandname DIE DORS.

Papa Punk steht am Casio-Keyboard, obenauf eine Tüte seiner obligatorischen Goldbären, er sucht und findet einen gefälligen Klang, der entfernt an Ray Manzareks Hammond-B-3-Sound mit Leslie-Effekt erinnert, und drückt nacheinander die von Holgi genannten Akkorde in die Tasten. Der uniformierte Waldemar legt seine Handfunke in Sichtweite bereit, schlägt seine Sticks aneinander und zählt das Doors-Stück ein.

Nach zwei Durchgängen hat unser neuer Organist den Titel drauf, und wir spielen das erste Mal seit zig Jahren gemeinsam mit Georg alias Papa Punk unseren einzigen selbst geschriebenen Uralt Kult-Hit *Toilet love* tadellos durch – diesmal mit Orgel und 'nen Tacken langsamer als im Original. Dafür singt

Holgi, wie Jim Morrison es vielleicht getan hätte, wenn ihm unser Text eingefallen wäre.

Anschließend sind *Light my fire*, *L. A. woman*, *Love her madly* und *Break on through (to the other side)* an der Reihe, aus reiner Freude spielen wir die Stranglers, erst *Hanging around*, danach *Peaches*.

Kurtchen hat dann genug von den Doors und verlangt, dass wir *Parachute* spielen sollen, sein aktuelles Lieblingslied, das – typisch Kurtchen – klingt wie von Neil Young, aber von Timothy B. Schmit stammt.

»Der ist Basser bei den Eagles und früher Poco«, erklärt Kurtchen, während Georg schon das entsprechende Video auf YouTube aufruft und uns die Akkorde durchgibt. Stunden müssen vergangen sein, als Kurtchen zum krönenden Finale das prägnante Intro von *The End* anstimmt.

Und dabei gesellt sich irgendwann die herzensgute Witwe Gähdes zu uns in die Garage, sie hält sich die Ohren zu, und nachdem der letzte Ton verklungen ist, eröffnet sie Holgi, Kurtchen, Georg, Waldemar und mir, dass wir bis zum Monatsende den Probenraum räumen müssten, sie habe die Garagen »den Sievers-Kindern von nebenan« versprochen, »und es hat ja leider doch immer wieder Klagen gegeben wegen die Lautstärke.«

Keiner von uns sagt etwas. Wir packen unseren Kram zusammen, schalten das Licht aus und verlassen unsere seit drei Jahren angestammte musikalische Heimstatt wie begossene Pudel, und zumindest ich spüre gerade hautnah die ganze Bedeutung des Doors-Titels in mir nachklingen … *When the music's over.*

Ende, Aus, Doppelnullinger. Kein Job, kein Geld, keine Wohnung, Holgi weg, keine Heirat mit Ada und keinen Übungsraum. Zum Feiern ist mir nicht mehr zumute. Wenigstens kann ich Ada und die Kinder in nicht mal zwei Stunden wieder in meine Arme schließen.

Georg spricht mich an: »Schau nicht so bedröppelt, Toni, so ist das Leben, alles geht mal vorbei.«

»Ich hab aber keine Lust darauf, dass alles anders wird«, beharre ich.

»Toni, ich musste gerade an deinen Fiebertraum im Krankenhaus in Westerland denken.«

»Ja, und?«

»Welch ein großartiges Geschenk, dass wir jetzt noch mal alle zusammen gespielt haben«, sagt Georg nachdenklich.

»Ganz genau, das erste und das letzte Mal.«

»Und was wäre so schlimm daran, vielleicht treffen wir uns tatsächlich in ferner Zukunft in deinem Rockstarhimmel wieder.«

»Wir sind aber keine Rockstars.«

»Bestimmt gibt's auch einen Himmel für Amateurmucker wie uns.«

»Dein Wort in Gottes Ohr, Georg.«

»Kopf hoch, Toni. Da bin ich mir ganz sicher.«

Meine Stimmung bleibt im Keller, Waldemar verstaut sein Funkgerät im Gürtelholster, sichtlich erleichtert, dass ihn sein Revierführer heute Nachmittag offenbar vergessen hat. Zum Kehraus bei Pamu Kalle verspricht er zumindest mal kurz reinzuschauen und weist uns darauf hin, dass wir Radu Bescheid geben sollen, weiter in Deckung zu bleiben, weil für heute Nacht wieder eine Sammelabschiebung am Flughafen angesetzt ist.

Im Konvoi fahren wir vermutlich eines der letzten Male in dieser Besetzung den Weidenstieg hinunter in Richtung Barmbek-Süd. Waldemar verabschiedet sich in Höhe des Stadtparks, indem er das Blaulicht betätigt und davonbraust, wir fahren zum Landhaus Walter, machen es uns bei Pils und Bionade im Biergarten bequem und lauschen Georgs Ausführungen, was er bei seinem Aufenthalt in Frankfurt erlebt hat. Dann klingelt Ada mich an und teilt mir mit, dass sie wegen der prallen Sonne erst später am Abend losfahren und wir uns gegen zehn Uhr in unserer Wohnung oben in Stockwerk sechs treffen werden.

Gegen acht bekommen wir Hunger und beschließen, bei Pamu Kalle einzufallen.

Pamu Kalle rückt, nachdem er die obligatorischen Kaltgetränke vor uns abgestellt hat, seinen Laptop in Georgs Blickfeld und beömmelt sich heute wahrscheinlich zum x-ten Mal über das Blitzkilla-Video, das bei YouTube mittlerweile 3286 Klicks hat. Erst jetzt fällt mir auf, dass Radu nicht da ist.

»Radu ganze Tag schon komisch, er hier nix gemacht, ich sach, Radu, was los? Dann er mir Hand gegeben und gegangen.«

»Er hat dir die Hand gegeben?«

»Hat er nie gemacht, aber nix gesacht, einfach gegangen.«

Ich schaue hinten im Lager nach, dort liegt wie immer Radus Schlafsack zusammengerollt neben wenigen Habseligkeiten, obenauf feixt mich aus leeren Augenhöhlen die Mario-Barth-Maske an.

Nachdem wir gegessen haben, klingelt kurz vor zehn Ada durch und gibt mir Bescheid, dass sie und die Kinder auf der A23 in Höhe Itzehoe unterwegs sind. Wir beschließen einstimmig, die Kehrausparty zu beenden und oben bei mir weiterzufeiern. Außer Kurtchen, Georg, Holgi und mir ist niemand zu Pamu Kalles Abschiedsfeier erschienen. Pamu Kalle pinnt einen Zettel – *Geschlossen, sind bei Toni* – von innen an die Glastür, bevor er seinen Laden verriegelt.

Dann schauen wir kurz bei Adas Wohnung im Glindweg nach dem alten Kosovaren, gehen runter zu seiner Lieblingsbank am Osterbekkanal – aber nirgends eine Spur von Radulescu Ursu.

26. *Goodbye yellow brick road – Elton John*

»A-A-Ada?«, entfährt es mir, als ich unsere Wohnungstür aufgestoßen habe. Meine Geliebte steht vor mir. Ada sieht wahnsinnig gut aus, total erholt und braun gebrannt, sie mustert mich wortlos, mit verschränkten Armen und hochgezogenen Augenbrauen. Ich gehe an ihr vorbei in den Flur und halte nach Max und Anniki Ausschau und sehe, dass Ada die sieben Stumpenkerzen auf der bronzenen Menora im Wohnzimmer entzündet hat, die ein warmes, heimeliges Licht auf die Holzdielen werfen.

»Seit wann bist du hier?«

Ich kenne sie lange genug, um ihren Blick zu deuten. Zum einen missbilligt sie meine äußere Erscheinung, nicht den Umstand, dass ich total braun gebrannt, sehr wohl aber, weil ich barfuß unterwegs bin. Aber auch der desolate Zustand unserer Wohnung, die seit Montag über kein Badezimmer mehr verfügt, schwingt darin mit. Und sicherlich stört es sie, dass ich Pamu Kalle, Georg, Holgi, Kurtchen und einen Mischlingshund mit FC-St.-Pauli-Halstuch im Schlepptau habe.

Dafür fallen mir jetzt meine Kinder um den Hals. Das Gefühl tief empfundener Liebe durchströmt mich derart intensiv, dass mir ein heißkalter Schauer den Rücken hinunterläuft. Wir herzen und küssen uns und können kaum voneinander lassen. Pamu Kalle, Holgi, Kurtchen und Georg sagen: »Hallo, Ada« und verziehen sich aufs Dach, nachdem Ada den Gruß durch ein missbilligendes Kopfnicken erwidert hat.

»Das geht gar nicht.« Ada schüttelt vehement den Kopf, nachdem wir allein sind.

»Was meinst du?«

»In dieser Bruchbude werde ich nicht einen Tag länger wohnen bleiben.«

»Brauchst du auch nicht, Ada, du wirst staunen, wie schön deine alte Wohnung jetzt aussieht.«

»Toni, die Stadt, der ganze Trubel hier geht mir tierisch auf die Nerven, gerade jetzt nach der schönen Zeit auf Sylt.«

»Aber ...«, sage ich, und dann überkommt mich mit Macht eine neue Erkenntnis: Was hält mich eigentlich noch hier, was habe ich in Hamburg verloren und was noch zu verlieren? Zu gewinnen gibt es in Hamburg eh nichts mehr für mich, wenn ich von den Plänen A, B und G absehe.

Holgi ist ab morgen auch weg – mit Schlafsack, Grill und iPod bricht er mit seinem VW-Bulli auf zu neuen Ufern. Als letzte Amtshandlung wird er vor seiner Abreise den Übungsraum räumen und sein komplettes Equipment für ’nen Appel und ’nen Ei an »Mike’s Musicshop« verticken.

Auch Georg wird morgen aus meinem Leben verschwinden, genau wie Rupert. Dieses, mein und unser über alles geliebte Haus wird verkauft. Georg sagt, das Geld gehöre dann offiziell seiner Mutter, ebenso wie dieser bankrotte Musterhauspark in Horst, der nie ein einziges Haus verkauft hat und aufgrund eines fehlenden Gemeinderatsbeschlusses und Widerstands des Bürgermeisters nicht mal eröffnet werden durfte. Georgs Mutter will aber ihrem einzigen Sohn den Verkaufserlös gerne unter der Hand zukommen lassen, solange nur genug Geld für ihren Heimaufenthalt übrig bleibe. Georgs englischer Oldtimer-Sportwagen dagegen kommt unter den Hammer und wird offiziell Teil des Insolvenzverfahrens.

Pamu Kalle wird sicher wieder auf die Füße fallen und irgendwo anders einen neuen Laden eröffnen. Und Radu? Der muss auf jeden Fall raus und untertauchen, aber vielleicht kann er ja später in einer anderen Stadt weiter für Pamu Kalle arbeiten.

Bleiben noch Kurtchen und Waldemar. Bei beiden könnte ich ganz bestimmt mal übernachten, wenn mich die Lust auf Hamburg überkommt ...

»Ada, ich hab gerade eine Eingebung.«

»Anton, ich kenn deine Eingebungen, ich habe mich entschieden, ich möchte definitiv raus aus der Stadt. Solange die Kinder noch nicht in der Schule sind, jetzt ist genau der richtige Zeitpunkt, um wegzuziehen.«

»Und ich komme mit dir, Ada, ganz gleich, was passiert und wohin du auch gehst ... mit unseren Kindern«, sage ich, »das verspreche ich dir.«

»Ich wünsche mir so sehr, dass du dieses Versprechen halten kannst, Toni«, erwidert Ada nachdenklich. Dann küsst sie mich zart auf den Mund.

»Wenn ich's dir sage, Ada, klar halte ich meine Versprechen, warum sollte ich das nicht halten?«, entrüste ich mich. Ada schaltet jedoch, wie es ihre Art ist, blitzschnell um auf Meckerautomatik: »Würdest du bitte so freundlich sein und die Party mit deinen Freunden auf unserem Dach unterbrechen, ihr könnt unser Gepäck und die Hamster rüber in den Glindweg bringen. Es ist fast elf, die Kinder müssen ins Bett ... und ich muss dringend aufs Klo.«

Bevor ich nach oben klettere, zeige ich Ada den Abstieg zu Holgis Toilette, freue mich, dass Rupert, Anniki und Max bereits Freundschaft geschlossen haben, und schaue Ada dabei zu, wie sie behände die Leiter runterklettert in Holgis Badezimmer.

Ich sage Holgi, Georg, Kurtchen und Pamu Kalle auf dem Dach Bescheid und trotte danach die sechs Etagen nach unten.

Vor dem Haus bleibe ich stehen und inhaliere in tiefen Zügen die laue Großstadtluft und komme wieder ins Grübeln. Warum zweifelt Ada mein Versprechen an, dass ich für immer bei ihr bleiben will?

Erst jetzt fällt mir das blaue Flackerlicht auf, das sich in den Scheiben der an der Gertigstraße parkenden Autos spiegelt, im nächsten Moment schwenkt ein in Silber und Blau lackierter Mercedes-Wagen mit angeschaltetem Blaulicht in die Barmbeker Straße und hält direkt neben mir und dem Morastbauschuttcontainer vor unserem ehrenwerten Haus.

Waldemar Schangeleidt springt aus dem Wagen auf mich zu und packt meine Schultern: »Er ist auf dem Weg zum Flughafen!«

»Er ... wen meinst du?«, sage ich, in Gedanken noch ganz bei meinen zurückgekehrten Lieben, Ada, Anniki und Max.

»Radu! Radu ist auf dem Weg zum Flughafen.« Waldemar ist sichtlich aufgeregt.

»Was will er denn am Flughafen?«, frage ich arglos und schaue Mini-Rita in Uniform zu, wie sie sich aus der Beifahrertür schält.

»Radu kam vorhin in die Wache Wiesendamm gestiefelt, hat sich mit Namen vorgestellt und gesagt, er hat es sich überlegt, er will doch nach Hause – zurück in den Kosovo.«

»Nein!«, sage ich und erblasse.

»Doch, Toni«, bestätigt Mini-Rita, »Ekelkollege Lennart, du weißt schon, der Muskelmann, der mit dem Faxfoto von Radu rumgewedelt hat, er hat uns eben angefunkt und mich angebrüllt, ein Radulescu Ursu sei auf der Wache aufgetaucht und habe gesagt, er habe es sich überlegt und wolle nun doch zurück in seine Heimat, den Kosovo.«

»Und dann?«

»Lennart schreit Rita an, er wisse genau, dass wir Radulescu Ursu kennen. Radu hat Lennart sicher auch erkannt, Radu sei handgreiflich geworden, als Lennart ihn festnehmen wollte, und Lennart brüllte weiter ins Funkgerät, er werde Radu persönlich heute Nacht in den Flieger setzen. Ach ja, Rita und ich könnten uns schon mal auf was gefasst machen.«

»Was hast du gemacht?«, sage ich.

»Ich hab das Funkgerät ausgestellt und Lennart weiter toben lassen, und dann sind wir sofort hierhergerast.«

»Was können wir jetzt tun?«

»Ich kann dir nur sagen, was gerade auf der Wache abgeht: Erst holen sie die Staatsanwaltschaft ans Rohr, Ausländerbehörde, das volle Programm im Schnelldurchlauf, denn damit ersparen sie Radu und dem Steuerzahler die Abschiebehaft.«

»Wir müssen Radu helfen!«, sage ich.

»Ich war mehr als einmal bei einer Abschiebedemo am Flughafen dabei, wahrscheinlich werden die versuchen, Radu heute Nacht noch loszuwerden, zumal er ihnen schon einmal entwischt ist«, sagt Mini-Rita.

»Was, meinst du, sollen wir jetzt tun?«, fragt Waldemar seine Kollegin.

»Wir fahren zum Flughafen«, sagt Mini-Rita, »und schauen, ob wir eurem Freund helfen können.«

»Wir könnten dort sagen, Radu sei verrückt geworden oder krank, und ich ruf den Anwalt an, und dann holen wir Radu da raus«, sage ich.

»Anton Hornig, das geht nicht so einfach, wie du dir das vielleicht denkst, da findet bestimmt gerade 'ne Demo statt, das Terminal ist komplett abgeriegelt, da kommt keiner rein oder raus, außer – Polizei.«

»Polizei!«, sage ich, »das ist es«, und zeige auf den Streifenwagen.

Auch Waldemar betrachtet jetzt sein Einsatzfahrzeug und beginnt, den Kopf zu schütteln: »Nein, Anton, das wäre keine gute Idee …«

»Stell dich nicht an, Waldemar«, unterbricht ihn Mini-Rita barsch, »du weißt, was ich von Abschiebungen halte. Und hier geht es um euren Freund.«

»Und deshalb ziehe ich dich da nicht mit rein, Rita.«

»Bis zum Terminal-Tango müsstet ihr auf jeden Fall kommen«, sagt die Polizeianwärterin und gibt Waldemar einen Klaps auf den Po, »worauf wartet ihr noch?«

Ich wende mich an Mini-Rita: »Könntest du vielleicht hochgehen in den Sechsten und Ada und meinen Kindern Bescheid sagen, dass ich wegen Radu zum Flughafen fahre. Wenn sie mault, sag ihr bitte, Holgi, Georg, Kurtchen und Pamu Kalle werden ihr dabei helfen, die Koffer rüber in die Wohnung zu tragen.«

Mini-Rita nickt und steckt Waldemar ihre gepiercte Zunge in den Mund, dann zieht sie ihren Kopf zurück und lächelt uns an: »Waldemar. Ich glaube, ich habe mich entschieden, ich werde demnächst wieder in meinem alten Job arbeiten. Die suchen gerade wieder Leute.«

Jetzt will ich es endlich wissen und sage: »Was macht denn eigentlich eine Heizungspflegerin?«

Mini-Rita lacht laut auf, dann schüttelt sie den Kopf und grinst übers ganze Gesicht: »Nicht Heizungspflegerin, du HimbeerToni, ich bin gelernte Heil-Erziehungs-Pflegerin. Und jetzt macht euch endlich auf den Weg.«

Mit eingeschaltetem Martinshorn und Blaulicht jagen wir in Richtung Flughafen.

»Meinst du, Mini-Rita schmeißt wirklich hin?«, will Waldemar von mir wissen.

»Ist doch auch ein Scheißjob, ich kann sie schon verstehen«, sage ich auf der Hindenburgstraße, fingere die Visitenkarte aus der hinteren Hosentasche und tippe Dr. Mehmanns Mobilnummer in die Tasten, als mein Handy losklingelt und ich beim Blick auf die angezeigte Nummer sofort abnehme und »Ada!« rufe.

»Stimmt das, was Rita sagt? Radu wird abgeschoben?« Die Stimme meiner Geliebten klingt gehetzt.

»Waldemar und ich sind schon auf dem Weg zum Flughafen, wir werden ihn …«

»Hör mir jetzt zu, Toni, nur ich werde Radu helfen können.«

»Aber …?«, entgegne ich.

»Gib mir die Nummer von Radus Anwalt, ich muss mit ihm sprechen.«

»Aber …«

»Gib mir die Nummer. Jetzt!«, unterbricht mich Ada.

Ich gebe die Ziffern von Mehmanns Mobilnummer durch, dabei fällt mir ein, dass auch Holgi, Kurtchen und Pamu Kalle eine Visitenkarte von ihm bekommen haben. Ich sage Ada noch: »Bis nachher bei dir«, aber da hat sie schon aufgelegt, und ich beginne darüber nachzusinnen, wie glaubwürdig ich als barfuß dahergelaufener Altpunk zu nächtlicher Stunde auf Polizeibeamten wirken werde, wenn ich die Freilassung eines kosovarischen Abschiebehäftlings namens Radulescu Ursu von ihnen fordere.

Waldemar stellt sein Funkgerät an und berichtet mir von einer Grenzschutzagentur namens Frontex, die sämtliche Abschiebungen auf europäischer Ebene koordiniert, und dass die Ausländerbehörde extra Stabsstellen geschaffen hat mit Namen wie ›Rückführungen per Charter auf europäischer Ebene‹. Ein wenig staune ich darüber, was Waldemar alles über Abschiebungen weiß, und freue mich dann, dass wir nicht mal zehn Minuten bis zum Airport gebraucht haben.

Waldemar drosselt das Tempo und nimmt von der Umgehungsstraße Richtung Norderstedt die letzte Ausfahrt zu den Terminals. Wir blicken rechter Hand hinab auf die übliche Schlange wartender Taxis. Ich entdecke ein Schild mit der Aufschrift *Terminal Tango*, daneben das Präsidium der Bundespolizei, die, wie Waldemar anfügt, in Fuhlsbüttel alle Sammelabschiebeflüge für Norddeutschland organisiert.

Mehrere Einsatzfahrzeuge und zivile Kleinbusse sind vor dem Eingang des Gebäudes postiert, das von Uniformierten abgeriegelt wird.

Wir überholen im Schritttempo ein paar Demonstrierende mit Transparenten, auf denen *Charter der Schande* und *Für grenzenlose Bewegungsfreiheit* geschrieben steht.

Waldemar dreht an seinem Funkgerät herum, und wir erfahren auf einer anderen Frequenz, dass fünfundzwanzig Rückzuführende aus Nostorf eingetroffen sind, das Nachtflugverbot aufgehoben und der Charterflug nach Pristina freigegeben ist.

Waldemar bremst ab, hält auf dem Seitenstreifen direkt neben den Taxen und dem Party-Terminal.

»Die chartern 'ne ganze Maschine für fünfundzwanzig Piepel?«, wundere ich mich.

»Und Radu sitzt da gleich mit drin, wenn uns nichts einfällt«, sagt Waldemar und schaltet sein Funkgerät wieder aus.

»Sei nicht so negativ, Waldemar«, sage ich, »irgendwas fällt mir schon ein.«

»Mann, Toni, wo lebst du?« Waldemar scheint genervt. »Wäre das ein Linienflug, dann könntest du dir sogar ein Ticket kaufen und zu Radu in die Maschine steigen.«

»Das ist eine gute Idee«, sage ich anerkennend.

»Radu würde gefesselt mit vier, fünf anderen Flüchtlingen wahrscheinlich ganz hinten im Flieger sitzen. Und die Besatzung würde sich dann weigern loszufliegen, weil du und ein paar menschenfreundliche Passagiere sich von Radus Geschrei gestört fühlen, weil er wieder ausrastet und doch nicht abgeschoben werden will. Mehrere Bundespolizisten würden ihn in den Schwitzkasten nehmen, und der Abschiebe-Doc setzt ihm noch 'ne Beruhigungsspritze. Ich will damit nur sagen: Radu hätte zumindest theoretisch die Chance, da wieder rauszukommen.«

»Vielleicht hätte ich da 'ne Idee«, sage ich.

»Stopp mal, Toni, heute Nacht geht ein Charterflug raus, nicht Linie, Radu hat keine Chance, weil die Maschine ist extra angemietet für Minimum fünfundzwanzig Flüchtlinge aus ganz Norddeutschland. Da ist kein normal sterblicher Passagier mit an Bord.«

»Woher weißt du das eigentlich alles?«, sage ich.

»Halt die Klappe. Da hat mich Mini-Rita komplett aufgeklärt, sie ist aktiv im Flüchtlingsrat und steckt denen alles, was sie an Polizeiinfos kriegen kann.«

»Oha!«, entfährt es mir.

Waldemar rutscht nervös auf seinem Sitz hin und her: »Hör mal zu, Toni, sei nicht sauer, aber wir brechen das jetzt besser ab. Da vorne steht 'ne Hundertschaft Polizei, und die verstehen garantiert keinen Spaß, die kennen sich aus mit Demonstranten und so 'ne Typen wie du.«

»Wart doch mal. Irgendwie kommen wir da rein ... Du lenkst deine Kollegen ab, und wir nehmen Radu einfach mit nach Hause!«

»Schluss, aus, Toni«, sagt Waldemar bestimmend, »da geht gar nichts, die sind an Händen und Füßen gefesselt und mit Injektionen ruhig gestellt – auch unser Freund Radu.«

»... unser Freund Radu?«

»Was meinst du, warum ich das hier alles mitmache, trotzdem lassen die uns da nicht rein.«

»Warum sollten sie uns nicht reinlassen? Du bist doch Polizist!«, sage ich.

»Dann schau dich mal an, Toni, wie *du* aussiehst. Die werden uns niemals ins Gebäude lassen.«

»Wie sehe ich denn aus?«, rätsele ich und betrachte meine vor Schmutz starrenden Füße. Mein Blick fällt auf Waldemars Gürtelholster, ich tippe auf die beiden unterarmbreiten Metallringe, die an seiner Seite baumeln, und sage: »Könnte ich die mir mal borgen?«

»Borgen? Was ... willst du damit?«

»Komm schon, leg sie mir an!« Ich strecke Waldemar meine Hände entgegen: »Vertrau mir.«

»Ich komme in Teufels Küche!«, wehrt sich Waldemar und nestelt an seinem Holster herum.

»Das geht voll auf deine Kappe«, sagt Waldemar, ich nicke, als er die Handschellen um meine Gelenke legt und mit einem Klick schließt.

»Mach bloß kein Scheiß«, jammert Waldemar.

»Bleib locker. Ich weiß jetzt, wie wir da reinkommen.«

»Wir? Da reinkommen? Bist du bekloppt!«

»Lass mich nur machen. Du fährst den Wagen langsam vor, lass die Seitenscheibe herunter – und mach das Blaulicht an«, bestimme ich.

»Das Blaulicht«, sagt Waldemar resigniert, als wir gemächlich und in bläulich blinkendes Licht gehüllt auf den Polizeikordon zurollen. Wenige Meter von uns entfernt haben schätzungsweise zwanzig, dreißig Beamte Posten bezogen.

»Halt jetzt an«, sage ich leise.

Waldemar bremst ab und schüttelt den Kopf: »Toni, ich brech das ab, ich schalte mein Funkgerät jetzt wieder ein und sage meinem Schichtleiter, dass ich ein technisches Problem ...«

Waldemar schaut aus dem Seitenfester und setzt augenblicklich ein schuldbewusstes Gesicht auf. Ich folge seinem Blick, sehe aber zunächst nur den Eingang zur Aussichtsterrasse und zur Flughafenmodellschau-Anlage. Dann schiebt sich ein groß gewachsener, offensichtlich hochrangiger und martialisch aussehender Bundespolizist mittleren Alters in unser Gesichtsfeld.

Der Beamte hält inne, beugt sich runter zu Waldemar und betrachtet dessen in Brusthöhe aufgenähtes Namensschild: »Schangeleidt. Guten Abend, Kollege, wie kann ich Ihnen helfen?«

»Äh, ja, PM Schangeleidt, Wache Wiesendamm, ich, äh ...«, stammelt Waldemar und umklammert mit feuchten Fingern das Lenkrad.

»Ich wiederhole noch mal: Wie kann ich Ihnen helfen?«, will der Beamte eine Spur bestimmter wissen. Dann fällt sein Blick auf mich.

»Iche nix Kosovo, iche deutsch, Tonishton Ursu, iche wolle zu meine Bruda«, stammele ich heiser dem mich anstarrenden Bundespolizisten entgegen und bemerke gleichzeitig, wie Waldemar augenscheinlich von einer tiefen Resignation überwältigt wird.

»Nein, äh, ich kann das erklä...«, sagt Waldemar, bricht aber ab und schüttelt den Kopf.

Ich rüttele und ziehe an meinen Handschellen und beginne heftig zu stöhnen wie ein zum Gnadenschuss freigegebenes altes Zirkustier, verdrehe dabei die Augen und beharre: »Tonishton Ursu, iche nixe Kosovo, iche deutsch, iche Bruder von Mann, der heut Nacht fliege tut in Kosovo: Radulescu Ursu.«

Der Bundespolizist wirft mir einen abschätzigen Blick zu und mustert dann Waldemar: »Was hat das zu bedeuten, Polizeimeister Schangeleidt?«

»Äh, ja gut, ich hab da noch einen späten Kunden für euren

Charterflug, äh, ja, ... Tonishton Ursu, ist der Bruder von Radulescu Ursu«, sagt Waldemar mit brüchiger Stimme.

»Iche will zu meim Bruda, iche Bruda von Radulescu Ursu! Lange leb Kosovo!«, rufe ich selbstbewusst.

»Der Bruder von Radulescu Ursu, so, so«, grummelt der Bundespolizist, zückt sein Funkgerät, es knistert und rauscht, dann sagt er: »Polizeidirektor Meissner hier, holen Sie mal den Frontex-Mann.«

Ich sehe, wie Waldemar bei der Dienstgradnennung die Gesichtszüge entgleisen und der Polizeidirektor Waldemar per Handzeichen auffordert, den Streifenwagen ein paar Meter weiter zwischen Terminal Tango und dem Zugang zur Aussichtsterrasse abzustellen.

Wir rollen die paar Meter rückwärts. Waldemar schüttelt unablässig das schweißüberströmte Haupt, er öffnet die Tür, steigt aus, zieht mich mit über den Fahrersitz hinter sich her, dann trotten wir zurück zu Herrn Meissner, wobei ich gerade noch die krächzenden Worte aus dessen Handfunke aufschnappe: ... *habe verstanden, der Bruder von Radulescu Ursu. Und der soll noch mit in den Abschub? Warten Sie, wir klären das vor Ort ...*

Ich zerre theatralisch an den klirrenden Handschellen, woraufhin Waldemar, um Ein- oder Vergebung flehend, betroffen den bewölkten Nachthimmel anstarrt, seine tropfnasse Uniformkappe abnimmt und ausschüttelt und sich an der hässlichen Narbe kratzt, die seinen Stirnbereich ziert, was mich auf den Gedanken bringt, ihn fortan PM Potter oder gleich Lord Waldemort zu nennen.

Ein paar Demonstranten haben sich in unserer Nähe gleich hinter dem Konvoi wartender Taxis versammelt, eine weitere kleine Gruppe steht am Terminal Tango und fixiert mich und den transpirierenden Polizeimeister neben mir. Wieder lasse ich die Handschellen klirren und rufe mit gebrochener Stimme: »Iche Bruda von Radulescu Ursu, lange lebe Kosovo!«

»Lasst ihn frei«, skandiert verhalten ein Demonstrant. Sofort schnellen meine gefesselten Hände empor, woraufhin einige Demonstranten mit einstimmen: »Lasst ihn frei, lasst ihn frei!«

Ich zücke mein Handy, betätige die Wahlwiederholung und warte auf Verbindung.

»Wo bleibt bloß unser Anwalt?«, frage ich Lord Woldemor, der weiter neben mir und sich steht und mit einem Auge zu zucken beginnt.

Dann höre ich hinter uns einen Dieselmotor abbremsen, Türschlagen ... und ein Schaf mähen ... ich wirbele herum: »Dr. Mehmann!«, rufe ich erleichtert.

»Am Apparat«, sagt der Ausländeranwalt zu seinem Handy. Er steht neben seinem alten Mercedes, fixiert mich und Waldemar. Ich nicke ihm zu. Dr. Mehmann kommt mir mit fragendem Blick entgegen.

»Hornig ... Anton Hornig«, zische ich, nehme mein Mobiltelefon vom Ohr und zeige Dr. Mehmann meine gefesselten Hände, »Radulescu Ursu wird gerade abgeschoben.«

Dr. Mehmann schaut auf sein Handy, dann zu mir: »Herr, äh, Hornig, warum sind Sie gefesselt ... und barfuß?«

»Ich werde da gleich reingehen«, sage ich. Dann kann ich nichts mehr verstehen. Mit aufheulendem Motor und überhöhtem Tempo prescht ein schneeweißer Kleinbus heran, ich sehe, wie Holgi am Lenkrad gestikuliert, als er mich erkennt, Bremsen quietschen, der Wagen stoppt neben Dr. Mehmanns Benz, Türen fliegen auf.

Mini-Rita in Uniform steigt aus dem Wagen ... gefolgt von Ada: Meine Geliebte kommt auf mich und Dr. Mehmann zu, in der Hand eine ihrer Dokumentenmappen aus dem Schreibtisch im Wohnzimmer, in denen sie ihre persönlichen Unterlagen aufbewahrt. Ada ergreift meine gefesselten Hände: »Toni, was machst du da?«

»Psst, Ada«, zische ich, »ich werde gleich Radu da rausholen«, woraufhin Woldemor nun beidäugig unkontrolliert zuckt und seinen Mund wie bei einem Fisch an Land tonlos öffnet und schließt.

»Wenn das so einfach wäre«, sinniert Dr. Mehmann. »Sie müssten schon einen sehr triftigen Grund haben, dass die Bundespolizei Sie jetzt zu Ursu lässt. Die Abschubflüchtlinge sind längst sediert im Keller oder gar schon auf dem Weg zum Rollfeld.«

»Ich muss es wenigstens versuchen«, flüstere ich und rüttele an meinen Handschellen, »die lassen mich da rein, weil sie glauben, ich sei Radus Bruder.«

Aus dem Gebäude der Bundespolizei treten forschen Schrittes drei Männer und eilen auf den groß gewachsenen Polizeidirektor zu. Augenblicklich reiße ich meine Hände wieder gen Himmel und wehklage: »Iche will zu meim Bruda, iche Bruda von Radulescu Ursu!«, während am Terminal Tango jetzt eine größere Gruppe lauthals skandiert: »Lasst ihn frei, lasst ihn frei!«

»Klar doch … lasst ihn frei, harhar, er ist ja Radus Bruder.« Lord Woldemor lacht irre.

Der Mann in Zivil, der uns an der Spitze des Trupps entgegeneilt, ist offenbar der Anführer, jedenfalls stellt er sich bei Dr. Mehmann, Mini-Rita und Woldemor als leitender Beamter der Ausländerbehörde Hamburg vor.

Ein zweiter Anzugträger outet sich als Angehöriger der europäischen Frontex Agency. Dahinter warten Polizeidirektor Meissner sowie ein kleiner, etwas rundlicher Polizeioffizier, der sich nicht vorstellt. Dafür mustert er mich besonders abschätzig, nachdem ich erneut demonstrativ an meinen Handschellen rüttele und Lord Woldemor offenbar jeden Moment in Tränen auszubrechen droht.

»Sie haben also noch einen späten Kunden für unseren Charterflug?«, erkundigt sich der zivile Ausländerbehördenleiter bei Woldemor.

»Lasst ihn frei, lasst ihn frei!«, skandiert die Menge hinter uns.

»Äh, ja, späten Kunden, das kann man wohl so sagen.« Woldemors Stimme ist jetzt eigenartig dünn und hoch und klingt nicht nur für meine Ohren wenig Vertrauen erweckend.

Aber auch mein herausgebrülltes, von heftigem Armschlenkern begleitetes »Tonishton Ursu, nixe Kosovo, meine Brude Radulescu Ursu da drinne, iche will zu meim Bruda!« erzielt zumindest bei den vier Beamten keine erkennbare Wirkung.

»Lasst ihn frei! Lasst ihn frei!«, tönt es immer lauter von den Protestierenden zu uns herüber.

»Wo haben Sie den denn aufgegabelt?«, will der kleinere Uniformierte von PM Woldemor wissen, der auf direkte Ansprache aber offenbar nicht mehr reagiert. Dafür zucken seine Augen jetzt unabhängig voneinander.

Daher wendet sich der Polizeioffizier jetzt an mich: »Sie, ja, Sie, kommen Sie mal her zu mir!«

Ich verfalle aus irgendeinem Grund in Tippelschritte, rassele dabei wie ein Galeerensträfling extra laut mit den Handfesseln und brülle: »Iche Tonishton Ursu, iche Bruder von Radulescu Ursu! Ische nixe Kosovo!«

»Lasst sie frei, lasst sie frei!«, tönt es zurück, und ich schöpfe neue Hoffnung.

Die vier Behördenvertreter schauen mich weiter ziemlich ratlos an, der zivile Anführer wendet sich wieder an Polizeimeister Schangeleidt: »Ich habe das ungute Gefühl, Sie wollen uns hier auf den Arm nehmen. Was soll dieses Theater? Setzen Sie gefälligst Ihre Kappe auf, und sagen Sie mir: Was wollen Sie hier eigentlich von uns?«

Waldemar zuckt mit den Achseln, einzig die Abschiebegegner machen sich weiter für Radu und mich stark: »Lasst sie frei, stoppt die Abschieberei! Lasst sie frei, stoppt die Abschieberei!«

Ada steht ganz dicht neben mir und den Beamten, sie blickt ruhig und gefasst, dann ergreift sie meine gefesselten Hände: »Lass es gut sein, Toni, auch du wirst Radu nicht helfen können.«

»Iche nix verstehn«, stammele ich.

»Irgendwann wäre es sowieso rausgekommen«, sagt Ada betrübt.

»Was wäre sowieso rausgekommen?«, fauche ich hochdeutsch und ziehe meine Hände weg.

Die Beamten schauen jetzt vollends ratlos, auch die solidarischen Rufe aus dem Hintergrund verebben schlagartig.

Ich sehe, wie Ada ihre Dokumentenmappe öffnet und einen Stapel getackerter Seiten herausholt, den sie dem leitenden Beamten der Ausländerbehörde reicht: »Es tut mir so leid, Toni.«

»Was tut dir leid, Ada?«

Ada wendet sich mir zu: »Ich kläre das jetzt auf, und dann nehmen wir Radu mit nach Hause.«

»Aber ...«, stammele ich, »was redest du da?«

Ada stellt sich vor den vier Beamten in Positur: »Ihr Abschiebehäftling Radulescu Ursu, der Mann aus dem Kosovo, den Sie heute Nacht hierhergebracht haben. ... Radu ist ...«

»Was will diese Frau?«, blafft der Frontex-Beamte und schaut dabei den Polizeidirektor und seinen zivilen Kollegen von der Ausländerbehörde vorwurfsvoll an.

»Jedenfalls dürfen Sie Radulescu Ursu gar nicht abschieben.«

»Warum das denn nicht?«, will der Polizeidirektor wissen.

Ada hält seinem Blick stand, zeigt auf die gehefteten Seiten in der Hand des Ausländerbehördenleiters und sagt mit fester Stimme: »Da drin steht es schwarz auf weiß. Radulescu Ursu ist ... er ist der Vater ... meiner Tochter Anniki.«

»Er ist was?«, sage ich und verdrehe die Augen.

»Es tut mir leid, Toni, du bist der Vater von unserem geliebten Max ... aber nicht von Anniki.«

»Nicht von ...? Aber ... sie sind doch Zwillinge, ich war bei der Geburt dabei!?«, informiere ich akzentfrei die Beamtenrunde, ernte aber nicht einmal mitleidige Blicke.

Ada nimmt dem Beamten die Papiere wieder aus der Hand und sagt zu mir gewandt: »Als ich neulich in Holland war, habe ich mit den Zahnbürsten von dir und Radulescu einen DNA-Vaterschaftstest machen lassen ...«

»Vaterschaftstest?«, wiederhole ich.

»Toni, du bist zu 99,9 Prozent der Vater von Max ... und zu

99,9 Prozent ist Radulescu Ursu der Vater meiner Tochter Anniki …«

»Wie soll das denn gehen?«, will jetzt auch der Frontex-Mann wissen und schaut Ada staunend an.

»Superfötation«, sagt Ada, woraufhin die Beamten, aber auch Kurtchen, Woldemor, Georg, Pamu Kalle, Holgi und Mini-Rita und Dr. Mehmann die Köpfe schütteln und zu tuscheln beginnen.

»Ganz korrekt heißt es Superfecundatio«, doziert Ada weiter, woraufhin die Beamten scheinbar interessiert nicken, während mir die Bodenhaftung unter den nackten Füßen abhandenzukommen droht. Einzig Waldemar schwankt, motorisch verlangsamt, synchron mit mir, er spitzt dabei die Lippen und pfeift unhörbar Löcher in den Hamburger Nachthimmel.

»S-super was?«, stottere ich.

»Toni, es tut mir leid, ich hab damals mit Radu gepennt, nachdem ich mit dir auf dem Dach war, und …«

»A-a-a-ber?«, sage ich, dann schwinden mir die Sinne, und ich sacke weg.

»Deine Mutter hat immer recht gehabt, Toni, es tut mir so leid.«

Ich wehre Ada ab. Woldemor, Mini-Rita und Kurtchen helfen mir auf die Beine, ich nehme Georg wahr, der jetzt mit aufgeklapptem Laptop neben mir steht.

Es herrscht eine eigentümliche Stille, und mich beschleicht das Gefühl, gleich bis in alle Ewigkeit zum ultimativen HimbeerToni vom Dienst zu mutieren. Jedenfalls sperren alle Anwesenden Augen und Ohren weit auf, als Georg vom Monitor abliest: »Superfekundation wird bei Säugetieren die Befruchtung einer zweiten Eizelle noch im selben Menstruationszyklus durch einen zweiten Begattungsakt bezeichnet. Die Folge kann die Austragung einer Zwillingsschwangerschaft, also zweieiige Zwillinge mit unterschiedlichen Vätern, sein – schreibt Wikipedia.«

»Auahauahau«, höre ich Holgis Stimme und beobachte, wie Dr. Mehmann die gehefteten Seiten von Ada entgegennimmt,

Blatt für Blatt überfliegt und sich dann vor den Beamten aufbaut: »Meine Herren, damit liegt unzweideutig ein Abschiebehindernis vor. Laut diesem Dokument ist besagter Radulescu Ursu ganz zweifelsfrei der Vater eines der beiden Kinder der hier anwesenden Ada Teßloff, deutsche Staatsbürgerin mit Wohnsitz in Hamburg. Ich fordere Sie hiermit umgehend auf, die Abschiebung für meinen Mandanten Radulescu Ursu ohne Verzögerung auszusetzen und Herrn Ursu unverzüglich in meine Obhut zu übergeben!«

»Schließ die Scheißdinger auf, Woldemor«, blaffe ich Waldemar an, der umgehend einen Schlüsselbund zückt, dümmlich die Beamten angrient und mich von den Handfesseln befreit.

Ein weiterer Uniformierter tritt zu unserem illustren Grüppchen hinzu und spricht leise zu dem Mann von der Ausländerbehörde.

Ich lasse die Handschellen zu Boden fallen, im Hintergrund höre ich vereinzelten Jubel und Applaus. Mich durchströmt ein Gefühl, als sei ich frisch gehäutet worden, um jetzt all meine Fesseln abzustreifen und weit von mir zu werfen und anschließend in ein abgrundtiefes Loch zu springen, das sich gerade vor mir auftut.

Wie in Zeitlupe wanke ich an Ada vorbei. Neben Holgis schneeweißem VW-Bulli bleibe ich stehen, schaue mich um und sehe den Polizeidirektor mit dem Frontex-Mann tuscheln ... Die Seitentür ist offen, Anniki und Max schlummern auf der Rückbank, ganz friedlich an Rupert geschmiegt. Mir schießen Tränen in die Augen, unser Einschlafritual geht mir durch den Kopf, ich auf dem Verkehrsteppich, wie ich ihnen vorlese, ich denke an den Ikea-Besuch, unseren halben gemeinsamen Tag auf Sylt, ich denke an Ich + Ich und den tobenden Hamster, und ich sehe Anniki und Max vor mir, wie sie vor Freude jauchzen, ich betrachte die beiden beim Fußballspielen und freue mich in der nächsten Sekunde darüber, wie sie mit einem Jahr ihre ersten unsicheren Schritte gewagt haben, ich erkenne Anniki, vor mir auf dem Kloaufsatz thronend, und wie ich die vollgesogene Windel von Max entsorge, dann erscheine ich allein beim Geburtsvorbereitungskurs, tanzend, mit einem glänzenden Seidentuch in der Hand wedelnd … und dann baut es sich endlich vor mir auf, das allerschönste Bild – das Bild meines Lebens, das mich so sehr geprägt hat wie nichts zuvor in meinem Leben: In einer Art Zeitraffer fliegt die Geburt von Max und Anniki vor meinem inneren Auge vorbei … und dicke Tränen rollen über meine Wangen.

Ich beuge mich sachte über meine Kleinen und hauche erst Max und dann Anniki einen zarten Kuss auf die verschwitzte Stirn. Ich spüre, wie Rupert an meiner Hand leckt, richte mich auf und sehe, dass noch ein weiterer Streifen abläuft … Ada und ich vögeln auf dem Dach unseres Hauses, wir beide auf dem Hamburger »Dom« vor einer schäbigen Astro-Bude, Ada, wie sie mit Radu spricht, Ada mit hochschwangerem Bauch und geplatzter Fruchtblase in ihrer alten Wohnung, Ada und die Kinder in unserer gemeinsamen Wohnung, Ada in Amsterdam, Ada auf Sylt, Ada am Flughafen und Ada am Arsch und Toni am Arsch und – Filmriss, Ende, Aus.

Kurtchen legt mir die Hand auf die Schulter, auch Georg steht neben mir, legt seinen Laptop neben den Kindern auf der Rückbank ab, er hält mir eine Packung Tempos und seine Haribo-Tüte hin und schaut mich teilnahmsvoll an. Ich nehme ein Taschentusch und schnäuze meine Nase.

»Papa«, sagt Anniki, und auch Max schlägt seine Augen auf. Ich nehme ein rotes und ein gelbes Bärchen aus der Tüte, stecke das gelbe in Max' Mündchen, Anniki knabbert an einem roten – ein drittes ist für mich. Und dann höre ich deutlich die Stimme des Frontex-Beamten sagen: »Radulescu Ursu, der Mann, den Sie suchen …«

Ich schaue hinüber und sehe, wie zornig Ada ist. Dr. Mehmann unterbricht den Beamten rüde: »Reden Sie nicht herum. Geben Sie umgehend meinen Klienten Radulescu Ursu frei.«

»Wie uns die Hamburger Kollegen gerade mitteilen …«, erwidert der Frontex-Mann sachlich, »… ist tatsächlich ein Mann dieses Namens heute Abend in der Polizeiwache Wiesendamm aufgetaucht. Besagter Radulescu Ursu konnte jedoch flüchten, nachdem ihn ein diensthabender Kollege auf der Wache …«

»Waaas?!«, kreischt Ada.

»Seitdem ist besagter Radulescu Ursu flüchtig«, ergänzt der Beamte.

»Das kann nicht …«, stammelt Ada.

»Hier ist der Gesuchte jedenfalls nicht«, belfert der Polizeidirektor. »Aber für Sie, Polizeimeister Schangeleidt, für Sie wird dieses Theater hier ein Nachspiel haben, da können Sie Gift drauf nehmen.« Die vier Männer verschwinden im Bundespolizeipräsidium.

Ich wende mich ab und fixiere Anniki und Max, die ihre Augen wieder geschlossen haben.

27. Der Himmel weint – Fehlfarben

Mich durchflutet ein Gefühl tiefster Verunsicherung, ich verstehe die Welt nicht mehr, mache barfuß auf der Ferse kehrt, debil grinsend, schlängele ich mich an Taxen und den wenigen verbliebenen Demonstranten vorbei, einer schlägt mir anerkennend auf die Schulter, eine Frau beglückwünscht mich, sie freue sich sehr für mich und meine Freiheit. Ich wanke weiter, schaue gen Himmel, ein dicker Regentropfen zerplatzt auf meinem Schädel, ich sehe die dunklen Wolken ziehen, und irgendwann bricht der Regen los – der erste Regen seit Wochen, der erste befreiende Regen in diesem verrückten Sommer.

Die Fehlfarben passen, ich beginne leise zu singen:

> *»Der Himmel weint, kein Engel auf der Straße,*
> *der Himmel weint, die ganze Nacht,*
> *der Himmel weint, kein Engel der mich rettet,*
> *der Himmel weint, die ganze Nacht.«*

Ich sehe eine Maschine starten, wie sie sich in den nächtlichen Himmel emporschraubt, und muss bei dem Gedanken schmunzeln, dass ich jetzt dort drin sitze und mit oder statt Radu gen Kosovo fliege. Alles dreht sich.

Und dann muss ich an Radu denken, wohin es ihn wohl heute Nacht verschlagen hat ... und dass er gerade eben Vater geworden ist ...

Im nächsten Moment meine ich abzuheben, ich schwebe, haltlos, schwerelos, nichts tut mehr weh, alles ist leicht, alles glänzt, ich springe in die Pfütze vor mir und in noch eine und beginne eine Art Veitstanz aufzuführen ... und dabei rotze ich den Peter-Fox-Gassenhauer hinaus in die Nacht:

In einer Stadt voller Affen ist es laut und stinkt,
Alles blinkt, man wird taub und blind.
Wir feiern ausgelassen, ich rauch und trink,
Affen feiern, auch wenn sie traurig sind.

Ein Streifenwagen bremst neben mir ab, kommt zum Stehen, und ich bin froh, dass Waldemar und Mini-Rita mich bei dem prasselnden Regen weder singen hören noch sehen können, dass ich wie ein Schlosshund heule.

Ich steige hinten ein, sage nix, die beiden schweigen zurück, aus dem Radio dudelt NDR 90,3 zum Wetter passende Liedzeilen ... zum Glück jetzt nicht Mary Roos mit *Hamburg im Regen*, denke ich, dann lieber Michael Holm:

Barfuß im Regen tanzen wir zu zweit,
und wir tanzen und tanzen und tanzen.
Süß ist dein Kuss, ein Hauch von Sonnenschein,
und wir küssen und küssen und küssen.

Ich frage mich, wen ich eigentlich ab jetzt küssen soll.

Am Jahnring in Richtung Hindenburgstraße schaltet Waldemar das Radio aus und sein Funkgerät an, Polizeimeister Potter alias Woldemor Schangeleidt meldet sich zum Dienst zurück. Unterlegt von einer krächzigen Sprechfunkschimpfkanonade seines Schichtleiters, wo er denn die ganze Zeit abgeblieben sei, überholen wir Holgis VW-Bus und drosseln rechtzeitig vor der neu installierten Blitzampel das Tempo.

Mini-Rita zeigt auf den Bulli neben uns und lacht auf. Der Platzregen hat den Großteil der weißen Farbe von Holgis Bulli abgewaschen, na gut, was kann man auch erwarten von wasserabweisender Wandfarbe.

Wir fahren ein paar hundert Meter auf gleicher Höhe und vernehmen aus dem Funkgerät, dass der Einsatz in der Barmbeker Straße beendet sei. Die Beamten rücken ab. Ich rücke auch ab – von Ada. So lovely, so what, Lebbe geht weiter. Jedenfalls schaffe ich es, die ganze Zeit nicht rüber zum VW-Bus zu schauen, denn ich könnte Adas Anblick jetzt nicht ertragen.

Ich bitte Waldemar, Gas zu geben und mich vor dem Haus in der Barmbeker Straße abzusetzen, bevor Holgi mit dem Bulli dort eintrifft. Ich will Ada jetzt nicht sehen. Ich bin leer, kann nicht denken, geschweige denn fühlen. Leer, leer, leer.

Waldemar tritt das Gaspedal durch, wir rauschen durch den Stadtpark, biegen vom Borgweg nach links auf die Barmbeker, und ab der Kreuzung Semperstraße ... sehe ich Rot ... Von Weitem schon erkenne ich einen Löschzug neben dem Bauschuttcontainer, wir kommen näher, ich sehe die ausgefahrene Drehleiter, die himmelwärts ragt, tatsächlich aber nur bis zum rußverschandelten Balkon in Stockwerk sechs unseres Hauses reicht und offenbar gerade eingefahren wird. Ich steige aus, nehme den Motorenlärm der Löschfahrzeuge wahr, schaue fassungslos an der Fassade unseres ehrenwerten Hauses empor.

Waldemar ist ausgestiegen und spricht mit seinem muskelbepackten Kollegen Lennart, der ihn, den Gesten nach zu urteilen, mit Vorwürfen eindeckt. Feuerwehrmänner rollen Schläuche auf, und ich fühle mich beobachtet. Als ich mich umdrehe, sehe ich Holgis blassweiß-gescheckten VW-Bus langsam näher kommen.

Erst jetzt fällt mir auf: Es hat aufgehört zu regnen, die Luft ist feucht und schwül und schwer, es riecht nach nassem Asphalt und kaltem Rauch ... und dann entdecke ich ihn, besser gesagt, ich sehe zunächst bloß seine Augen und kann erahnen, wie er dort in der Durchfahrt zum Hinterhof kauert und mich fixiert.

Ich gehe hinüber zur Toreinfahrt und dränge Radu wortlos in die Dunkelheit zurück, bevor wir zur zweiten Zufahrt zum Hinterhof und über die Barmbeker Straße in Richtung Kanal gehen. Ich bleibe noch mal stehen, betrachte als eine Art Außenstehender die nächtliche Szenerie, die vielen Lichter, wie der Bulli anhält und Ada aussteigt. Dann entschwinden Radu und ich auf dem Gelände der Kampnagel-Kulturfabrik und verbringen die nächste halbe Stunde ohne viele Worte auf Radus Lieblingsbank am Osterbekkanal.

Mater sempa certa est – pater semper incertus est. Das lateinische Rechtssprichwort habe ich erst später nachgeschlagen, denn Radu sagte zu mir: »Nur die Mutter von Kind ist immer sicher, dass sie Mutter ist. Vater nicht. Ich es nicht gewusst. Tut mir leid, Toni.«

28. Delmenhorst – Element of Crime

Später in der Nacht, als wir schon auf der Autobahn und raus sind aus Hamburg, erzählt Holgi mir, dass sein Instinkt ihm schon beim Näherkommen gesagt habe, dass dies nur unser Smash-Palace-Haus sein kann. Ada sei erstaunlich ruhig geblieben beim Anblick der Feuerwehr und des rußschwarzen Balkons ganz oben. Dann sagte sie recht gelassen, sie habe vorhin das Balkonfenster nicht geschlossen, und der Wind habe wohl versucht, die Stumpenkerzen auf der Menora mit der Gardine zu löschen.

Georg fielen bei dem Anblick von Polizei und Feuerwehr vor seinem Haus fast die Augen aus dem Kopf. Kurtchen musste ihn stützen, und Rupert hat gejault.

Dann stellte Georg sich den beiden ihm bereits bekannten Polizeibeamten mal wieder als Hausbesitzer vor, und ja, sagte POW Lennart, man kenne sich von diesem Badezimmereinsturz. Währenddessen berichtete Ada via Hotline dem Sachbearbeiter ihrer Haftpflichtversicherung von einem neuerlichen Schadensfall.

Ada sei dann gar nicht in die Wohnung hochgegangen, weil sie die Kinder nicht schlafend im Bulli zurücklassen wollte.

Georg schaute im Hinterhof nach seinem Jaguar und entschied dann spontan, nicht bis zum Morgen zu warten und gleich nach Horst zu fahren, »weil die Nacht ist eh fast rum«.

»Ada hat dann euren Ford rüber in den Glindweg zu ihrer alten Wohnung gefahren. Georg im Jaguar, ich im Bulli hinterher mit Kurtchen, Pamu Kalle, Rupert und den schlafenden Kindern an Bord«, erzählt Holgi weiter.

Georg und Kurtchen haben die schlummernden Anniki und

Max in ihre *Kura*-Betten gelegt. Ada, Pamu Kalle und Holgi haben die Koffer und die beiden Hamster reingeschleppt, und die ganze Zeit hat keiner was gesagt – außer zum Schluss, da sagte Holgi: ›Alles Gute, Ada.‹ Er werde wohl 'ne Zeit lang verreisen, und dann sagte Ada zu Holgi, ich solle mich bei ihr melden. Dann fing Ada an zu weinen und ist in ihrer Wohnung im Hochparterre verschwunden.

Etwa zur selben Zeit habe ich Holgi von der Parkbank am Osterbekkanal angerufen, und keine Stunde später ist unser Konvoi unterwegs auf der A23 nach Horst.

Vorneweg im Sportwagen Georg und Kurtchen. Ich und der Rest der Korona plus Rupert hocken übernächtigt im Bulli, nachdem Holgi noch rasch für seine tags darauf geplante Abreise ein paar Sachen gepackt und im Bulli verstaut hat.

Sein Wohnzimmer ist mit durchgesickertem Löschwasser nun komplett geflutet, die bislang noch intakten Autoprospektebestände sind buchstäblich ausgelöscht. Ich fühle mich ausgebrannt. Ich habe mit Radu von Mann zu Mann – oder besser gesagt, von Vater zu Vater – gesprochen, aber wirklich verstehen, was gerade mit meinem Leben passiert, kann ich nicht.

Ich selbst habe kaum was mitgenommen nach Horst, weil wir Georg nur dabei helfen wollen, seinen bankrotten Musterhauspark endgültig auszumustern, die Lichter auszumachen und gegebenenfalls das eine oder andere verwertbare Teil im Bulli abzutransportieren.

Ich hatte mich doch gerade arrangiert und abgefunden mit mir und meinem Leben. Warum bin ich so maßlos enttäuscht von Ada, so wütend auf mich selbst, was wird aus meiner Liebe zu Anniki und Max? Warum bin ich so tief gekränkt in meiner Männlichkeit und in meinen Grundfesten so sehr erschüttert, dass ich keinen klaren Gedanken fassen kann? Warum, warum, warum ich? Immer wieder rumort es ... Ist es Eifersucht, diese Leidenschaft, die mit Eifer sucht ... vor vier Jahren

Radu, jetzt Christophe? Fuck off ... was Leiden schafft? Oh, Ada, oh, no...

Ich war nur kurz in der Wohnung und habe dann Adas Quilt-Decke vom Dach mitgenommen. Küche und Kinderzimmer stinken bestialisch nach Rauch, sind aber sonst unversehrt. Das Wohnzimmer ist ausgebrannt und ähnelt einem verrußten Schlammtümpel, einzig die bronzene Menora ist unbeschädigt: meine Punk-Singles-Sammlung, Compi, Monitor, Schreibtisch, Papiere, Bücher, CDs, Sofa, alles zerstört.

Einen kurzen Moment dachte ich daran, den verfluchten Leuchter unten in den Abraumcontainer zu werfen, ich habe die Menora dann aber doch stehen lassen, weil ich das schicksalhafte Pech des Glücklosen nicht noch mehr überstrapazieren wollte.

Die Sonne geht auf, ein neuer Tag erwacht. Pamu Kalle döst vorn bei Holgi, Rupert gähnt und räkelt sich auf den Sitzen vor uns – und ganz hinten, fast wie im richtigen Leben, sitzen Toni und Radu, die Väter von der letzten Bank, und mich beschleicht das Gefühl, mein bisheriges Leben liegt komplett hinter mir, umso weiter wir uns von Hamburg entfernen.

Im Gegensatz zu Holgi habe ich keine Perspektive. Wie ich es auch drehe und wende, mir fehlt das Vertrauen, und ich weiß nicht, wie es mit mir, meinem Leben, geschweige denn mit Ada, Max und Anniki weitergehen soll. Und warum eigentlich bin ich nicht stinksauer auf Radu?

Ich klappe eine zerknitterte Landkarte auf und schaue nach unserem Zielort. Hinter Elmshorn finde ich dicht beieinander Ortsnamen wie Helle Himmel, Grönland, Fiefhusen, Hackelshörn und Horstmoor – allesamt Speckgürtelorte, in denen ich nicht tot überm Zaun hängen will ...

Halbwegs passend zu meiner Stimmung hat Holgi *Mittelpunkt der Welt* aufgelegt, er reicht mir die CD-Hülle nach hinten durch, ich betrachte das Cover – ja, genau so fühle ich mich gerade, Endstation Vorstadthölle –, während Holgi gesanglich Sven Regener unterstützt:

Ich bin jetzt immer da, wo du nicht bist,
und das ist immer Delmenhorst.
Es ist schön, wenn's nicht mehr wehtut
und wo zu sein, wo du nie warst.

Bei der letzten Strophe singe ich leise mit:

Ich bin jetzt da, wo ich mich haben will,
und das ist immer Delmenhorst.
Erst wenn alles scheißegal ist,
macht das Leben wieder Spaß.

Und just in dem Moment entdecke ich mehrere blau eingezeichnete Flecken auf der Landkarte und denke, sieh an, es gibt dort Baggerseen, und sogar 'ne Bahnstation haben die in Horst.

Der Jaguar vor uns setzt den Blinker, wir fahren runter von der Autobahn auf die L288 und blicken auf plattes Land.

Georg erwähnte später, genau dieser Umstand habe ihm finanziell das Genick gebrochen. Er hatte Daniel, seinem Ex, bei der Planung des Musterparks freie Hand gelassen, aber Musterhäuser, die man von der Autobahn aus nicht sehen kann, gäben nun mal ganz schlechte Muster ab.

Nach ein paar Minuten biegen wir ab, folgen dem Jaguar auf einen asphaltierten Wirtschaftsweg, fernab jedweder Zivilisation, ich betrachte die aufgehende Sonne, den Frühnebel, der über den Feldern und Wiesen liegt, und halte Ausschau nach etwas, das aussehen könnte wie ein Musterhauspark, aber außer ein paar kleinen Häusern in der Ferne gibt es hier gar nichts.

»Das müsste es sein«, sagt Holgi, nimmt die rechte Hand vom Steuer und zeigt auf ein paar kleine Einfamilienhäuser mit einer Art Halle im Vordergrund und einem großformatigen Werbeschild auf dem Dach: *Geritsen-Musterhäuser*. Davor, mitten in der Walachei, zig Parkplätze, auf denen ein einziger alter VW-Golf steht.

Wir halten hinter Georgs Jaguar am Hauptgebäude, steigen aus, strecken uns, vertreten unsere Beine. Georg begrüßt einen älteren Herrn mit Hund, der mit einer Thermoskanne in der Hand aus dem Hauptgebäude auf uns zutritt: »Moin, Herr Wirling, Börgermeester Klaasen war graad anne Klönkasten, die ole Bangbüx hat affsegt, issen büschen klamm, seggt he, und will nun doch nich köpen.«

»Danke, Hauke, das war's dann wohl. Darf ich vorstellen, Hauke Sörensen: Haustechnik, Security, Nachtwächter und gute Seele in Personalunion ... und Rieke, sein treuer Wachhund.«

Wir begrüßen Hauke Sörensen, Rupert beschnuppert Rieke, die sich neben den Hausmeister fallen lässt. Ich betrachte das Schild am Hauseingang mit einem Zitat des von Georg geschiedenen Musterhaus-Namensgebers:

»Begutachten Sie in aller Ruhe sämtliche
Ausstattungsvarianten und unser umfangreiches
Sortiment renommierter Markenhersteller!«
Daniel Geritsen, Geritsen-Musterhäuser

Georg räuspert sich: »Meine Freunde, lieber Hauke, für mich ist das ein bewegender Moment. Hier und heute werden sich unserer aller Wege wieder trennen. Ihnen, werter Hauke, danke ich für Ihren unermüdlichen Einsatz, dass Sie den Musterhauspark bis heute gehütet haben wie Ihre Augäpfel.«

»Da nich für«, sagt Hauke.

Georg nickt und wendet sich uns zu: »Toni, Holgi, Kurtchen, Radu, Pamu Kalle – auch wenn ihr es vielleicht nicht glaubt, aber ihr seid die einzigen Freunde, die mir geblieben sind ...«, woraufhin Rupert ganz jämmerlich zu jaulen beginnt und Rieke sich zu ihm gesellt.

Georg tätschelt Ruperts Kopf und fährt sichtlich ergriffen fort: »Uns waren nur wenige Tage miteinander vergönnt, doch ihr habt mir gezeigt, was wirkliche Freundschaft bedeutet: füreinander einstehen, ganz gleich, was passiert, gebraucht werden, stets da zu sein für den anderen, ohne sich verstellen oder etwas vorgeben zu müssen ... all dies habt ihr auch mir entgegengebracht. Ich danke dir, Holgi, und dir, Kurtchen, dass wir uns nach all den Jahren, die seit Berlin vergangen sind, neu kennenlernen durften, dir, Pamu Kalle, danke ich für deine leckeren Döner und die herzliche Gastfreundschaft, und ganz besonders danke ich dir, Toni, seit unserer Begegnung auf Sylt, als ich dich im Krankenhaus besucht und dich mit deinen Kindern gesehen habe, seitdem ...«

»Quatsch nich pathetisch rum, du ErdbeerSchorsch«, blaffe ich, »sag lieber, was wir in den Bulli laden sollen, und dann ab vom Hof.«

»Na gut, folgt mir«, sagt Georg. Wir betreten das Empfangsgebäude. Per Remote Control öffnet sich ein plexiverglastes Hallentor und gibt den Blick frei auf eine Art Vorstadtsiedlung en miniature. Ich lasse den Blick durch die Empfangshalle schweifen. An irgendwas erinnert mich das hier.

Georg weist nach draußen: »Ich zeige euch mal die Musterhäuser ... trotzdem, Toni, ich wünsche dir und Radu ... ich wünsch euch beiden alles erdenklich Gute, denn ab heute verbindet euch eine gemeinsame Verantwortung ... für eure Kinder.«

»Gemeinsame Verantwortung? Ich weiß ja nicht mal, wie ich selbst jetzt weiterleben soll.«

»Ihr ... äh, das renkt sich schon wieder ein, Toni«, beschwichtigt Holgi, »stell dir vor, ich hab heute Nacht am Flughafen 'nen Moment lang gedacht, Ada holt jetzt 'ne Heiratsurkunde raus und sagt den Bullen, dass sie mit Radu in den heiligen Bund der Ehe getreten ist.«

»Sag mal, bist du total bekloppt. Holgi, du Arsch, was redest du da für 'n Scheiß?«

Ich wende mich ab, ich könnte losheulen, das ist der Grund gewesen, warum Ada meinen Heiratsantrag abgelehnt hat. Ich brauche Luft, gehe auf das geöffnete Tor zu und vernehme Radus Kauderwelsch: »Kein Sorge, Georg, iche und Toni werde Kinder schon schaukel« und spüre einen neuerlichen depressiven Schub zentimeterweise in mir aufsteigen. Dann höre ich schnelle Schritte und Holgis Stimme: »Tut mir leid, Toni, ich wollte dir nicht zu nahe…«

Ich spüre seine Hand auf meiner Schulter … und seinen Stiefel auf meinem Fuß.

»Aaaah!«, schreie ich. Holgi sagt noch: »…treten.«

Tränen schießen mir in die Augen, und wir schauen beide runter auf Holgis rechten Biker-Stiefel, der auf meinem gerade halbwegs gesundeten Zeh zum Stehen gekommen ist.

»Oh, tut mir leid«, sagt Holgi zerknirscht und hebt seinen Stiefel an. Ich betrachte die augenblicklich ins Blaurote changierende, rasch größer werdende Schwellung und denke: ›Bye, bye, Heilungsprozess, hello again, Pech des Glücklosen.‹

»Kühlen, Toni, du musst kühlen, halt deinen Zeh da rein.« Georg weist auf ein wassergefülltes Bassin vor dem Hallentor mit einem Springbrunnen in der Mitte.

Der treue Rupert hat sich zu mir gesellt, ich fühle, wie seine feuchte Zunge behutsam über meinen traumatisierten Fuß streicht.

Ich blicke nach vorn, mir wird heiß, ist das wieder ein Fieberschub, das gibt's doch nicht … wie in Trance starre ich auf die sich vor mir auftuende Szenerie.

Der Springbrunnen. Ein geteerter Weg, der sich durch gepflegte Rasenflächen und blühende Rabatten schlängelt. Dahinter, im sich lichtenden Frühnebel, dieses Haus.

Ich kann mir nicht erklären, was sich hier gerade abspielt, vielleicht ist es eine Art Erscheinung, die mein Gehirn mir vorspiegelt? Ich humpele, mein Fuß schmerzt wie Hölle, verdammt, Hitze wallt in mir auf, ich haste vorbei an dem Springbrunnen … vorwärts, immer weiter, auf das vermaledeite Haus zu. Gott im Himmel. Was geht hier gerade ab?

»Du musst kühlen, Toni.« Georgs Stimme klingt seltsam fern und besorgt.

Ich schließe und öffne wieder die Augen, schüttele meinen Kopf.

»Gott im Himmel!«, rufe ich aus und humpele weiter. Keine

zehn Meter vor mir erhebt sich das erste Musterhaus, dahinter ein zweites, schon kann ich das Schild an der Fassade des einstöckigen Gebäudes erkennen, und ich weiß, ohne die Worte zu lesen, was dort geschrieben steht.

Ich drehe mich um, schnappe nach Luft, die Jungs folgen mir, ich hyperventiliere, mir schwindelt, betrachte meinen Quetschfuß, der wieder elefantöse Ausmaße angenommen hat, humpele wie in Trance zu dem Schild an dem Gebäude, ich verharre ehrfürchtig ... und dann lese ich laut: »*Designhaus Klassika 301.*«

»Das stimmt, Toni, alles ist gut«, sagt Georg, seine Hand berührt meinen Arm, »wir gehen da jetzt rein, und du ruhst dich aus.«

»*Designhaus Klassika 301:* D-d-das ist das verdammte Zuhausehaus, d-d-das Ada sich gewünscht hat ...«, stammele ich und nehme wahr, dass Holgi, Kurtchen, Radu, Pamu Kalle und Hauke mit besorgten Mienen neben mir und Georg Aufstellung genommen haben.

»Aus dem Katalog ...«, sage ich und nicke, »... Zuhausehaus!«

»Zuhausehaus«, sagt Georg beruhigend und befühlt meine Stirn. »Aber jetzt legst du dich drinnen hin und schläfst etwas.«

»Ich kenn das hier!«, rufe ich.

»Könnte von Quetschung komm«, vermutet Radu.

»Hat er stumpfe Trauma von Holgi-Stiefel«, attestiert Pamu Kalle.

»Seine Stirn ist jedenfalls glühend heiß«, sagt Georg besorgt. »Toni, du hast Fieber.«

»Fieber!«, rufe ich Georg mit flackernden Augen zu. »Ich hab's!«

»Ich glaub, das ist Delirium, wir bringen ihn besser ins Krankenhaus«, sagt Holgi.

»Krankenhaus! Ja, Krankenhaus!«, rufe ich und rüttele an Georgs Schultern, »Westerland, Georg, ich hatte Fieber, und da hab ich dieses Haus gesehen ... im Krankenhaus!«

»Im Krankenhaus?«, sagt Holgi skeptisch, während mein Zeigefinger wie ein Spechtschnabel gegen die weiß verputzte Fassade pickt: »In meinem Traum: Und ich weiß, was im Traum auf dem Schild hier stand …«

Dann wird mir vor Schmerz blümerant, jetzt krampft plötzlich meine Hand, und ich schreie wieder los: »Aaaah!«

»Drei, vier, fünf, sechs …«, zählt Holgi. Mit schraubstoffartigem Griff prüft er offenbar meinen Puls und bringt den Blutfluss an meinem Handgelenk gerade zum Erliegen.

Ich reiße mich von Holgi los, zeige auf das *Designhaus Klassika 301* und rufe: »Georg, das hier ist der ›Uptight-Soul-Club‹!«

»Uptight-Soul-Club?«, sagt Georg, während ich auf dem geteerten Weg weiter zum nächsten Gebäude humpele.

»Der Bungalow, das war der Jazzladen, ›Birdland‹, und da hinten das Haus … das ist der Punkschuppen, ›Search & Destroy‹.«

Beim letzten Haus in der Reihe wende ich mich um, Holgi, Kurtchen, Georg, Radu, Pamu Kalle und Hauke kommen neben mir zum Stehen: »Und dieses Haus hier mit den Sonnenkollektoren auf dem Dach, das war auch das letzte Haus in meinem Traum, es war eine Art Saloon …«

»Art Salon?«, fragt Radu, woraufhin Rupert ein kojotenartiges Geheul anstimmt, wahrscheinlich weil Rieke gerade sein Hinterteil beschnüffelt.

Ich richte mich an der Eingangstür auf und sage mit fester Stimme: »Dieses Haus … ist das ›Rock's Inn‹.«

»Rock's Inn …?« Georg überlegt. »Toni, du meinst tatsächlich deinen Traum …?«

»Ja, Georg. Willkommen im Rockstarhimmel!«

»… in dem du mit Janis Joplin und John Lennon den Rockgott gerettet hast?«

»Du hast den Rockgott gerettet?« Kurtchen staunt.

»Ja«, rufe ich, »und Georg war der Rockgott!«

»Georg war der Rockgott?«, wiederholt Kurtchen nachdenklich.

Er war der Rockgott, er lag in Ketten, und ich habe ihn gerettet, dank der Drahtschere von Kurt Cobain.«

»Dank der Drahtschere von Kurt Cobain«, wiederholt Holgi und schaut besorgt in die Runde.

Georg mustert mich, dann lässt er seinen Blick schweifen, gerade so, als entdecke er die Musterhäuser noch mal neu, aus einer anderen Perspektive.

»Georg, ich hab keinen an der Marmel«, beteuere ich, »ich hatte Fieber, aber schau dich um – die Häuser, die Empfangshalle, passt wie Arsch auf Eimer.«

»Was denkst du, Toni? Das hier ist ein bankrotter Musterhauspark in der tiefsten norddeutschen Wallachei.«

»Das *war* ein bankrotter Musterhauspark in der tiefsten norddeutschen Wallachei, Georg. Willkommen im ›Rockstarhimmel Horst‹!«

»Rockstarhimmel Horst?«

29. Der beste Augenblick in deinem Leben – Bernadette La Hengst

»Ich sehe es genau vor mir, ein neuer Schriftzug oben auf dem Hauptgebäude: ›MusicPark Horst‹ ... oder ›MusicHeaven‹?«

Holgi schaut amüsiert in die Runde: »Wie wär's denn mit ›Horsts Rockstarhimmel‹, nee, ›Rockgott-Horsts PaadyParadies‹?«

»Holgi, du Defätist, das hier ist *mein* Plan A, nein, es ist mein Plan H wie Horst, und dieser Plan H könnte uns vielleicht wirklich alle ernähren!«

»Toni liegt gar nicht so falsch mit dem, was er sagt, Holgi, denn was haben wir denn schon zu verlieren?«, sagt Georg nachdenklich. »Ich glaube, die Idee ist gut.«

»Na toll: Willkommen in Papa Punks Rockstarhimmel!«, spottet Holgi ... »Nur das Wörtchen ›Rock‹ im Namen kannste heutzutage eigentlich nicht mehr bringen, das schränkt zu sehr ein«, sagt Holgi und lässt jetzt auch seinen Blick schweifen.

»Gesetzt den Fall, wir nennen das Ganze ›MusicPark Horst‹«, sagt Georg.

»›MusicVillage‹!«, sage ich. »Was haltet ihr von ›MusicVillage Horst‹ ... in schön fetten Lettern.«

»Dat he na't Krankenhuus müss«, befindet Haustechnikerfaktotum Hauke, der weder mich noch Georg zu verstehen scheint.

»Hauke, das könnte schon laufen. Lass Toni mal weiterspinnen.«

»Plan H ist: Livemusik in allen vier Häusern, Punk, Soul, Jazz, Rock, Elektro, Liedermacher, kleine Bands, gute DJs, maximal hundert Leute pro Laden«, schwärme ich und merke, wie auch Holgi neben mir langsam Blut leckt: »Was haltet ihr von 'ner regelmäßigen Clubnacht, ich sag mal: *Boneclub 100% Punk 'n' Roll* ... und während des Wacken-Festivals gibt's bei uns 'nen feist-fetten Metal-Weekender mit Livebands, umsonst zelten und das Wochenende danach zum Ausgleich 'ne psychedelische Nacht.«

»Ich wäre mehr für Americana und Neil Young oder Wilco, Flaming Lips ... und Bruce, the Boss«, wendet Kurtchen ein.

»Und ich mache lecker Döner für alle – mit Radu«, freut sich Pamu Kalle.

»Hauptsache, es wird kein House- oder Techno-Gedöns gespielt«, schränkt Holgi ein.

»Das klingt gut, vielleicht sollten wir das tatsächlich machen«, sagt Georg, »denn was Besseres als den Tod finden wir überall.«

»Also, ich wär dabei«, sage ich.

»Das reicht aber nicht, Toni, es gäbe da von meiner Seite gewisse Beschränkungen.«

»Was für Beschränkungen?«, sagt Holgi.

»Du hast recht, Holgi, es sind eher Bedingungen, ich stelle drei Bedingungen.«

»Schieß los, Georg«, sagt Holgi.

»Ihr wisst, dass ich aufgrund gewisser Umstände demnächst genügend Zeit und Kapazitäten frei habe. Aber mit einem oder zwei von euch ist das hier nicht zu schaffen. Die erste Bedingung ist: Wir werden das entweder gemeinsam durchziehen, wir alle, weil wir wollen, dass es unser Projekt ist, oder wir lassen es bleiben ... und jeder geht seiner Wege!«

»Okay«, sagt Holgi, »die nächste.«

»Mitgefangen, mitgehangen: Ich sorge für die nötigen Voraussetzungen, aber diesmal werdet ihr für mich einstehen. Wir werden eine GbR gründen, wir behalten gemeinsam alles selber in der Hand, und jeder von uns bezieht das gleiche Gehalt.«

»Das ist ja wie im Sozialismus!«, keckert Kurtchen.

»Hauptsache, es kommt was rüber und stimmt meinen Insolvenzverwalter gnädig.«

Wir schauen uns an ... ich nicke Georg sofort zu, die anderen scheinen unentschieden – mit Ausnahme von Hauke, der den Kopf schüttelt.

»Natürlich behält Hauke seinen Job, ist doch Ehrensache, Hauke?«

Hauke nickt.

»Hast du noch eine Bedingung?«, drängt Holgi.

Georg schaut uns der Reihe nach in die Augen.

»Drittens: Wir werden alle unter einem Dach zusammenwohnen.«

»Alle unter einem Dach«, entfährt es Kurtchen, der offenbar an Holgis unorthodoxen Ordnungssinn zu denken scheint. Auch Hauke sieht nicht wirklich glücklich aus.

»Alle ... bis auf Hauke«, beruhigt Georg, »du behältst dein Zimmer im Hauptgebäude.«

»Und wo sollen wir wohnen?«, frage ich.

»Wenn wir nicht gerade arbeiten, und wir werden viel arbeiten, dann wird das ... *Designhaus Klassika 301* unser Zuhausehaus sein.«

»Oh, nein«, sage ich jetzt, »warum ausgerechnet das Zuhausehaus?«

»Es liegt zentral zwischen den Livemusikclubs und dem Hauptgebäude, und wir werden von dort alles im Blick haben.«

Radu, Holgi und Pamu Kalle nicken nachdenklich, dann auch Kurtchen und ich, dafür hecheln Rupert und Rieke umso erfreuter.

»Auf was warten wir noch, Männer. Etwas Besseres als den Tod finden wir überall. Von mir aus kann Plan H anlaufen!«, freue ich mich.

»Ach ja, da wär noch eine Petitesse.«

»Was Petitesse?«, fragt Radu.

»Eine Kleinigkeit, Radu, denn richtiges Geld werden wir wohl nur im Hauptgebäude verdienen.«

»Was soll das heißen?«, sagt Holgi.

»Nonstop-Club und Disse von Freitag bis Sonntagnacht, gute, tanzbare Sachen, Elektro, Indie ... und weil wir von irgendetwas leben müssen ... gerne auch House und ... Techno.«

»House und Techno?«, jammert Holgi.

»Das ist der Deal«, sagt Georg.

»Davon werd ich krank«, klagt Holgi.

»Was meint ihr?«, sage ich. »Holgi wird vorübergehend von sämtlichen Tätigkeiten bei House- und Techno-Veranstaltungen freigestellt?«

Georg, Kurtchen, Holgi, Pamu Kalle, Radu, Hauke und ich haben unmerklich einen Kreis gebildet, wie Kicker auf dem Spielfeld, die vor dem Anpfiff ihren Zusammenhalt demonstrieren. Und dann schlagen wir ein ... eine Hand nach der anderen schnellt vor, bleibt auf der seines Nächsten liegen, während Rupert und Rieke in der Mitte kläffend auf- und niederspringen. Als Letzter schlägt Holgi ein: »Gebongt. So soll es sein, dann sind wir jetzt *wir*!«

»Und Griechenland?«, frage ich vorsichtig.

»Ach, Griechenland? Griechenland kann warten.«

EPILOG

30. Heaven – Brett Dennen feat. Natalie Merchant

Ich melde dann als Erster Zweifel an der gesamten Unternehmung an, nachdem ich unser neues gemeinsames Zuhausehaus *Designhaus Klassika 301* in Augenschein genommen, das WC aufgesucht, in die Toilettenschüssel gepinkelt und vergeblich die Klospülung betätigt habe.

Abhilfe für die Sanitärattrappen bringen demnächst zwanzig zentral zwischen den Häusern postierte Dixi-Klos sowie der Ausbau der bestehenden Toilettenanlagen im Hauptgebäude – inklusive Installation von mehreren Duschkabinen.

Die entscheidende Voraussetzung für die Anschubfinanzierung und längerfristige Unterhaltung unseres Projektes wurde erst Wochen später durch den Hausverkauf in der Barmbeker Straße geschaffen. Georg hat die erlöste Summe dann gleich vom Konto seiner Mutter abgehoben und die luftdicht, in Gefrierbeutel verpackten Geldbündel an uns unbekanntem Ort hinterlegt.

Holgi, Kurtchen, Pamu Kalle, Radu und ich sind zwei Tage später nach Hamburg gefahren, nachdem ich es nicht mehr ausgehalten und Ada angerufen habe, dass ich vor Sehnsucht eingehe und sie und die Kinder unbedingt sehen müsse.

Bevor Holgi und Kurtchen unser Equipment aus der Doppelgarage der Witwe Gähdes in zwei Bulli-Fuhren zu unserem *Music Village*, wie wir es jetzt nennen, abtransportierten, haben sie Pamu Kallu abgesetzt, damit er seinen Döner-Grill demontieren kann. Radu und mich haben sie in der Goernestraße bei Dr. Mehmann und Dr. Präg rausgelassen, die sich erboten hatten, unser beider überfruchtetes Superfecundatio-Vaterschaftsverhältnis medizinisch und rechtlich zu klären. Freundlicherweise hat Dr. Präg auch gleich noch einen Blick auf meinen Zeh geworfen, der zum Glück schon wieder weniger wehtut. Dann teilte er mir auf Nachfrage mit, dass die frei gewordene Wohnung über seiner Praxis vergeben sei, an drei Frauen und deren vier Kinder.

Eine Stunde später konnte ich endlich Max und Anniki wieder in die Arme schließen. Radu und ich sind mit unseren Kindern Eis essen gegangen – aber wirklich verstehen kann ich es bis heute kaum, dass ich nicht der leibliche Vater meiner süßen Anniki bin. Als wir die Kinder wieder bei Ada abgeliefert haben, blieb Radu eine halbe Stunde bei den Kids. Ada und ich sind runter an den Kanal gegangen und erst mal darin übereingekommen, dass unserer Liebe eine Art Time-Stop möglicherweise guttun würde. Weitermachen wie bisher, das wollen wir beide nicht.

Also sind Radu und ich in den folgenden Wochen jeden Mittwoch mit dem Zug nach Hamburg gefahren, haben die Kinder nachmittags aus der »Rasselbande« abgeholt und sie zum ersten Fußi-Training der Pampersliga des VfL 93 begleitet.

Und seitdem Ada mir vor zwei Wochen eröffnet hat, dass sie in eine Frauen-WG in die Goernestraße zieht und mit Christophe nichts läuft, bleiben Radu und ich jetzt auch über Nacht bei den Kindern in Adas alter Wohnung im Glindweg. Bei dem Umzug haben wir alle mitgeholfen. Ada kümmert sich um einen Paarberatungstermin, eine Mediation, wie sie es nannte, denn es fühle sich komisch an für sie, dass ich jetzt auf dem platten Land in ihrem Traumhaus lebe und sie weiter in der Großstadt. Aber da Gregor sich von Wiebke getrennt hat und meine älteste Freundin Judith Stefan den Laufpass gegeben hat, werden die Karten jetzt sowieso neu gemischt.

Letztes Wochenende haben Ada, Anniki und Max, Wiebke mit Kira und Judith mit Söhnchen Bruno uns das erste Mal auf dem Land besucht. Ada hat das *Designhaus Klassika 301* und mein Zimmer kritisch in Augenschein genommen. Max und

Anniki hat es gut gefallen. Radu und ich haben mittlerweile zwei Fußballtore auf den Rasen zwischen dem *Rock's Inn* und dem *Search & Destroy* gestellt, wo wir mit Anniki, Max, Kira und Bruno auch gleich den Ball haben laufen lassen.

31. I like you – Morrissey

Holgi sprach nie mehr von seinem geplanten Langzeiturlaub in Griechenland. Mittlerweile steht er in Verhandlungen mit den Punkrockern von Projekt Kotelett und Zwakkelmann, den Nelsons aus Süddeutschland, Bubi Elektrick, The Crimes, Helldriver und den Hamburg Ramönes und hofft auf positive Antworten von The Boys und den Lurkers aus England, den Mimmis aus Bremen und den Humppa-Königen von Eläkeläiset aus Suomi, dass sie hoffentlich alle demnächst im *Music Village* Station machen.

Als Erstes fix gemacht hat er die Auftritte von gleich zwei Hausbands: Die Dors sind an drei Abenden gebucht fürs *Rock's Inn*, anschließend ist Umziehen angesagt für Remo Smash. Für den Anschlussgig gehen wir bloß rüber ins *Search & Destroy*, weil Holgi für den Laden eine zweite P. A. inklusive Backline und ein zweites Drum Kit günstig geschossen hat.

Holgi arbeitet gerade ein Nachmittags-Kursprogramm aus für Gesangs-, Schlagzeug-, Bass- und Gitarrenunterricht sowie einen Bauchrednerkurs, den Radu geben soll. Als Folge eines üblen Fouls in Gestalt meines gestreckten Beins, das während eines Kleinfeldspiels von Die Dors gegen Aushilfen in Radus Bauch gelandet ist, schmerzt zwar mein Zeh wieder, dafür klappt sein Bauchreden seitdem beinahe stotterfrei.

Zur Eröffnung des *Music Village* feilt Radu noch an seinem ersten *Shaun-das-Schaf*-Puppenspiel. Damit will er bei unseren jungen Gästen reüssieren und für so manchen Lacher gut sein. Ach ja, auch Dr. Mehmann will zur Eröffnung vorbeischauen.

Geleitet wird der *Music Village*-Kindergarten, in dem die Kurzen auch übernachten können, während ihre Eltern mit gutem Gewissen abtanzen, von Mini-Rita, die wir erst Tage nach unserer Abreise aus Hamburg wiedergesehen haben.

Ach ja, Kurtchen und Georg teilen sich seit ein paar Tagen das Zimmer neben mir und verbringen eigentlich sowieso die meiste Zeit miteinander. Wo die Liebe eben hinfällt. Bürgermeister Klaaßen und der Gemeinderat haben sich auch für die Eröffnungsparty angesagt, aber sonst bislang bedeckt gehalten, und eine kryptische Mail von Herrn Blümchen, der Borneo verlassen hat, gibt mir im Moment ebenso viel zu denken wie der Umstand, dass Georg nach der letzten Bandprobe drauf und dran war, sich ein Helles zu genehmigen.

CODA

32. Sweet cheatin' Rita – Alvin Stardust

Nachdem Waldemar mich nach der verunglückten Radu-Abschiebestopp-Befreiung am Flughafen in der Barmbeker Straße abgesetzt hat, sind er und Mini-Rita gegen drei Uhr zurück zum Revier Wiesendamm, um den Streifenwagen abzustellen und die Schicht zu beenden. Mini-Rita gab später zu Protokoll, sie habe Waldemar eigentlich nur trösten wollen, weil er so durch den Wind gewesen sei. Unbeabsichtigt wäre es dann aber doch zu einvernehmlichem Geschlechtsverkehr gekommen.

Ihr Einwand, sie hätten ja gerade Feierabend gehabt, wollte der zweite Schichtleiter, der, neben dem Einsatzfahrzeug stehend, dem Akt als Zeuge beiwohnte, nicht gelten lassen. Ebenso wenig entlastend wurde Waldemars Einspruch gewertet, er und Mini-Rita hätten umgehend, als sie ihren Vorgesetzten von der Rückbank aus bemerkten, jede weitere sexuelle Betätigung eingestellt. Waldemar hatte seine gerade hochgezurrte Hose im Revier wieder runterlassen müssen. Warum er während seines Dienstes über eine Stunde lang nicht erreichbar gewesen sei, zudem habe gerade der Präsident der Bundespolizeidirektion am Flughafen eine Beschwerde über einen Polizeimeister Schangeleidt angekündigt, dem massive Dienstbehinderung im Vorfeld einer Sammelabschiebung angelastet werde.

Geprüft werde zudem, ob Waldemar wegen Sex mit einer Schutzbefohlenen belangt werden könne, wobei Mini-Rita ausführte, sie sei immerhin vierunddreißig und keine Schutzbefohlene, sondern eine lustvolle Frau. »Und das will ich auch bleiben«, sagte sie und quittierte noch in der Nacht den Dienst als angehende Polizeianwärterin.

Waldemar habe zur Strafe die Rückbank des Einsatzfahrzeugs säubern müssen, was er als besonders ungerecht empfand, schließlich habe er gar nicht ejakuliert, was Mini-Rita bezeugen konnte.

Ach ja, eben steckt mir Waldemar während unserer Remo-Smash-Probe, er und Mini-Rita wollen demnächst heiraten, woraufhin ich ihm meine beiden Weißgold-Ehcringe angeboten habe, die ich seit Adas Abfuhr bis heute ständig mit mir rumtrage.

Nach der Probe werden wir heute Abend endlich wieder *Alaska* und *Eishockey* spielen und den hunderttausendsten Klick des YouTube-*Blitzkilla*-Clips feiern. Pamu Kalle hat Getränke kalt gestellt, seinen Döner-Brater angeworfen und neuerdings sogar Currywurst im Angebot.

Dann gehen wir wieder rein ins *Rock's Inn*, weil die anderen schon mit den Hufen scharren ... und Waldemar zählt unser allerliebstes neues Punk-Prunkstück an, auf das Holgi, Kurtchen, Waldemar, Georg und ich uns sofort einigen konnten.

»Eins, zwei, drei, vier«, bellt Waldemar, die Drumsticks aneinanderschlagend ... und unter dem Motto, Hannes Wader goes Slime, fahren wir wieder das volle Brett, Holgi, Georg und ich singen die Strophen und Refrain von Anfang bis Ende zusammen:

Heute hier, morgen dort,
bin kaum da, muss ich fort,
hab' mich niemals deswegen beklagt.
Hab es selbst so gewählt,
nie die Jahre gezählt,
nie nach gestern und morgen gefragt.

Fragt mich einer, warum
ich so bin, bleib ich stumm,
denn die Antwort darauf fällt mir schwer.
Denn was neu ist, wird alt,

und was gestern noch galt,
stimmt schon heut oder morgen nicht mehr.

Manchmal träume ich schwer,
und dann denk ich,
es wär Zeit zu bleiben und nun
was ganz andres zu tun.

So vergeht Jahr um Jahr,
und es ist mir längst klar,
dass nichts bleibt, dass nichts bleibt,
wie es war.

So vergeht Jahr um Jahr,
und es ist mir längst klar,
dass nichts bleibt, dass nichts bleibt,
wie es war.

Dank geht an: Carlotta und Anton, sowieso Sari für alles, Holger Kuntze, meinen allerbesten Agenten, Lieblingslektor Thomas Tebbe, Artur Bogdanowicz, Helena Rose und Monika Reile bei Piper, Henriette Schimanski für tolles Lektorat, Constanze Alexy (fürs Einschwäbeln), Klaus und Dieter für amtliche Gitarrenarbeit bei Lesungen, Ulle Bowski, Kallu, Frank (»ganz richtig«), Arndt und Bini, an Lukas, Holger N. für Entlastung, Janina, Silke, Andrea, Mops und Mucki (R.I.P.).

Kontakt: Joachim Seidel bei Facebook, Twitter (himbeertonipipe) und (immer noch): www.myspace.com/himbeertoniseidel

Joachim Seidel, selbst Expunk der ersten Stunde, arbeitete bei GALA, kolumnierte seitenlang komische Geschichten in der Frankfurter Rundschau, war in den 1980ern Chefredakteur u.a. des Magazins MALER Leben, Werk und ihre Zeit und strich als Drehbuchautor Förderungen vom Hamburger Filmbüro ein. Joachim Seidel lebt in Hamburg, hat eine Tochter, einen Sohn, einen Zwerghamster und schreibt (manchmal), trinkt *(Hölleken kölleken)*, grillt und chillt gerne in seinem Kleingarten direkt an der Alster. 1979 nahm er eine der legendärsten Punksingles in Deutschland auf, die 2009 in den USA wiederveröffentlicht wurde. 2011 erhielt er den begehrten LiteratwoNovelPreis.

Joachim Seidel

Himbeer Toni

Roman. 224 Seiten.
Piper Taschenbuch

Dass alle ständig Witze über seinen Namen machen, ist für Anton »HimbeerToni« Hornig im Augenblick das geringste Problem. Samstag sollte Party sein, die 25-jährige Auflösung ihrer Band Remo Smash feiern, das war der Plan. Jetzt erzählt ihm seine geliebte Geliebte, dass sie Familie will. Und die alten Bandmitglieder haben ihre eigenen Pläne. Allen voran Herr Blümchen, der schon beim ersten Bier durchblicken lässt, dass da grundsätzlich was nicht mehr stimmt.

»Altpunk kriegt die Wehen, wer nicht mehr gut hören kann, soll lesen.«
Frank Schulz

»Wer Sven Regener liebt, dürfte sich auch für Seidel erwärmen.«
Prinz Hamburg

05/2462/02/L

Robert Twigger

Handbuch für echte Männer

Aus dem Englischen von Theda Krohm-Linke. 224 Seiten mit Illustrationen von David Graham. Piper Taschenbuch

Wie schwimme ich in einem Eisloch? Wie knacke ich einen Tresor? Wie bekämpfe ich einen Kater? Diesen und vielen anderen wichtigen Fragen im Leben eines Mannes geht Robert Twigger auf den Grund: Er gibt wertvolle Tipps und Ratschläge, wie die jeweilige Aufgabe erfolgreich bewältigt werden kann. Denn Robert Twigger, einer der letzten großen Abenteurer unserer Zeit, weiß um die Gefahren im Leben eines Mannes. Er hat die größte Schlange der Welt gefangen, studierte in einer Sondereinheit der Tokyoter Polizei japanische Kampfkunst – und besteht bisher auch das Abenteuer Ehe mit Bravour. Ein Survivalguide mit augenzwinkerndem britischem Humor.

»Bestechend klug«
New York Times

05/2429/01/R

Lars Niedereichholz

Unknorke

Roman. 240 Seiten.
Piper Taschenbuch

Marc blickt dem Ernst des Lebens ins Gesicht: schmales Reihenhaus, vollschlanke Ehefrau und ein herausfordernder Säugling – das ganze Programm eben. Jetzt muss dringend Geld her. Was bietet sich in dieser Situation für eine Lösung an? Ist doch klar: ein Job als AssistentIn der Geschäftsleitung. Und zwar nicht irgendwo, sondern in einer ökologischen Bank. So, das klingt schlimm? Das ist es auch …

»Herrlich böse und ökologisch garantiert bedenklich.«
Buchjournal

05/2430/01/L

Tony Parsons

Als wir unsterblich waren

Roman. Aus dem Englischen von Christian Seidl. 432 Seiten.
Piper Taschenbuch

16. August 1977. Eine endlose Sommernacht. Die Nacht nach dem Tod von Elvis. Es liegt etwas in der Luft, das mehr ist als Punk. Alles ist neu. Alles ist aufregend. Alles scheint möglich. Die drei Freunde Terry, Ray und Leon ziehen in dieser Nacht gemeinsam durch London. Sie sind auf der Suche nach dem schönsten Mädchen der Welt … Ein wildes und authentisches Buch über das Ende einer Jugend und den Anfang einer Liebe. Ein Roman für alle, die nicht erwachsen werden wollen. Und für alle, die es eigentlich längst sind.

»Es ist warmherzig und wahr, dieses Buch. Parsons lässt alle Figuren durch Lehrjahre des Herzens gehen. Sein Buch handelt von einer Zeit, in der in einer Nacht so viel geschehen konnte wie sonst in einem ganzen Leben. Oder nie. Oder nur im Traum.«
Frankfurter Allgemeine Sonntagszeitung

05/2241/03/R

Ralph Martin

Papanoia

Roman. Aus dem Amerikanischen von Sophie Zeitz. 240 Seiten. Piper Taschenbuch

Vater werden ist nicht schwer, Vater sein dagegen sehr. Vor allem für einen Ex-New-Yorker Schriftsteller mitten in Prenzlauer Berg. Seine Freundin erklimmt gerade die nächste Stufe der Karriereleiter als TV-Journalistin, also muss er sich zu Hause um den Nachwuchs kümmern. Er taucht ein in einen völlig fremden Kosmos aus Yogamüttern und Fahrradfanatikern. Doch was tun, wenn das Töchterchen die Bio-Brause verweigert und auch in der pädagogisch wertvollen Kita nicht auf ihre Barbie verzichten will? Während Papa sich den Kopf zerbricht, muss er irgendwann verblüfft einsehen: die kleine Lulu geht weitaus gelassener mit den allzu feindlichen Bedingungen um als der paranoide Papa …

05/2701/01/L

Jakob Hein

Liebe ist ein hormonell bedingter Zustand

Roman. 176 Seiten. Piper Taschenbuch

Mit den Kumpels hinter einem Glas Cola-Weinbrand in der Klubgaststätte »Kalinka« zu hocken, bis das nächste Stück von »The Cure« kam: Das war schon okay. Wirklich cool aber waren die Momente mit Sarah. Sarah war die Frau seines Lebens. Sicher würde sie das auch bald rausfinden. So lange fand Sascha sich damit ab, nur der Vollidiot zu sein, der daneben stand, während Sarah mit »Dose« zusammenkam, dem Sänger von »Productive Cough«. Bis ihm klar wurde, dass er sein Leben nicht für die Liebe einer Unbelehrbaren wegschmeißen konnte. Dann vielleicht doch Doreen aus Treptow, die Ex von Olli. Irgendwann würde es ihm gelingen, hinter das Geheimnis der Frauen zu kommen. – Ostdiscos, die letzten Jahre der DDR und die Peinlichkeiten des Erwachsenwerdens.

05/2700/01/R